MARTHA GELLHORN

MUNTERE GESCHICHTEN FÜR MÜDE MENSCHEN

Drei Novellen

W0059526

Mit einem Nachwort von
Hans Jürgen Balmes

Aus dem Amerikanischen von
Miriam Mandelkow

Fischer Taschenbuch Verlag

Veröffentlicht im Fischer Taschenbuch Verlag,
einem Unternehmen der S.Fischer Verlag GmbH,
Frankfurt am Main, September 2010

Lizenzausgabe mit freundlicher Genehmigung
des Dörlemann Verlag, Zürich
Die Originalausgabe erschien unter
dem Titel »Pretty Tales for Tired People«
© The Estate of Martha Gellhorn, 1965
Für die deutsche Ausgabe
© 2008 Dörlemann Verlag AG, Zürich
Alle Rechte vorbehalten
Druck und Bindung: CPI – Clausen & Bosse, Leck
Printed in Germany
ISBN 978-3-596-17982-4

Martha Gellhorn

Inhalt

Eine vielversprechende Karriere

Andrew Lingard kam, um seiner Frau guten Morgen und auf Wiedersehen zu sagen; er war wie üblich auf dem Weg in den Lesesaal des Britischen Museums. Die Vormittage zu Hause am Connaught Square wurden durch das ständige Telefonklingeln unerträglich. Lotte Lingard hatte einen Beruf: Sie regelte Existenzen. Ihren Freunden und deren Freunden, Waisen und Wohnungslosen vermittelte sie, je nach Bedarf, Obdach, Ärzte, Verleger, Klempner, Bedienstete und Feriendomizile. Sie spendete, je nach Wunsch, Rat, Trost, Tadel und Aufmunterung. Dieser ehrenamtliche Einsatz erfolgte hauptsächlich am Telefon, und mochte Mrs. Lingard auch beteuern, dem ganz und gar nichts abgewinnen zu können, so stand es doch keine Minute still, und sie war außerstande, seinem Ruf zu widerstehen. Gerade sprach sie mit einem ihrer geplagten Schützlinge. Andrew Lingard nahm das Frühstückstablett vom Fußende des Bettes, schob den täglichen Berg von Zeitungen und Briefen beiseite, setzte sich und wartete.

»Höchst beunruhigend, das stimmt, aber nur keine Panik! Rufen Sie Dr. Hermann an, Wigmore 4067, er ist hervorragend. Ja, unbedingt. Ich rufe Sie später an, um zu hören, was er sagt. Ja. Ja.«

In charakteristischer Manier legte Lotte auf, ohne sich zu verabschieden und ohne die Dankesbekundungen am andere Ende abzuwarten. Sie sagte: »Guten Morgen, mein

Schatz. Ich habe Nachricht von Claud, eine schreckliche Enttäuschung. Er kommt nicht zu Weihnachten.«

Die Weihnachtsfeiern in ihrem Haus in Oxfordshire waren Lotte entsetzlich wichtig. Vielleicht, so vermutete Andrew, wollte sie, die keine Kinder hatte, zu diesem Kinderfest unbedingt eine Schar munterer, in die Jahre gekommener Waisen bemuttern. Claud Roylands gehörte nun schon gut zehn Jahre, wenn nicht länger, zu dieser Weihnachtsrunde.

»Das ist aber wirklich ein Traditionsbruch«, bemerkte Andrew Lingard mit mildem Erstaunen.

»Was soll ich bloß ohne ihn machen? Ich zähle auf Claud. Ohne ihn ist es kein richtiges Weihnachten.«

»Arme Lotte. Warum kommt er denn nicht? Du wirst schon Ersatz finden.«

»Und wo? Attraktive, ungebundene Männer laufen ja nicht reihenweise durch London. Er geht Skifahren.«

Claud, der unverzichtbare Junggeselle, gewieft bei Schreibspielen, zum Brüllen komisch bei Scharaden, klug, ja geistreich beim Portwein, aufmerksam gegenüber den verzückten Damen, Lottes Liebling. War es möglich, daß er Claud weniger mochte, weil Lotte ihn so sehr mochte? Unerheblich. In welch ausgefahrenen Gleisen bewegten sie sich doch, daß sie sich wegen Weihnachtsgästen grämten. Zu leicht, zu sicher, zu bequem: genau das Leben, das neunzig Komma noch was Prozent der Welt sich erträumten und nie führen würden.

»Was machen wir heute abend, Lotte?«

»Abendessen bei den Lowthers.«

»Schön?«

»Das bezweifle ich, mein Schatz. Ach, Claud wird mir so fehlen.«

»Ich lasse mir jemanden einfallen. Ich durchkämme die Clubs. Jetzt muß ich schnell zu meinen sumerischen Königen.«

Er küßte seine Frau auf die Stirn, und das Telefon klingelte.

Claud Roylands versuchte sich auf dem Weg nach London, wo er gar nichts verloren hatte, einzureden, er fühle sich beschwingt, verwegen und glücklich. Kein Schulleiter, schon gar nicht der eines Internats wie Newhall, verließ mitten im Trimester seinen Posten, während das Gelände von dreizehn- bis achtzehnjährigen Jungen wimmelte, die allesamt zu Brandstiftung, Selbstmord, Kinderlähmung oder sonstigem Ungemach neigen mochten. Die bezaubernde kleine Kate, in allen anderen Belangen so nachgiebig, wollte partout nicht einsehen, daß er nicht weniger Verantwortung trug als der Kapitän der *Queen Elizabeth*. Dieser mußte auch nicht unbedingt jede wache Minute auf der Brücke stehen, aber ganz gewiß war er verpflichtet, an Bord zu bleiben.

Claud hatte seinen Internatsleiter Richard Mitchell wissen lassen, er nehme sich den Abend frei, um Menuhin in der Festival Hall zu hören. Ein Konzert oder vielleicht eine Vernissage in der Tate gingen als Ausreden für einen freien Abend gerade noch durch. Bis er auf Lottes denkwürdiger Dinnerparty im September Kate kennenlernte, hatte er noch nie solche albernen Lügen aufgetischt. Nur eine Kriegserklärung und die allgemeine Mobilmachung dürften ihn während des Schuljahrs von den georgianischen Backsteinhäusern und dem gediegenen Gefängnisleben fernhalten, für das Newhall so berühmt war. Er kannte seine Pflichten, und er wußte, mit der richtigen Hingabe führten sie ihn zu höheren Aufgaben.

Er würde das Risiko nicht mehr eingehen, das mußte Kate verstehen. Einmal war er in die Stadt gefahren, um angeblich eine bahnbrechende Picasso-Ausstellung zu besuchen; Kate hatte ihm eine Einladung geschickt, die er tagelang auf dem Kaminsims in seinem Arbeitszimmer stehen hatte. Bei anderer Gelegenheit hatte er Mitchell, einem gouvernantisch-geschwätzigen Zeitgenossen, vorgemacht, er sei der Versuchung erlegen, die *Walküre* zu sehen. Heute abend nun Bartók. Kate hatte die Aufgabe, ihm ein Programm zu besorgen, sollte man sich mit ihm über das Konzert unterhalten wollen, vor allem jedoch, um es beiläufig auf dem Tisch liegenzulassen, auf dem das Kollegium Zigaretten und Sherry für den zwanglosen Austausch vor dem Abendessen vorfand.

Eine kriminelle Existenz. Er versuchte erneut, sich beschwingt, verwegen und glücklich zu fühlen. In den Ferien war eine kriminelle Existenz recht unverfänglich und vergnüglich, und immerhin hatte er vier Monate im Jahr, um munter gesetzeswidrig zu leben. Aber nicht während der Schulzeit. Dritte und letzte Eskapade, schwor er sich. Es war schmeichelhaft, ja berauschend, daß Kate nicht leben konnte, ohne ihn zu sehen, zu hören und zu fühlen, aber bis Weihnachten mußte sie sich nun zusammenreißen. Auch die täglichen Briefe in ihrer prägnanten Handschrift wurden zum Problem. Sie mußte sich gewöhnliche Briefumschläge kaufen und die Adresse tippen oder aber sparsamer mit ihren Liebesbezeugungen umgehen. Sie begriff es einfach nicht, sie hatte nie in einem Internat gelebt. Das ist irgendwo zwischen Priesteramt und Armee angesiedelt, erklärte er Kate – im stillen diskutierte er häufig mit ihr –, ich kann nicht frei walten, ich bin des Kaisers Frau. Ich trage die physische und moralische Verantwortung für die geliebten Sprößlinge von sechshundert Müttern. Kannst du dir vorstellen, was passiert, wenn ... aber diesen Gedanken wies er von sich, der war zu entsetzlich.

Von entgegenkommenden Scheinwerfern geblendet, lenkte Claud seinen Wagen von der Fahrbahn und schlitterte eine Weile über den matschigen Straßenrand. Derart aufgerüttelt, fuhr er langsamer. November, drei Stunden auf glatten Straßen nach London, erst um vier Uhr morgens zu Hause und vor sich ein anstrengender Tag. Normalerweise betrachtete Claud seine dreiundvierzig Jahre als stramme, quicklebendige Jugend, jetzt spürte er die schmählichen Beschränkungen des reiferen Alters. Es ist ja nicht nur eine Frage der Vernunft, erklärte er Kate, es geht hier auch um meine Konstitution. Newhall zu leiten bedeutet Anstrengung. Seine Stimme wimmerte leise im Kopf. Anti-aphrodisische Anstrengung, fügte er der Verdeutlichung halber hinzu.

Nach Weihnachten, wenn sie mit ihren beiden kleinen Söhnen und ihrem Mann alle Geschenke ausgepackt hatte, konnten sie gemeinsam durchbrennen und fast einen Monat in einem entlegenen Wintersportort verbringen, wo sie niemandem über den Weg laufen würden. Derweil mußte sich Kate den Gegebenheiten beugen. Sie war so vertrauensvoll, so großherzig und unverstellt wie ein Kind, seine Aufgabe war es, ihr behutsam den Lauf der Welt nahezubringen. Und damit würde er heute abend anfangen. Er war immer ein Junggeselle gewesen, dem es nicht an Frauen oder Gesellschaft mangelte. Er war besonnen, begehrlich und Herr der Lage gewesen. Kate hatte ihm den Kopf verdreht, und den mußte er schleunigst wieder geraderücken. Wie Kate es fertigbrachte, ihren Mann Francis zu hintergehen, war ihm schleierhaft, aber Frauen waren erstaunlich geschickt, wie er aus reicher Erfahrung mit verheirateten Damen wußte.

Jedenfalls würde er nach dieser abscheulichen Fahrt mit erheblichen Annehmlichkeiten belohnt. Er hatte eine Suite, bestehend aus Wohnzimmer, Schlafzimmer und Bad, in einem Haus in der Charles Street, das sein alter Offiziersbursche Hodges, der Eigentümer dieses Etablissements, als die Herrengemächer bezeichnete. Hodges hatte vom Krieg profitiert, eine kleine Riege stand nach den jüngsten Verwicklungen besser da als zuvor. Claud nahm an, Hodges habe das ein oder andere von den Yankees gelernt, man wußte, daß die GIs mit raffinierten Schwarzmarktgeschäften zu Vermögen gekommen waren. Hodges blieb unverbrüchlich nichtssagend, blind und respektvoll, nannte Claud »Major« und erfüllte ihm jeden Wunsch.

Kate saß bestimmt schon am Kamin, in dem Hodges ein Feuer angezündet hatte, Hodges hatte Blumen gekauft und Eis neben den Cocktailmixer gestellt und brachte auf Clauds telefonische Aufforderung ein köstliches Abendessen und Champagner in einem Kühler. Diese Affäre mochte gefährlich sein, aber schäbig war sie nicht. Kate würde ein elegantes Abendkleid tragen – welch willkommene Abwechslung zu den Tweedkostümen und greulichen, langärmeligen Tageskleidern der Kollegengattinnen –, das Haar würde ihr um den Kopf rauschen und der weiche, etwas schiefe Mund sich ihm entgegenheben. Er fuhr schneller.

Als er Hyde Park erreichte, betrachtete er das ganze von der angenehmen Seite. Wie üblich dankte er seiner lieben alten Großmutter, die ihm sechshundert im Jahr hinterlassen hatte. Eine solche Summe fiel nicht unter Reichtum, räumte ihm aber alle Möglichkeiten ein, die kleinen Extravaganzen, den Auslandsurlaub. Und über sein Gehalt konnte er auch nicht klagen, ein alleinstehender Mann, frei von Frau und Sprößlingen, die aus ihren Kleidern herauswuchsen und unendliche Zahnarztkosten verursachten, konnte bequem davon leben und noch etwas zurücklegen. Er konnte sich wirklich glücklich schätzen, er hatte materiell ausgesorgt, einen Beruf, den er sich ausgesucht hatte, eine vielversprechende Zukunft und eine schöne Geliebte, die das Wohlbehagen abrundete. Mach, daß es so bleibt, betete er, während er mit den vorgeschriebenen zwanzig Meilen pro Stunde durch den Park fuhr, mach, daß es so bleibt.

Er öffnete die Tür zu seinen Gemächern, und Kate war da, wie er es sich ausgemalt hatte. Zum mitternachtsblauen Samtkleid trug sie ihren speziellen Gesichtsausdruck, scheu und begierig, alles versprechend, doch auf sein Signal wartend. Er breitete die Arme aus, sie kam zu ihm und ließ sich umfangen. Claud war sehr groß, kräftig gebaut und leicht gebückt aus Rücksicht auf seine Mitmenschen, die zu ihm aufsehen mußten. Gegenüber der zierlichen Kate fühlte er sich wie ein mächtiger Beschützer.

»Mein Schatz«, murmelte Kate. Ihre Stimme war immer bloß ein Murmeln, ein wenig atemlos, ein wenig unsicher, so ganz anders als die unendlich vielen Stimmen, die er in der Schule zu hören bekam. »Mein Schatz, mein Schatz, es ist Ewigkeiten her.«

Er küßte sie ausgiebig. Bereit zum nächsten Schritt, sagte Claud, er werde ein Bad nehmen und sich schnell umziehen. Ob sie ihnen in der Zwischenzeit etwas zu trinken machen könne? In der Schlafzimmerkommode bewahrte er Abendgarderobe auf. Als er ins Wohnzimmer zurückkehrte, hatte er mit den alten Kleidern auch Newhall abgelegt. Kate hatte vorzügliche Drinks bereitet, sehr trocken, sehr kalt. Nach dem zweiten Martini und liebevollen Erkundigungen nach seiner Arbeit, seiner Gesundheit, seiner Befindlichkeit, sah sie ihn mit großen, flehenden Augen an und berichtete, Francis sei in seinen Club gezogen.

Claud durchlief es kalt. Er stellte das Glas auf den Tisch neben seinem Sessel und steckte sich, um Fassung ringend, eine Zigarette an. Kate spürte seine Angst. Ihr war klar, daß ein Mann von dreiundvierzig Jahren, der so attraktiv war wie Claud, allein aus eigenem festen Entschluß Junggeselle geblieben war. Vor Fallen schreckte er zurück. Sie hatte nicht die Absicht, ihn zu verschrecken.

»Das hat überhaupt nichts mit uns zu tun«, sagte Kate. »Natürlich nicht, niemand weiß von uns, mein Schatz, und das wird auch so bleiben. Das geht nur uns etwas an. Francis und ich hatten einen grandiosen Streit, mehr nicht. Er hatte angekündigt, übers Wochenende zum Golfspielen nach Sunningdale zu fahren, und nie denkt er dabei an mich oder die Kinder, nie gibt er mir die Gelegenheit, mir etwas Schönes vorzunehmen. So nicht, habe ich ihm gesagt, dann würde er eben in den Club ziehen, bis ich zur Besinnung komme, sagte er, worauf ich meinte, da könne er gleich bleiben. Er tut mir schon ein bißchen leid, er ist so ein Langweiler, aber sein Club ist voller Langweiler, da fühlt er sich bestimmt viel wohler. Und ich gestehe, zu Hause ist es eine Wonne. Ich glaube, die Jungen sind auch erleichtert, daß kein Daddy mehr da ist, der sie grundlos anbrüllt, und die Bediensteten sind im siebten Himmel. Seit Jahren hoffe ich, daß Francis auszieht, und ich glaube wirklich, geblieben ist er nur wegen der Köchin und wegen seines Sessels, an die beiden hat er sich gewöhnt.«

»Ja.«

»Mein putziger Schatz.« Kate kuschelte sich auf dem Sofa an ihn. »Du fühlst dich dafür verantwortlich, oder? Bitte nicht. Lange bevor ich dich kennenlernte, wußte ich, daß die Ehe nicht zu retten ist, eigentlich fast von Anfang an. Seit Ewigkeiten will ich einen Schlußstrich ziehen, ich wußte nur nicht, wie. Nun hat Francis das übernommen, und vielleicht freut er sich genauso darüber wie ich. Verstehst du? Und jetzt denk nicht mehr daran. Wollen wir nicht etwas essen? Bist du nicht am Verhungern nach dieser gräßlichen Fahrt?«

Hodges servierte Suppe in kleinen geschlossenen Terrinen, Räucherlachs und kaltes Geflügel; der Champagner war immer erstklassig. Von dieser unakademischen Kost begütigt, schilderte Claud ihr die Situation in Newhall, schloß weitere gemeinsame Abende während der Schulzeit aus und bat sie, auf die täglichen verräterischen Briefe zu verzichten, es sei denn, sie benutzte unverfängliche Umschläge. Kate zeigte sich reuig, bezichtigte sich der Selbstsucht, sie müsse versuchen, ihn weniger zu lieben, sie dürfe ihm keinesfalls zur Last fallen. Ihr zierlicher, schmiegsamer Körper an seinem, ihr Haar an seiner Wange, das Gurren an seinem Ohr – Claud wollte ihre Zurückhaltung nicht mehr, also nahm er alles zurück und führte sie ins Schlafzimmer. Hinterher fragte sich Claud, wie er die fünf Wochen bis Weihnachten ohne sie auskommen solle, außerdem dachte er an den Riesendummkopf Francis Patchin, der Golf in Sunningdale einer solchen Wonne vorzog.

Claud fühlte sich getrieben. In der vierten Klasse waren die Masern ausgebrochen. Die Krankenstation voller rotgepunkteter Jungen während der Weihnachtsferien war eine grauenhafte Vorstellung. Wen konnte er dazu abkommandieren, zu bleiben und Aufsicht zu führen? Wäre es mit der Hausmutter von Tong House getan, oder erwarteten die Eltern einen Vorsteher, wenn nicht gar ihn persönlich? Zudem mußte Backer ein miserabler Lateinlehrer sein. Unwahrscheinlich, daß achtzig Prozent der Schüler aus der sechsten Lateinklasse bei ihrer Abschlußarbeit durchfielen. Dumm mochten sie sein, aber doch nicht in so überwältigender Zahl. Und zu guter Letzt hatte das Kapellendach einen Riß.

Und jetzt auch noch Kates Brief. Er las ihn ein weiteres Mal. Kratzte sich nervös die Wange. Vier Wochen ohne Kate hatten ihn in der Tat nervös gemacht, was ihm gar nicht ähnlich sah. Er war an ein Leben gewöhnt, das sich zwischen Askese und Wollust eingependelt hatte. Er verzehrte sich nach Kate, er schlief schlecht.

Sie schrieb, sie habe, da Francis weiterhin im Club wohne und sich ohnehin nie nennenswert als Babysitter hervorgetan habe, niemanden, der sich in den Ferien um die Kinder kümmern konnte. Sie sehe keine andere Möglichkeit, als sie in die Schweiz mitzunehmen, wo sie nicht im Weg wären, wirklich nicht, mein Schatz, sie wären den ganzen Tag in der Kinderskischule und auf dem Übungshang und würden früh schlafen gehen. Sie brauche nur mit ihnen zu Mittag zu essen. Claud könne für sich anreisen, und dann würden sie mit Ausrufen des Erstaunens in der Pension Vanetta aufeinandertreffen. Die Kinder wären sogar möglicherweise die beste Tarnung, und außerdem wisse sie nicht, was sie sonst machen solle. Wenn Claud diese Aussicht zu deprimierend erscheine, könne sie das natürlich verstehen, dann würden sie eben auf ihr köstliches Weihnachtsgeschenk verzichten. Bis zum Frühling werde sich gewiß eine Lösung für die Kinder finden, dann könnten Claud und sie vielleicht im April nach Griechenland fahren.

April, stöhnte Claud. Einen Moment war er wütend auf Kate. Sie hätte das besser regeln müssen, ihr kompliziertes Leben, nicht seins, durchkreuzte ihre gemeinsamen Pläne. Schadensbegrenzung war jetzt wohl das beste: ihr zu schreiben, daß er diesen Ausflug mit Kindern unpassend fand, allein woanders hinzufahren und eine andere Gespielin für kalte, sternklare Nächte zu suchen oder, besser noch und stets ein Vergnügen, zu den Lingards nach Oxfordshire zu fahren.

Er wußte, während er sich gereizt das Kinn kratzte, daß er nichts dergleichen tun würde. Er wollte Kate, nur Kate, seit vier Wochen träumte er von dem Zusammensein. Er mußte ihre Kinder hinnehmen, und zwar anstandslos. Wenn Kate wüßte, wie satt er Kinder hatte.

Die letzte Schulwoche, die sich dreimal im Jahr zum Albtraum auswuchs, der jetzt dadurch, daß zwei kleine Jungen in sein Liebesnest eindrangen, nicht gerade abgemildert wurde, bekam unerwartet eine rosigere Färbung. Claud wurde von zwei stattlichen Herren aufgesucht, einem General in Zivil und einem recht jungen Bischof in Gamaschen. Es waren Gesandte des Aufsichtsrats von Rotherham, die gekommen waren, um Mr. Roylands auf den Zahn zu fühlen, wie sie sagten. Sie waren außerdem gekommen, um Mr. Roylands unter die Lupe zu nehmen, was sie nicht sagten, Claud aber wußte. Was sie sahen, behagte ihnen: ein großgewachsener Mann mit hagerem, klugem Gesicht und maskulin gebrochener Nase, in exquisiten, gebührend geknitterten Stoff gekleidet, der ihnen mit von großer Selbstsicherheit zeugender Ehrerbietung vorzüglichen Amontillado und türkische Zigaretten aufdrängte.

Unter dem Siegel höchster Verschwiegenheit teilten sie ihm mit, der ehrwürdige und gelehrte Dr. Mortimer, Rektor von Rotherham, gedenke sich im Laufe des nächsten Sommers zur Ruhe zu setzen. Mr. Roylands sei für Rotherham-Verhältnisse ungewöhnlich jung, doch wisse man um seine außergewöhnliche Befähigung. Ob er gegebenenfalls geneigt wäre, ein Angebot zu akzeptieren?

Das war alles sehr vage und vertraulich, ebenso wie Clauds Antwort; sie verstanden einander. Auf Rotherham sprang er sofort an – aber mit Würde. Newhall war eine erstklassige Schule, Rotherham jedoch gehörte zu den großen vier. Newhall, so hatte Claud immer gehofft, würde ihn mit der Zeit an sein eigentliches Ziel führen, Rotherham war ein sicheres Sprungbrett. Dafür gab es eine ganze Reihe von Beispielen, ja Mr. Anthony Hailey, Dr. Mortimers Vorgänger, war von Rotherham zum Master von Clare aufgestiegen.

Ein Cambridge-College, das war Clauds Herzensziel, schon immer gewesen. Als Student hatte er Abend für

Abend zum High Table aufgeblickt und sich selbst am Kopfende gesehen. Er bestand beide Abschlußexamen in Geschichte mit Auszeichnung, wohlwissend, wozu er die guten Noten brauchte – als Fahrschein zu seinem Wunschort. Der Krieg unterbrach seinen Weg sieben Jahre lang, doch ihn beklagte er nicht, denn er hatte ihn überlebt. Der Krieg hatte ihm unschätzbare administrative Erfahrung in allen Bereichen eingebracht, von der Infanterie bis zur Personaleinsatzplanung.

Vielleicht lag es sogar an seinen militärischen Meriten, vom Cambridge-Abschluß und der Publikation eines wohlformulierten, gelehrten Buches über das Steuersystem der Habsburger abgesehen, daß er als jüngster Rektor, den diese Institution je eingestellt hatte, nach Newhall berufen worden war. Mit Rotherham als nächster Trophäe konnte er durchaus noch vor seinem fünfzigsten Geburtstag ein Cambridge-College einnehmen. Und dann war er, wo er sein wollte, in dieser wunderschönen feuchtgrauen, goldenen Stadt, konnte mit den Kollegen konversieren und aus gütlicher Distanz die Geschicke junger Männer lenken.

Als Claud Laroche-sur-Sion und die Hotelpension Vanetta erreichte, hatte er die kleinen Patchins vergessen und dachte nur noch an Rotherham und Cambridge und die Freude, sein Geheimnis und seinen Traum mit Kate zu teilen. Es stand ja außer Frage, daß Kinder um acht schlafen gingen und dann nicht mehr in Erscheinung traten. Kate, die vorgefahren war, hatte ihm in einem Brief sein Zimmer beschrieben: grandioser Blick auf die Berge, Balkon zum Frühstücken und ein herrliches Doppelbett. Drei Tage lang saß Claud beim Lunch für sich im biederen, blitzblanken Speiseraum des Vanetta, während Kate sich mit dem elfjährigen John und dem neunjährigen Martin an einem Tisch am sonnigen Fenster vergnügte. Am vierten Tag setzte er sich zu ihnen. Die Kinder nannten ihn zwar nicht Onkel Claud, aber genau das wurde er, fast so eine Art Vaterersatz. Obwohl er Jungen für eine Pest hielt und nur junge Erwachsene guthieß, machten ihm diese beiden große Freude. Sie sahen aus wie Kate, nicht wie ihr vierschrötiger, rotgesichtiger Vater. Bevor Jungen aufs Internat kamen, waren sie zweifellos umgänglicher, außerdem konnte Claud dank seines Wesens und seiner Profession von formbaren Geistern nicht lassen. Unversehens diskutierte er mit Kate beim Abendessen Johns Begabungen und Martins geringfügige Schwächen, unverhofft hefteten sich diese gefürchteten Kinder an ihn wie anhängliche kleine Kletten. So lag ihm unverhältnismäßig daran, daß John in der Skischule Erfolg hatte, seine Prüfung bestand und die Bronzemedaille gewann.

Kate sah hinreißend aus in Skihosen. Vor dem Hintergrund der weißen Berge wirkte sie wie eine wohlgeformte, rosenwangige, durchgepustete Zwanzigjährige und nicht wie eine sechsunddreißigjährige zweifache Mutter. Sie fuhren den ganzen Tag Ski, Claud stets voran. Wenn die Piste durch Kiefernwälder führte und einen Augenblick Deckung gewährte, hielt er an, drehte sich um und schaffte es trotz sperriger Ski, Kate zu küssen, die wie ein Eisapfel schmeckte. Er fühlte sich herrlich und unbeschwert, es berauschte ihn, draußen bei Tag der Liebe zu frönen.

Außerdem verstand und begrüßte Kate seine Ambitionen. Die Brandygläser fest in beiden Händen, sprachen sie Stunden über Rotherham, planten und phantasierten. Kate war überzeugt, binnen fünf Jahren würde er in Cambridge landen. Sie spornte ihn an, endlich das Buch in Angriff zu nehmen, mit dem er bislang nur geliebäugelt hatte, ein weiteres wohlformuliertes, gelehrtes Werk, diesmal über den langsamen Zusammenbruch der Pariser Regierung während der Belagerung von 1870. Begeistert lauschte sie seinen Ausführungen über jene furchtbaren, von Hunger gezeichneten Tage er hatte gar nicht gewußt, wie faszinierend Geschichte durch ihn werden konnte.

Kate sah sich selbst im Domizil des Masters in Cambridge. Im Geiste reichte sie vernarrten Studenten Tee, wurde von älteren, diskreteren Universitätsdozenten angehimmelt und sonnte sich im Blinklicht diverser kluger Geister. Diese güldene Vision verdankte sie Romanen, denn vom akademischen Leben wußte sie nichts. Sie war auf ein mittelmäßiges Schweizer Mädchenpensionat gegangen, ihre Söhne befanden sich noch im beschaulichen Grundschulstadium, und dreizehn Jahre mit Francis Patchin, einem Börsenmakler, hatten sie lediglich die Abneigung gegen Golf, musikalische Komödien und Bridge gelehrt sowie gegen Francis' Bekanntenkreis, der sich solcherlei Vergnügungen hingab. Andrew Lingard war der erste Intellektuelle gewesen, den sie kennenlernte, und sie fand ihn faszinierend, wenn auch ein klein wenig bedrohlich, allerdings war er auch um einiges älter als Claud und bestimmt bedeutender, weil er Dozent oder Professor oder so etwas in Oxford gewesen war und Universitäten imposanter waren als Schulen. Jedenfalls lebten Claud und er, anders als Börsenmakler, in einer magischen freien Welt. Sie sagten, was ihnen gerade einfiel, und alles war ihr neu. Sie hatten ellenlange Ferien, fuhren überallhin und wußten alles über die Orte, die sie aufsuchten, sie scherzten über die Dinge, die Francis bitterernst nahm, und hatten offensichtlich keinen Respekt vor Francis' Heiligtümern: der Königlichen Familie, dem Empire, der Konservativen Partei, Eton, der Bank of England und so weiter und so fort.

Für Claud mochte Cambridge Heimkehr bedeuten, für sie wäre es die Befreiung von der Sklaverei, von einem öden Leben in einem öden viktorianischen Haus und einer vorhersehbaren Zukunft. Claud war nicht ihr erster Liebhaber in dieser langen leeren Zeit der Ehe, aber ihre erste ernsthafte Hoffnung, also ihre erste ernsthafte Liebe. Sie betrachtete es als Wunder, gefunden zu haben, wonach sie suchte, war sie doch schon sechsunddreißig und beinahe zu alt, um überhaupt noch etwas zu finden. Und sie war irre vor Angst, sie könnte Claud verlieren, sie war sich seiner nie sicher, jeden Moment konnte er aus ihrem Leben verschwinden. Sie hatten einander nichts geschworen, und selbst Schwüre ließen sich brechen.

In einer Hinsicht zumindest war sich Kate ihrer Macht bewußt. Spätabends huschte sie über die geschrubbten Dielen des Vanetta-Korridors, öffnete leise Clauds Tür und schlüpfte in das große Doppelbett. Hier gehörte er ihr. Hier gab sie ihm, wonach er so heftig verlangte. Claud, an Erfolg bei Frauen gewöhnt, hatte sich selbst nie eine derartige Gewandtheit zugesprochen. Kate war eine wahrhaft gierige Liebhaberin. Wenn sie auf Zehenspitzen in ihr Zimmer zurückging, fühlte sich Claud manchmal ausgelaugt und leicht beklommen. Doch das frische, natürliche, lachende Mädchen auf der Skipiste am nächsten Morgen beruhigte ihn. Das wußte auch Kate, und die Gefahr des Überdrusses war ihr wohl bewußt.

Als John seine Prüfung bestand, zahlte Claud, inzwischen

beinahe in der Rolle des stolzen Vaters, fünf Francs für die kitschige kleine Bronzenadel, die er John an die Windjacke steckte. John warf Claud die Arme um den Hals und gab ihm einen Kuß. So etwas war Claud noch nie passiert, und wenn er es auch mit einem Scherz abtat, hatte er zu seinem Erstaunen Tränen in den Augen. Kälte und Wind konnten einem schon mal die Tränen in die Augen treiben. Er schlug Kate vor, mit den Kindern zu essen, ein Festessen für John, der ein mit Wasser verdünntes Gläschen Wein trinken dürfe. John hatte beschlossen, später Skilehrer zu werden.

Beim Abendessen verzerrte sich auf einmal Martins Miene, und Kate fragte, was passiert sei.

»Ich will nicht nach Hause«, sagte Martin. »Es ist so viel schöner hier mit dir und ihm. Ich will für immer hierbleiben.«

»Mein Spatz«, sagte Kate, »sei nicht albern. Du mußt doch zur Schule, und Mr. Roylands muß arbeiten, und ich habe einen Haushalt zu führen.«

»Warum kann ich nicht hier zur Schule gehen? Warum kannst du nicht hier einen Haushalt führen?«

»Daddy«, hob Kate an.

»Kommt Daddy zurück?« fragte Martin sichtlich erschrocken.

»Iß auf, Martin.«

»Können wir nicht im Frühjahr wiederkommen?« John, der ältere, ging nüchterner an die Sache heran. »Sie würden doch wieder mitkommen, oder, Mr. Roylands? In den Frühjahrsferien? Bestimmt, oder?«

»Liebling«, schaltete sich Kate rasch ein, »das Frühjahr ist noch lange hin. Wir wollen jetzt keine Pläne machen.«

Als die Kinder im Bett waren, sagte Kate: »Armer

Francis, so einen Vertrauensbeweis hat er nie bekommen.«

»Nette Jungs.«

»Sie verehren dich. Wie ihre Mutter.«

»Meine kleine Süße. Es war schön, nicht wahr?«

»Traumhaft, Claud, einfach traumhaft.«

Sie beschlossen, im selben Zug zurückzufahren; niemand würde ihnen begegnen, niemand würde etwas merken. Wenn die Kinder schliefen, konnten sie in Clauds Abteil eine letzte Nacht miteinander verbringen.

Lotte knurrte förmlich in den Hörer. Was denn noch, fragte sich Andrew. Wie können sie so ausdauernd sein, Tag für Tag?

»Wahrscheinlich sind sie sich einfach zufällig begegnet. So ein ruhiger, erschwinglicher Ort sieht Claud ähnlich. Das sind alles uralte Freunde, da hast du bestimmt etwas in den falschen Hals gekriegt, Mavis, du bist zu romantisch.«

Lotte legte auf und funkelte Andrew an, was aber nicht persönlich gemeint war, eigentlich funkelte sie ihre ferne Gesprächspartnerin an.

»Er ist verrückt«, sagte Lotte.

»Wer?«

»Claud. Vollkommen übergeschnappt. Man stelle sich vor, fährt mit Kate Patchin und ihren beiden Söhnen in die Schweiz. Er ist alt genug, um zu wissen, daß man *immer* gesehen wird, egal, wohin man fährt. Selbst auf den Malediven findet sich bestimmt noch eine liebenswürdige Bekannte, die einem über den Weg läuft. Und Claud kann sich so etwas nicht leisten.«

»Ah.«

»Das war Mavis Lowther. Ich gebe zu, da hat Claud besonderes Pech gehabt, nicht jeder wird von so einer Klatschbase erwischt. Sie sagt, sie sei von Crans aus, wo sie Quartier hatten, in einen Schweizer Ort gefahren, von dem sie gehört hatte, nicht so hochgezüchtet wie Crans und viel billiger, den habe sie für nächstes Jahr erkunden wollen. Und was sieht sie da? Claud, der sich Kate und den Kindern gegenüber aufführt wie Ehemann und Vater. Deshalb hat er uns versetzt. Ich habe die beiden einander vorgestellt, im Herbst, das wäre mir nie in den Sinn gekommen. Was ist mit Kate und Francis?«

»Wer weiß? Francis wohnt anscheinend in seinem Club.«

»Die Art, wie Claud sein Privatleben regelt, erschien mir immer als seine größte Gabe. Natürlich hat keiner angenommen, er habe ein Keuschheitsgelübde abgelegt, aber nie ist etwas Konkretes durchgesickert. Sollten Francis und Kate in Scheidung leben, ist es wirklich die Höhe, wenn Claud dazwischen herumtändelt.«

Inmitten von Zeitungsstapeln und Telefonbulletins geriet Lotte morgens leicht einmal außer sich. Wie attraktiv sie aussieht, dachte Andrew – rosig ohne Make-up, die Löwenmähne flüchtig zurückgebürstet –, und wie interessant es wäre, eines Morgens hereinzukommen und sie träge, einladend vorzufinden und nicht voll aufgebrachter Sorge um dieses oder jenes.

»Du rauchst zu viel«, sagte Andrew.

Claud vergnügte sich also mit der kleinen Kate Patchin. Kate war, für jeden Mann ersichtlich, sinnlich und Francis nicht eben treu ergeben. Erquicklich fürs Auge, für den Geist weniger – Frauen sollten mehr lesen. Kate erschien ihm erstaunlich ignorant, selbst für eine hübsche Frau, vielleicht kamen Börsenmakler nicht viel unter Leute. Wie leichtsinnig, sich mit Claud so *en famille* zu zeigen, warum waren sie nicht zum Skilaufen nach Polen gefahren? In den Karpaten gab es vorzügliche Pisten und bestimmt keine Mavis Lowthers. Wir Akademiker, dachte Andrew, denn er kannte den schmalen, geraden Pfad, den seine Zunft vorsah, war er ihm doch ein Leben lang gefolgt.

Was für eine Erleichterung war doch der Ruhestand, was für eine Erleichterung, die Vormittage im Lesesaal zu verbringen, die Nachmittage am Schreibtisch, keine Studenten mehr, keine Kollegen, allein die tägliche Gesellschaft der lieben alten sumerischen Könige und das Ritual von Cocktailempfängen und Dinnerpartys in London. Und doch beneidete er Claud auf einmal, was um so seltsamer war, als er weder mit ihm tauschen noch Kate haben wollte. Von Ehrgeiz und Wollust getrieben, dachte Andrew, der Glückliche; noch immer von der Illusion verführt, es gäbe ein Ziel, das er erreichen würde. Claud war wohl dreizehn, vierzehn Jahre jünger als er – der entscheidende Unterschied, der beneidenswerte Unterschied zwischen Torheit und innerem Frieden.

Unser Leben wäre vielleicht interessanter oder intensiver gewesen, wenn wir Geld gebraucht hätten, überlegte Andrew; stets zu abgesichert. Erklärte das Lotte? Engagierte sie sich deshalb so leidenschaftlich, weil die gesicherte Existenz sie bedrückte oder anödete? War sie irgendwann Clauds Geliebte gewesen? Möglich. In den siebenundzwanzig Jahren ihrer Ehe war Lotte bestimmt nicht allen Launen und Eskapaden aus dem Weg gegangen, sowenig wie er. Über so etwas sprachen sie nicht.

Nicht gelangweilt – zufrieden. Wußte man in der längst vergangenen Welt, in der er, als Student, als Professor und schließlich als Chronist, sein Leben zugebracht hatte, um Zufriedenheit und Langeweile? Diesem Aspekt, den die Historiker vernachlässigten, sollte er nachgehen. Hatte Ur-Nammu, der erste König der dritten Dynastie von Ur, zweitausendeinhundert vor Christus, sich je gefragt, ob es irgendeinen vernünftigen Grund gab, das Bett zu verlassen? Vielbeschäftigte, unersättliche wilde Männer, die jung starben und daher weniger Zeit zu verlieren hatten, oder vielleicht ließ sie doch nur zeitliche Distanz so viel lebendiger erscheinen.

»Was haben wir heute abend vor, Lotte?«

»Abendessen bei den Haverhills.«

»Schön?«

»Eher nicht, mein Schatz. Was machen wir nur mit Claud?«

»Nichts.«

»Man sollte ihn warnen.«

»Ich nicht. Man erzählt sich, er soll Rotherham bekommen.«

»Nein!«

»Mortimer ist nicht mehr ganz bei sich. Er hat sogar sein Griechisch vergessen, und mehr konnte er ohnehin nie. Im Athenaeum kleckert er sich aufs Hemd.«

»Aber dann müssen wir Claud warnen. Das ist zu wichtig.«

»Sein Leben.«

»Du bist herzlos, Andrew, du kneifst. Claud ist unser Freund.«

»Ich muß los, Liebes, bin spät dran.«

Richard Mitchell sagte bei seiner Pfeife im tristen Gemeinschaftsraum von Newhall zu Ralph Backer: »Was geht dem Rektor wohl im Kopf herum?«

Backer zuckte die Achseln. »Neue Pläne für den Lateinunterricht in der sechsten Klasse.« Eher neue Pläne für Backer. Nicht überrascht, gleichwohl bestürzt, sah Backer seine Zukunft vor sich: demnächst eine zweitklassige Schule, ebenso dürftiger Lateinunterricht bei niedrigerem Gehalt, über kurz oder lang eine drittklassige Schule, nahe der Mittellosigkeit. Er wußte, er taugte nichts als Lehrer, aber er konnte nichts anderes.

»Als Dr. Saunders hier Rektor war, vor Ihrer Zeit, Bakker, hat er die Schule niemals während der Unterrichtszeit verlassen. Er pflegte zu sagen, alles, auch die kleinste Lappalie die Schule betreffend, betreffe auch ihn. Wir wurden ermuntert, jederzeit bei ihm hereinzusehen. Er schöpfte nicht einmal die volle Ferienzeit aus. Und er widmete sich hingebungsvoll den Parkanlagen. Ihm verdanken wir den Rosengarten hinter der Bibliothek.«

»Wirklich?«

»Armer alter Mann. Der dreht sich gewiß im Grabe um.«

»Wirklich?«

»Es ist in der Tat eine Neuheit, unter einem Rektor zu arbeiten, der nach London pendelt.«

»So schlimm?«

»In diesem Trimester waren es bereits sechs Abwesenheiten, und wir haben erst Februar. Was mag der Aufsichtsrat davon halten?«

Wie sollte er davon erfahren, wenn Mitchell es ihnen nicht hinterbrachte? Aber wenn man petzen wollte, wie sollte man das anstellen? Welcher dieser aufgeblasenen alten Burschen beaufsichtigte den Rektor, oder waren alle zuständig? Also war auch Roylands ein Sklave. Was für ein Metier oder Werdegang oder Beruf. Es gab Menschen, die ein Einkommen hatten, ohne Latein zu unterrichten, und keine Ehefrauen; irgendwo auf der Welt gab es freie Männer. Bei der Vorstellung kamen ihm fast die Tränen. Tausend im Jahr und Junggeselle. Der Himalaja, der Amazonas, alles, nur keine Schule. Was machte Roylands in London? Trinken? Spielen? Der Mann war doch nicht so dumm, sich mit einer Frau einzulassen, nachdem er das alles so geschickt umgangen hatte.

Backer seufzte. »Haben Sie schon einmal darüber nachgedacht, was Sie außer Lehrer noch hätten werden können, Mitchell?«

»Ausgeschlossen.«

Nun, Mitchell war der klassische Lehrer, schrumpelige alte Jungfer mit der Seele einer Weckuhr. Und Roylands schenkte famosen Sherry aus, auch wenn er dabei die Klinge wetzte. Es hatte aber weder den Anschein, als machte es Roylands Freude, die Klinge zu wetzen, noch, als räumte Roylands dem Lateinischen einen besonderen moralischen Stellenwert ein. Er fand einfach, diese verfluchten Sechstkläßler sollten so viel Latein können, daß sie ihre Prüfungen bestanden, und jemand sollte es ihnen beibringen.

»Ein Lehrer braucht Hingabe«, sagte Mitchell. »Die Internate sind Englands Rückgrat.«

Lieber wäre ich Junggeselle wie Roylands und führe einen schnellen Sportwagen und könnte nach London reisen oder in den Himalaja. Backer sah auf seine Armbanduhr. »Vergil ruft«, sagte er.

»Ich weiß nicht, was ich tun soll«, sagte Kate. Sie lag in Clauds Armbeuge und sah besonders anrührend aus in einem pseudoviktorianischen hochgeschlossenen Morgenrock. Sie waren für eine letzte Zigarette, eine letzte gemurmelte Unterhaltung ans verglimmende Feuer im Wohnzimmer zurückgekehrt, bevor sie sich anziehen und in die dunkle Nacht enteilen würden. Claud würde ihr ein Taxi rufen, sie aber nicht zur Tür begleiten, falls ein weiterer von Hodges' Herren so spät noch unterwegs sein sollte. Wenn sie unbemerkt gegangen war, würde er ins Auto steigen, das eine Straße weiter stand, und sich auf den beschwerlichen Rückweg zur Schule machen.

Claud wußte auch nicht, was er tun sollte. Er fühlte sich ausgenutzt, so viele Probleme. Seine eigenen waren schlimm genug, denn er wußte, wie heikel es war, ständig nach London zu fahren, besonders jetzt, da er Rotherham beinahe hatte. Noch nie war es so wichtig gewesen, unbescholten zu sein und sich bedeckt zu halten. Aber er konnte von Kate nicht lassen, und das konnte er ihr nicht anlasten. Sie beharrte nicht, forderte nicht, sie machte sich lediglich verlockender, als Fleisch und Blut aushalten konnten. Weshalb sollte er nun auch noch ihre Probleme lösen? Und schlimmer noch, er war eifersüchtig. Zuvor hatte er Ehemännern herablassende Duldung entgegengebracht. Sie hatten nichts mit ihm zu tun und, soweit er es beurteilen konnte, auch nur sehr wenig mit ihren Frauen. Jetzt machte ihn der Gedanke, daß Francis zurückkehrte und womöglich eheliche Rechte geltend machte, beinahe rasend vor Wut und Abscheu. Warum konnte Francis nicht still und friedlich in seinem Club bleiben? Das Arrangement war vollkommen zufriedenstellend gewesen.

»Er war ziemlich erbärmlich. Er entschuldigte sich, es sei falsch gewesen, wegzugehen, und ich hätte recht gehabt mit Sunningdale und er habe sich nicht genug um mich gekümmert und ihm fehlten die Kinder und könnten wir nicht noch einmal neu anfangen. Jede Ehe nutze sich ein wenig ab und brauche einen Schubs, und den habe er jetzt erfahren. Wie ein verliebtes Hündchen hat er mich angesehen. Ich kam mir so grausam vor. Was soll ich bloß tun, wenn er morgen kommt, mein Schatz? Sag mir, was ich ihm erzählen soll.«

»Das kann ich nicht, Kate. Du wirst einfach sagen müssen, was du fühlst.«

Nur innerlich spannte sie sich an. Sie lag weiter schmiegsam in seinen Armen und zeigte ihm ihr trauriges kleines, verlorenes Gesicht. Würde er sie denn niemals bitten? Hatte er vor, ewig so weiterzumachen mit diesem windigen Versteckspiel? Bildete er sich ein, er könne sie endlos halten, ohne ihr die Ehe anzutragen? Sie wollte Francis nicht, ganz und gar nicht, aber wenn sie ihn jetzt abwies und Claud nicht an seine Stelle trat, endete sie womöglich als alleinstehende Frau mit zwei kleinen Söhnen. Sie war kein junges Mädchen mehr, und die meisten Männer waren verheiratet. Natürlich. Man heiratete in den Zwanzigern, nicht in den Vierzigern, wenn man nicht gerade eine Trine war. Es war beängstigend.

Außerdem hatte Francis eine ominöse Bemerkung über Geld gemacht, die sie Claud nicht erzählt hatte. Er hatte gesagt, immerhin sei es sein Zuhause, denn er zahle dafür. Mit anderen Worten, er würde nicht mehr für etwas zahlen, in dessen Genuß er nicht kam. Und sie hatte kein Geld, bedrohliche Tatsache, abscheuliche Tatsache. Ihre Mutter lebte in Südfrankreich, aber nicht an der schikken Küste, sondern in den Bergen von Le Lavandou, wo sie die Lebensversicherung ihres verstorbenen Vaters aufbrauchte. Ärzte waren nie reich, es sei denn, sie wurden in den Hochadel aufgenommen und von der Königlichen Familie eingestellt. Einhundert pro Jahr für sich selbst von einer vergessenen Tante, das reichte im besten Fall für Taxi, Kino und Friseur; nicht einmal dafür.

»Ich weiß einfach nicht, was ich tun soll«, flüsterte Kate aufrichtig.

»O Gott, es ist schon eins.«

»Schatz, wie furchtbar, wir müssen uns beeilen.«

Wurde er müde? Diese elenden Fahrten von Newhall und zurück? Zu viel Aufwand? Ich muß Francis wieder aufnehmen, beschloß Kate, das Risiko kann ich nicht eingehen. Sie dachte an ihren Mann, wie er wieder in seinem Sessel saß, die immergleichen Sachen sagte und hin und wieder auf dem Weg ins Bett die abscheuliche Frage stellte: »Na, wie wär's, altes Mädchen?«

»Eine Tortur«, sagte Lotte Lingard. »Die reinste Tortur.« Sie saß an ihrem Schminktisch und wischte sich geschickt mit Creme die Wimperntusche ab.

Andrew lag auf der Chaiselongue und sah ihr dabei zu.

»Unsere Einladungen sind genauso öde wie die der anderen.« Lotte bürstete jetzt ihr Haar, als könnte sie es nicht ausstehen. »Ich beneide Symeon Stylites auf seiner Säule in der Wüste. Warum können wir nicht wenigstens mal neue Leute kennenlernen? Wir sagen und hören doch seit bestimmt fünfzig Jahren immer dasselbe.«

»Ich verstehe nicht, wieso ständig über Claud und Kate geredet wird. Gehen London die Skandale aus?«

»Unseren Kreisen schon. Schauspielerinnen, Maler und dieses mondäne Volk amüsieren sich wahrscheinlich prächtig.«

»Die moralische Entrüstung verblüfft mich. Man sollte meinen, Claud wandere gerade wegen Veruntreuung ins Kittchen.«

»Claud ist ein Dummkopf.«

»Eifersucht. Wir werden alle alt und behäbig und sind eifersüchtig auf den Brunfthirschen und das Weib mit dem lustgetränkten Moschusduft.«

»Wie du redest, Andrew.«

Andrew Lingard lachte. »Es ist unwahrscheinlich, daß der Aufsichtsrat von Rotherham im Four Hundred verkehrt oder wo immer man Claud und Kate so einträchtig hat tanzen sehen. Du hast recht, Lotte. Abendgesellschaften sind die Hölle.«

»Wann weiß Claud, ob er Rotherham fest hat?«

»Hat er schon.«

»Ich bitte dich – wie dumm kann man denn sein? Warum vergnügt er sich nicht mit anderen Damen? Gegen Vielweiberei hat keiner etwas einzuwenden. Und was ist da überhaupt los? Mavis Lowther hat mir erzählt, Francis sei wieder zurück.«

»Armer Francis.«

»Warum?«

»Männer schätzen es grundsätzlich nicht, Lotte, in aller Öffentlichkeit Hörner aufgesetzt zu bekommen. Das verdirbt ihnen die Laune.«

»Francis weiß doch wohl nicht Bescheid, oder? Bestimmt ist er der einzige zwischen hier und Highgate, der noch überhaupt nichts mitbekommen hat.«

»In dem Fall wäre es das beste für Claud.«

»Genau das versuche ich dir ja zu sagen. Claud kann sich keinen Ärger leisten. Er ist so ein Dummkopf. Und benimmt sich abscheulich. Seit er sich mit Kate eingelassen hat, hat er uns einfach fallenlassen. Alle anderen wohl auch, aber das ist eine jämmerliche Art, mit alten Freunden umzugehen.«

Sie ist verletzt, dachte Andrew, was bedeutet ihr Claud? Er gähnte, streckte sich und erhob sich schwer von der Chaiselongue.

»Du siehst bezaubernd aus, Lotte, mit und ohne Wimperntusche. Verglichen mit dir ist Kate Patchin bloß ein kleines graues Mäuschen.«

Im Spiegel des Schminktischs sah Lotte ihrem Mann ins Gesicht. Auf einmal fühlte sie sich wie hundert.

Die Kinder waren abgehärtet und planschten im Meer herum, aber Kate fand es zu kalt, sie lag bequem am Strand oder im Liegestuhl auf ihrem Balkon und wurde allmählich köstlich goldbraun. Claud hatte Santa Margherita ausgesucht. Es war nicht der verschwiegenste Ort, den er für die Frühjahrsferien hätte finden können, aber Kate scherte das nicht, auch wenn sie sich besorgt zeigte. Andere Leute hatten sich auch für die ligurische Küste im April entschieden, Leute, die sie kannten; sie waren inzwischen eindeutig als Liebespaar registriert. Eindeutig registriert zu sein, darauf hatte Kate gesetzt, aber es schien nicht aufzugehen: Claud fühlte sich nicht stärker kompromittiert als zuvor im verborgenen. Jetzt, da ihm

36

Rotherham sicher war, betrachtete er sich anscheinend als unverwundbar.

Claud war nett zu den Jungen, nahm sie aber so hin, nahm Kate so hin, nahm alles so hin. Er sprach ausführlich von der Zukunft, und sie kam darin nicht vor. Außer als Teil seines Urlaubs. Er hatte vorgeschlagen, sie (die Familie, nicht sie und er, sondern sie, die so hingenommene, zweifellos unaufregende kleine Gruppe) könnten im Sommer nach Schweden fahren, Reisen bildet, so gut für die Kinder. Sie fühlte sich nicht wie eine Ehefrau, sondern wie eine mitreisende Erzieherin.

Es hatte nachgelassen. Es war zur Gewohnheit geworden. Die Liebe war triumphal wie immer, aber nicht mehr so ausschweifend. Claud konstatierte, man habe einen anstrengenden Tag hinter sich, und das war's. Noch ein Jahr, dachte Kate, wenn überhaupt, dann findet er jemand anders, jemand Aufregendes. Warum auch nicht? Er war in der prächtigen Situation des Mannes, der alles auf einmal haben konnte.

Kate drehte sich auf den Rücken und schloß die Augen vor der Sonne. Claud schrieb in seinem Zimmer Briefe. In der Schweiz hatte er nie Briefe geschrieben, da hatte er es keine Minute ohne sie ausgehalten. John und Martin planschten und kreischten.

Und Francis, auf ewig Francis. Eine Weile war sie dankbar gewesen für seine Rückkehr – Claud war eifersüchtig. Er vergaß, daß er während der Schulzeit unmöglich abends Newhall verlassen konnte, er kam mindestens einmal die Woche nach London und musterte sie angespannt, um zu sehen, ob Francis sich ihr genähert hatte. Er führte sie zum Tanzen aus, ins Theater, er konkurrierte mit Francis, der sie nie irgendwohin ausführte; wenn Claud wüßte. Was für ein vergnüglicher Winter das gewesen war. Aber sie hatte Claud zu erfolgreich in Sicherheit gewiegt. Ein Fehler. Und natürlich eine Lüge. Männer waren Phantasten, wie sollte sie sich wohl nach Clauds Meinung Francis vom Leib halten? Francis hatte seinen kleinen Appetit und seine ehelichen Rechte, und er bezahlte die Rechnungen.

Francis war blind, tumb und lenkbar. Francis war außerdem konventionell und glaubte an privates Eigentum. Francis verbat sich, ausgelacht zu werden, er war ganz besonders geisttötend, wenn er über Würde schwadronierte. Hat ein Mann wenige Überzeugungen, so hält er stur an ihnen fest. Francis würde Claud nicht dulden, Francis wäre niemals ein aufgeschlossener, wohlwollender Ehemann, Francis würde sie hinauswerfen und die Scheidung beantragen. Aber Francis würde es nie erfahren, und niemand würde es ihm erzählen. Zum Glück. Zum Glück?

Beim Mittagessen kündigte Claud an, er werde an Lotte Lingard schreiben, mit der Morgenpost sei ein Brief von ihr gekommen, der so amüsant war, daß er postwendend beantwortet werden müsse.

Die Kinder wollten aufstehen, nachdem sie ihren Nachtisch gegessen hatten. Claud und Kate blieben beim Kaffee sitzen, ungestört.

»Du hast Lotte deine Adresse gegeben?«

»Ja, warum nicht? Sie weiß nicht, daß ich nicht allein bin. Ich habe mich kurz mit ihr getroffen, bevor wir abreisten. Sie ist wirklich die angenehmste Gesellschaft in London.«

Kate schwieg. Sie sah Lotte Lingard vor sich – groß, blond, blühend, spöttisch, zu Hause auf ihrem wunderschönen Anwesen, zu Hause in der Welt. Dieses abscheuliche Wesen, die attraktive reifere Frau, wie alt, achtundvierzig, fünfzig, älter als Claud, eine in die Jahre gekommene Frau, die jüngere Männer anzog, weil die Aura jener unbekannten, verlorenen Vorkriegswelt sie umwehte.

»Anscheinend hat Andrew sein Buch über die sumerischen Könige beendet. Das sorgt bestimmt für Wirbel, Andrew ist ein kluger Kopf. Wußtest du, daß er mit siebenunddreißig den Banwel-Lehrstuhl für Alte Geschichte in Oxford bekommen hat? Lotte meint, Andrew läuft herum wie ein Exilierter, aus seinem eigenen Land vertrieben, die Freunde tot. Sie sagt, diese Trübsal erträgt sie nicht, und wenn sie Andrew ein schönes neues Thema vorschlägt, sieht er sie an, als müsse er sich übergeben. Also hat sie beschlossen, Andrew brauche zur Aufheiterung und Anregung einen Ausflug in den Nahen Osten. Ihr Ausgangspunkt ist Rom. Ich habe ihr vorgeschlagen, mich auf dem Weg zu besuchen.«

»Aber das geht nicht!«

»Nein.« Claud wirkte erstaunt und verwirrt. »Stimmt wohl.«

Wenn er den Schneid hätte, dachte Kate wütend, würde er mich bitten, mich mit den Kindern irgendwo zu verstecken, damit er ein paar Tage mit seiner angebeteten Lotte plaudern kann.

»Lotte hat alles«, sagte Kate mit unverhohlener Verbitterung. »Ihr eigenes Geld und Andrews dazu. Sie ist vollkommen frei. Andrew ist so höflich und distanziert, wahrscheinlich hat sie eine Handvoll Geliebter.«

»Nicht daß ich wüßte. Das würde sie mir natürlich nicht erzählen und auch sonst niemandem, aber ich kenne

Lotte seit Jahren, und mir ist nie etwas aufgefallen. Ich bezweifle, daß sie sich auf so etwas einlassen würde.«

Verflucht, dachte Kate, o nein, Lotte würde natürlich nie so tief sinken. Im Grunde ist Claud genauso widerwärtig konventionell wie Francis. Zwei Sorten Frauen – weil er mich bekommen hat, verachtet er mich.

»Lotte hat genügend Verehrer«, fuhr Claud fort. »Sie ist eine so anregende Gesprächspartnerin und eine tolle Reisegefährtin. Einen Sommer bin ich mit ihr nach Jugoslawien gefahren und habe so viel gelacht wie noch nie. Im übrigen ist Andrew äußerst charmant, die beiden sind einander sehr verbunden.«

Ich gehe, sagte sich Kate. Eigentlich will er mir sagen, daß ich ihn langweile und nicht besser bin als eine Hure.

»Da ist wieder die junge Frau.« Clauds Miene hellte sich auf. »Sie trägt immer Weiß. Gestern habe ich sie in einem weißen Badeanzug am Strand gesehen.«

Eine Italienerin, vielleicht war sie auch Französin, hatte den Speisesaal betreten. Sie war gerade mal fünfundzwanzig, hatte glattes schwarzes Haar, braun schimmernde Haut und unter dem weißen Kleid eindeutig nichts an – eine billige Kopie von Brigitte Bardot, wie sie ihren Körper wogen ließ, ein Boot auf bewegter See. Das war ein echter Schlag, die eigentliche Warnung: Claud sah sich nach anderen Frauen um, und mit was für einem Blick – als wollte er sie verschlingen. Untreu im Geiste, wenn nicht gar mehr, er sehnte sich nach Lotte Lingard und gierte nach fremden Italienerinnen.

»Laß uns einen Mittagsschlaf machen«, schlug Kate mit erstickter Stimme vor.

»Mach ruhig, mein Schatz, ich schreibe meinen

Brief zu Ende. Vielleicht gehen wir nach dem Tee spazieren.«

Der letzte Sommer in Newhall war bereits wie eine Erinnerung, golden und friedlich, eingehüllt in nostalgische Zärtlichkeit. Er mochte alle, Schüler und Lehrer, erkannte ihre Schrullen und fand sie reizend. Jeder Tag war ein letzter und wurde einem Ende gemäß gewürdigt. In seinen sieben Jahren in Newhall war ihm die Arbeit noch nie so leicht gefallen, auch konnte er sich an keinen Sommer erinnern, in dem die Schule so schön ausgesehen, die Sonne so beständig gestrahlt hatte. Er genoß die wohlige Trauer des Abschieds und die wohlige Erwartung eines noch erfüllteren Lebens.

Zudem fühlte er sich sehr viel besser, seit er nicht mehr jede Woche nach London fuhr. Der vergangene Winter erschien ihm jetzt als einziger Taumel von Hast und Mühen, diese bangen dunklen Fahrten hin und zurück, Ängste, die er kaum begriff und die so unnötig schienen. Kate war bezaubernd wie immer. Es war nun mal so, daß man sich an Frauen gewöhnte. So köstlich und lebenswichtig sie waren, man brauchte noch etwas anderes, mehr. Die unvermeidliche Du-und-ich-Unterhaltung, die Grundlage jeder Liebesaffäre, war auf Dauer ermüdend. Von wenigen Ausnahmen wie Lotte Lingard abgesehen, konnte man mit Frauen nicht reden, ein Mangel, der sich stets offenbarte, wenn der erste Rausch verflogen war. Außerdem konnte er Kate im Sommer sehen, einen Monat lang in Schweden mit den Kindern, äußerst angenehm und vollkommen ausreichend. Für die restlichen drei Ferienwochen hatte er sich bei den Lingards in Oxfordshire eingeladen, unglaublich, daß er ein ganzes Jahr lang die Wonnen dieses bezaubernden Hauses vergessen und verschmäht hatte. Die Lingards kehrten von ihrer Reise an Andrews historische Stätten zurück und brachten bestimmt jede Menge Klatsch mit, wie er ihn am liebsten mochte, Klatsch aus ferner Vergangenheit und von vorzeitlichen Toten.

Alles in allem mochte er diese entspannte Phase einer Liebesaffäre lieber. Begierde schickte sich nicht für einen Mann seines Alters. Er begrüßte die Aussicht, Leidenschaft in glückliche Gewohnheit münden zu lassen. Im besten Fall war die Verbindung von Dauer. Er sah sich durchaus grauhaarig gelassen am Arm einer charmanten Dame unbestimmten Alters, die seit fünfzehn Jahren seine Geliebte war, in einer Beziehung, die die Welt akzeptierte und die Zeit sanktionierte.

Die Sonne schien. Die Schulelf von Newhall machte sich prächtig, und Dr. Saunders' Rosengarten hatte noch nie zuvor derart schillernde Blüten hervorgebracht.

Lotte sagte: »Na, dem Himmel sei Dank, daß Claud diesen Wahn überwunden hat. Ich bin so erleichtert. Ich habe mir schreckliche Sorgen gemacht. Ich sah ihn schon sein Leben ruinieren.«

»Weshalb?«

»Weshalb was?«

»Woher weißt du, daß er seinen Wahn überwunden hat?«

»Er möchte fast die Hälfte seiner Ferien bei uns verbringen. Kein Mann verbringt so viel Zeit getrennt von seiner Geliebten, wenn er von Wollust getrieben ist.«

»Arme Kate.«

»Unsinn.«

»Du hast sie nie gemocht, nicht wahr?«

»Ich traue sanften, hilflosen Frauen nicht. Frauen sind eigentlich nie sanft und hilflos, können sie gar nicht sein, sonst würden sie nicht überleben. Der Samtbezug ist ein Trug – erinnert mich an diese Blumen, die Insekten fressen.«

»Du bist sehr streng, Lotte.«

»In meinem langen Leben, Andrew, habe ich gelernt, daß Männer eigentlich immer lieber belogen werden. Nicht belogen zu werden ist ihnen zu grob. Wenn es dich erheitert, kann ich versuchen, sanft und hilflos zu sein. Ich weiß, wie das geht.«

»Gott bewahre.«

»Jedenfalls bin ich wegen Claud erleichtert.«

»Warum nimmst du dir das so zu Herzen?«

»Reine Gewohnheit. Alte Freunde nehme ich mir immer zu Herzen. Komm, mein Lieber, die Esel warten seit einer Stunde. Mein Gott, bin ich froh, wenn wir die Türkei hinter uns haben. Das Land ist ja ganz schön, aber bei den Menschen wird mir ganz anders.«

Kate hatte die Nachricht zehn Mal gelesen. Dies war der Wendepunkt, das wußte sie. Entweder kämpfte sie, oder sie war verloren. Sie verstand alles, was Claud nicht gesagt hatte: Ich finde deinen Körper noch immer anziehend, aber nicht mehr so überwältigend, und ich habe immer Wert auf Unterhaltung gelegt, die du mir nicht hinreichend bieten kannst. Jetzt fügen wir uns in eine nette, freundliche Affäre, wann immer es mir paßt. Eigentlich stand in der Nachricht nur, ein Monat Schweden sei ideal und gut für die Jungen, aber noch mehr Zeit in Hotels sei eine Strapaze, und er habe den Lingards versprochen ... er schlage vor, am 28. Juli nach Schweden aufzubrechen, so daß er am 28. August in Oxfordshire sein konnte.

Eine Weile würde es so weiterplätschern, und eines Tages würde Claud irgendwo eine Frau erblicken, Kate ausweichen, sie schließlich verlassen und sich erneut in eine Leidenschaft stürzen, wie sie selbst sie bei ihm kennengelernt hatte. Und sie blieb bei Francis, und sie wurde nicht jünger, und sie wollte Claud, und sie wollte das Leben, das Claud in Aussicht hatte. Sie brauchte ihn, sie hatte all ihre Hoffnungen auf ihn gesetzt.

Jetzt oder nie. Es war ein entsetzliches Risiko. Es konnte in einer Katastrophe enden. Oder dort, wo sie hinwollte, auf dem Standesamt von Kensington. Ihre Hände schwitzten, sie ging nicht gern Risiken ein. Aber wer spielte schon gern mit Leben und Tod?

Komm schon, nicht übertreiben, überspannte Frauen sind jämmerlich. So würde es ablaufen: Francis kam mit zornesrotem Gesicht und einem Brief in der Hand in ihr Zimmer gestürmt und verlangte eine Erklärung. Sie bestätigte ihm bedauernd, sie könne es nicht leugnen, sie habe es ihm schon lange gestehen wollen, es aber nicht über sich gebracht, es tue ihr entsetzlich leid, die Menschen hätten ihr Schicksal nicht in der Hand. Gegen die Liebe sei sie machtlos. Francis würde stampfen und schreien. Sie würde wahrscheinlich weinen. Es würde lange dauern, und irgendwann wäre er ruhig, wenn auch verbittert, und sie würden die Scheidung in die Wege leiten. Brighton und eine Prostituierte, dachte sie, das tröstete den Gentleman gewöhnlich über derartiges hinweg.

Kate lieh eine Schreibmaschine, kaufte Briefpapier und Umschläge in einem weitab gelegenen Schreibwarengeschäft, tippte langsam den Brief, adressierte ihn an Francis und warf ihn in einem Briefkasten im Zentrum ein. Wie nützlich doch Krimis waren, dachte sie, jeder konnte die Technik des Verbrechens erlernen. Dann ging sie ins Bett, elend vor Angst.

Claud hatte den Burschen mit der Melone, der sein Anliegen nicht vorbringen wollte, außerordentlich kurz angebunden abgefertigt. Er empfange nur angemeldeten Besuch, ließ er ihn wissen, und er möge sich bitte kurz fassen, worum auch immer es ging. Der Kerl starrte ihn mit schwammigen Augen an und fragte unverschämterweise nach seinem Namen. Dieser Flegel wußte doch wohl, wer er war, weshalb sollte er sonst hier sein?

»Mr. Roylands, wer sonst.«

»Mr. Claud Roylands?«

»Natürlich.« Die Versuchung war groß, diesem Menschen, der es förmlich darauf anlegte, einen Tritt zu verpassen.

Der Mann drückte ihm einen Umschlag in die Hand, der nach juristischem Inhalt aussah, entblößte beim Lächeln haufenweise schlechte Zähne und empfahl sich.

Claud hatte den Inhalt des Umschlags inzwischen gelesen. Er schloß sein Arbeitszimmer ab und sank in einen Sessel. Auf einmal beugte er sich vor und klemmte den Kopf zwischen die Knie. Er hatte gedacht, er würde ohnmächtig.

Das ist nicht wahr, sagte sich Claud, es ist nicht wahr. Ich träume, das passiert mir nicht wirklich.

Etwas später, nach einem Schluck Brandy vielleicht, würde er sich noch einmal an diesen abscheulichen Schrieb heranwagen.

Es stand noch immer dasselbe drin. Francis Michael Patchin werde wegen Ehebruchs seiner Frau Katherine Trent Patchin auf Scheidung klagen, und der Mitbeklagte sei Claud.

So etwas passierte anderen. Ihre peinlichen Geschichten las man im *Express*. Man kannte sie nicht, man empfand sie als himmelschreiend dumm, leichtsinnig und auf jeden Fall gewöhnlich. Gelegentlich wurde ein Geistlicher erwischt, den armen Trottel hielt man für so unerfahren, daß er sich natürlich erwischen ließ, außerdem wußte man, er war geliefert. Geistliche hatten, genau wie Rektoren und Richter, tugendhaft zu sein, jedenfalls durften ihre Namen nicht öffentlich mit einem Skandal in Verbindung gebracht werden.

Ich gehe dagegen an, dachte Claud, aber das war müßiges Getöse, und das wußte er. Francis Patchin mochte ein Langweiler sein, aber er war Geschäftsmann, ein erfolgreicher zudem, kein Schwachkopf, kein Kind. Ohne Beweise würde er sich niemals auf ein solches Verfahren einlassen. Beweise, großer Gott, die Beweise waren überall.

Wenn doch Lotte und Andrew schon zurück wären, dann könnte er mit ihnen reden, sie würden ihm sagen, was er zu tun hatte. Was konnten sie ihm sagen? Was konnte ihm überhaupt irgend jemand sagen? Es gab keinen Ausweg.

Und wenn Kate Francis überredete, die Klage fallenzulassen? War das möglich? Konnte man juristisch seine Meinung ändern? Wahrscheinlich, der Staat hatte damit nichts zu tun, Ehebruch war keine strafbare Handlung.

Er bat die Vermittlung um Kates Telefonnummer. Kates Stimme klang schon beim »Hallo« außer Kontrolle. Er verabredete sich mit ihr für den Abend in der Charles Street und legte schnell auf.

Noch am selben Tag sagte Mitchell zu Backer: »Was ist mit dem Rektor los? Er sieht furchtbar elend aus. Ich war bei ihm, um die Vorbereitungen zur Abschlußfeier in der Kapelle zu besprechen, und er wirkte wie taub oder im Fieber. Er sagte immerzu: ›Ja, ja.‹ Höchst bemerkenswert.«

Backer nahm an, der Rektor habe möglicherweise einen Kater. Der Glückliche. Frei. Konnte machen, was er wollte. Die ganze Nacht trinken, wenn ihm danach war. Hatte das Geld und keine Frau, die schnüffelte und nörgelte.

»Wahrscheinlich hat er viel um die Ohren«, sagte Backer.

»Dieses Scheusal! Dieses Schwein! Er hat einen Detektiv auf mich angesetzt, ganz bestimmt.« Kate war zunächst in Tränen aufgelöst, jetzt schritt sie im Wohnzimmer in der Charles Street auf und ab wie ein rotäugiges, wildgewordenes Kätzchen. Sie wiederholte sich. Sie war zutiefst erschrocken. »Nicht ein Wort! Nicht ein einziges Wort! Er hat seine Sachen mitgenommen, als ich außer Haus war, er ist in seinen Club gezogen, er hat nichts gesagt. Dann kam diese grauenhafte Gestalt und gab mir einen Umschlag. Die Kinder! Stell dir vor, wie es für sie wird! Er hat einzig und allein an seine verdammte Eitelkeit gedacht. Und an Rache. Schließlich bin ich doch ihre Mutter.«

»Für mich ist es auch eine ziemliche Katastrophe«, sagte Claud.

»Ach, Schatz, verzeih! Natürlich. Böse! Grausam! Aber für Männer ist es ganz anders.«

»Wie denn?« fragte Claud kühl.

»Na, was ein Mann tut, spielt im Grunde keine Rolle. Ich meine, den Leuten ist es egal.«

»Daß es den Leuten egal ist, was ein Börsenmakler treibt, mag ja angehen. Schulleiter sind ihnen ganz und gar nicht egal, das kannst du mir glauben.«

»Aber es ist ja nicht deine Schuld.«

»Ach, Kate.« Er gab es auf. Sie begriff gar nichts. Er konnte jetzt nur noch versuchen, sie beide zu retten, wobei ihr wahrscheinlich gar nicht bewußt war, was auf dem Spiel stand.

»Unsere einzige Chance besteht darin, daß du Francis überredest, die Klage fallenzulassen. Das wird natürlich schlimm für uns, wir dürften uns dann nicht mehr sehen. Wir dürften kein Risiko mehr eingehen, jetzt, da wir wissen, wozu Francis fähig ist. Nach einer Weile, wenn sich alles beruhigt hat, könntest du mit ihm reden und versuchen, eine vernünftige Scheidung in die Wege zu leiten oder eine einvernehmliche Trennung. Aber jetzt müssen wir diesen gräßlichen Skandal abwenden, der uns alle ins Verderben stürzen wird. Du mußt Francis weismachen, daß du vorübergehend den Kopf verloren hast, daß du es bereust und mit ihm weiterleben willst. Eine andere Möglichkeit sehe ich nicht.«

Kates Panik war nicht gespielt. Bis es ihr in der verhängnisvollen Juristensprache vor Augen geführt wurde, war ihr nicht klar gewesen, was sie getan hatte. Sie hatte nicht geahnt, daß es so häßlich und nackt aussehen würde, und auch nicht, wie gefährlich es war. Ich wollte doch nur Claud, dachte sie, das hier wollte ich nicht. Das war Francis' Schuld. Und noch erschreckender als diese fürchterliche gerichtliche Drohung war Clauds Stimme und das, was er sagte. Er hatte sie nicht flugs in den Arm genommen, er hatte sie nicht getröstet und beschworen, sich zu beruhigen, Skandale seien nach einem Tag aus der Zeitung verschwunden, keiner würde sich daran erinnern, außerdem ließen sich Millionen von Menschen scheiden, und was könne dieser läppische Zwischenfall ihrem Leben schon anhaben, wenn sie erst einmal Mrs. Claud Roylands war?

Kate brach erneut in Tränen aus, von echtem Schluchzen geschüttelt.

Außer sich vor Nervosität und Angst nahm Claud sie schließlich doch noch in den Arm und versuchte sie zu beruhigen. Er hatte Kate für klüger gehalten. Sie war blind besorgt um ihren Ruf und die Schande für ihre Kinder und schien gar nicht zu begreifen, was es für ihn bedeutete. Die Kinder würden es verkraften, von der abscheulichen Scheidung würden sie überhaupt erst erfahren, wenn sie älter waren, Kate mußte sie vielleicht für eine Weile auf ein Schweizer Internat schicken, mehr nicht. Und was Kate betraf – ein Hauch von Skandal machte eine Frau doch noch faszinierender. Er war der eigentliche Verlierer, das einzige Opfer, er war es, der einer Katastrophe ins Auge sah.

»Ich habe es versucht«, sagte Kate. »Daran habe ich gleich gedacht. Ich habe Francis im Büro angerufen. Er sagte, er würde sich weder jetzt noch sonst irgendwann mit mir treffen, nur noch ein Mal, und zwar vor Gericht. Du machst dir keinen Begriff. Er haßt mich. Er sagte, wenn ich ihn noch einmal anrufe, wird seine Sekretärin mich nicht mehr durchstellen. Er sagte, er würde alle Briefe ungeöffnet zurückschicken. Er sagte, er würde uns beide lehren, einen unbescholtenen Mann zum Narren zu machen. Du hast keine Ahnung. Mir ist das Blut in den Adern gefroren.«

Das war der authentische Klang der Sterbeglocke. Ja. Genau so fühlte sich Francis, und so würde er verfahren. Es gab keinen Ausweg. Ihnen blieb nichts anderes übrig, als auf den schwarzen Tag zu warten, auf das Unheil, dabei zuzuhören, wie ihr Leben in einer öffentlichen Verhandlung einem Richter unterbreitet wurde (der gelangweilt wäre? voller Verachtung?), angestarrt, beim Hinaustreten auf die Straße fotografiert zu werden, oder widerfuhr das nur Filmstars und Adligen? Der Rektor von Newhall war allerdings auch ein ganz appetitliches Fressen, wahrscheinlich so willkommen wie ein sündiger Geistlicher.

Claud wußte, was er nun zu tun hatte, nicht für Kate, nicht für die Kinder, sondern weil die Spielregeln es so vorsahen. In den Augen künftiger Vorstände mochte dies sein Vergehen mildern, jedenfalls war es eine unvermeidliche Geste.

»Kate«, sagte Claud, »wenn alles vorbei ist, werden wir natürlich heiraten.«

»Liebster!« Kate vergrub ihr Gesicht an seiner Brust und weinte erleichtert. Gewiß nicht der glücklichste Antrag, aber bald wäre alles überstanden, dann würden sie heiraten und diesen schrecklichen Auftakt vergessen, Claud würde sie wieder lieben, und sie würden das wunderbare Leben führen, von dem sie geträumt hatte.

Claud war als Gentleman geboren und erzogen. Er küßte seine zukünftige Ehefrau.

Es war wohl klüger, gleich an den Aufsichtsrat von Rotherham zu schreiben, bevor etwas an die Öffentlichkeit drang. Wenn er einen geschickten Brief verfaßte, in dem er die ganze Misere weder zugab noch leugnete, sondern gewissermaßen mißbilligte, gleichsam herunterspielte, würde man vielleicht, ganz vielleicht eine Scheidung durchgehen lassen. Immerhin hatten sich die Zeiten geändert. Claud brachte drei Nächte mit Entwürfen zu. Schließlich meinte er, den richtigen Ton getroffen zu haben, formvollendet bot er seinen Rücktritt an, ließ jedoch Zweifel daran durchblicken, daß Männer von Welt einen Rücktritt aus solch geringem Anlaß akzeptierten. Dann versuchte er, seine Hoffnungen zu zügeln, wohl wissend, daß so gut wie keine Hoffnung bestand.

Der Aufsichtsrat in Person des Vorsitzenden reagierte umgehend. Der Brief drückte weder Tadel noch Empörung aus, machte jedoch deutlich, daß die Traditionen von Rotherham es unmöglich machten und so weiter. Alles in allem, fand Claud, war es freundlich, ihn nicht auf die Unannehmlichkeiten hinzuweisen, die er allen bereitet hatte, denn wo bekam man so spät noch einen qualifizierten, unbescholtenen Schulleiter her?

Der Aufsichtsrat von Newhall hatte sich bereits umgetan und einen Ersatz für Claud gefunden. Insgeheim betrachteten sie Roylands als einigermaßen opportunistisch, darüber hinaus als verdammt unvorsichtig, und Claud wußte das. Er war nicht entfernt in der Position, um seinen Verbleib bitten zu können, und was würden sie mit Lockwood anfangen, den sie bereits verpflichtet hatten? Dennoch könnte er ihnen mitteilen, er stehe aus gewissen Gründen zur Verfügung, andeuten könnte er es. Auch dieser Brief wurde mit vorbildlicher Zügigkeit beantwortet, und die Antwort fiel sehr viel vernichtender aus als erwartet. Der Aufsichtsrat erklärte, angesichts der mißlichen persönlichen Bedrängnis, in der sich Mr. Roylands befinde, sei es möglicherweise angeraten, daß Mr. Roylands Newhall vor der Abschlußfeier verlasse und bevor sein Name in den Zeitungen auftauche. Seine Anwesenheit in der Kapelle während der Feier würde für Unbehagen sorgen, Mr. Roylands erinnere sich doch gewiß an die festen Grundsätze von Bischof R.W.W. Prebble, der den Gottesdienst leiten werde. Jeder Vorwand, den Mr. Roylands für eine vorzeitige Abreise vorzubringen habe, sei willkommen, derweil könne Internatsleiter Mr. Richard Mitchell die Aufgaben des Rektors übernehmen, die gegen Ende des Sommertrimesters ohnehin überwiegend gesellschaftlicher Natur waren.

»Ach, mein armer Claud«, sagte Lotte. Sie rang förmlich die Hände. »Wie entsetzlich. Du kommst natürlich sofort zu uns, nächste Woche fahren wir aufs Land. Aber das hilft auch nicht weiter, nicht? Ich muß mich mit Andrew beraten. Wenn es ums Unterrichten geht, hat er erstaunlich praktische Ideen.«

»Wärst du so nett, Lotte?«

»Aber selbstverständlich. Was immer wir ausrichten können. Das tut mir alles so schrecklich leid. Aber immerhin bekommst du Kate, mein Lieber, und die Ehe hat einiges für sich, wenn man sich einmal daran gewöhnt hat. Du liebst sie, die Zukunft ist also nicht pechschwarz. Ich fand Rotherham schon immer die spießigste Schule in ganz England.«

Claud versuchte zu lächeln; das brach Lotte fast das Herz. Aber wenn sie erst mal verheiratet waren, verliebte er sich vielleicht tatsächlich in Kate. Männer waren bemerkenswerte Tiere – Besitz gab ihnen Auftrieb, nach der Hochzeit neigten sie viel eher zur Hingabe als davor. Trotzdem, was für ein Dummkopf Claud war, warum nur, warum mußte er mit einer verheirateten Frau schlafen, wo es in London doch von temperamentvollen Damen nur so wimmelte, die entweder bereits geschieden waren oder zu gerissen, um sich zu binden? Sex, dachte Lotte – ungefähr so schlimm wie Krebs.

»Wie geht es Kate?« Lotte brachte die Worte kaum über die Lippen. Die Patchins waren bei ihr unten durch, Mann und Frau. Unvorstellbar, daß eine Frau Jahre mit einem Mann leben konnte, ohne zu wissen, was er für ein Mensch ist. In ihren Augen wurde Kate, die sie nie für besonders intelligent gehalten hatte, dadurch kriminell schwachsinnig. Man beging keinen Ehebruch, wenn man einen Mann hatte, der sich wie Francis Patchin aufführte. Und Francis kam ihr überhaupt gar nicht mehr ins Haus. Der war mehr Polizeischnüffler als normaler Mensch. Man stelle sich vor, den Mann beim Namen zu nennen, mit dem die Ehefrau ins Bett ging, unfaßbar.

»Furchtbar mitgenommen, das arme Ding. Sie gibt sich die Schuld, und ich tröste sie nach Kräften. Sie grämt sich um Rotherham viel mehr als ich. Ich wußte sofort, daß ich Rotherham verloren habe, und das muß man akzeptieren. Aber Kate redet ständig davon und von Cambridge und wie schrecklich das ist, alles verloren, alles ihre Schuld, was sollen wir bloß tun? Damit macht sie sich noch ganz krank. Es wird ein Segen sein, wenn die ganze verflixte Angelegenheit vorüber ist, wenn wir heiraten und zur Ruhe kommen können.«

Claud blickte sich in ihrem Salon um, als sähe er ihn zum letzten Mal. Glaubt er etwa, er wird jetzt nirgendwo mehr eingeladen, fragte sich Lotte, bildet er sich ein, er wird auf offener Straße gesteinigt? Armer Claud.

»Trink was, mein Guter, mach uns zwei richtig große Drinks. Ich verspreche dir, wenn alles vorbei ist, ist es gar nicht mehr so schlimm. Wirklich. Ich kenne jede Menge Leute, die die wahnwitzigsten Scheidungen hinter sich gebracht haben. Denk nur an Helena Partridge, du meine Güte, wenn ich mich recht entsinne, wurde sie wegen eines schwarzen Boxers geschieden. Und Peter Graham hat sich im Park mit Männern vergnügt. Ich will damit sagen, es spielt überhaupt keine Rolle, nur in der Schule.«

»Trotzdem muß ich ja meinen Lebensunterhalt verdienen, Lotte. Und Kates dazu. Und ich bin nun mal Lehrer.«

»Ich rede mit Andrew. Ihm wird etwas einfallen.«

»Was ist los?« fragte Backer Mitchell. »Ich habe eben den Rektor gesehen. Auf dem Weg nach draußen. Ohne sich von irgendwem zu verabschieden. Raus, einfach so. Seine Mutter sei krank. Ich wußte nicht mal, daß er eine Mutter hat.«

»Nein.«

»Was passiert hier, Mitchell? Wer übernimmt die Geschäfte?«

»Ich leite die Schule bis zu den Ferien.«

»Sie wissen etwas.«

»Nun ja, schon. Aber ich bin nicht befugt, mich dazu zu äußern.«

»Ärger?«

»Allerdings.«

Es entstand eine Pause, während Mitchell rauchte und vor Genugtuung strahlte. Zögernd fragte Backer: »Eine Frau?«

»Mehr darf ich nicht sagen. Sie werden es noch früh genug erfahren.«

»Großer Gott«, sagte Backer. »Großer Gott.«

»Andrew, hör auf, die Suppe zu kauen, und sag etwas Hilfreiches.«

»Mein liebes Mädchen, nicht mal dir zuliebe kann ich die Sitten und Ressentiments im englischen Schulwesen ändern.«

»Was haben sie denn gesagt?«

»Sie sagen, sie hätten schlicht keine freie Stelle. Was möglicherweise der Wahrheit entspricht.«

»Kannst du nicht noch anderen schreiben?«

»Lotte, komm zur Vernunft. Das sind schon drei Absagen. Selbst wenn ich für mich frage, nützt es Claud gar nichts, eingeladen und schließlich abgewiesen zu werden. Ich sage dir, er bekommt jetzt keine Stelle, nirgends. Irgendwann, wenn diese Geschichte in Vergessenheit geraten ist, in zehn Jahren vielleicht. Aber augenblicklich besteht überhaupt keine Chance. Und wenn du mich bedrängst, wird es auch nicht besser.«

»Und dann? Und jetzt? Es ist so furchtbar.«

»Ich kenne den Erziehungsminister in Ghana. Er hat bei mir studiert. Eifriger Ägyptologe. Ihm könnte ich schreiben. Ich glaube, er hat höllische Schwierigkeiten mit dem dortigen Schulwesen. Ich nehme nicht an, daß sie sich um Skandale scheren, und sie brauchen dringend Lehrer. Ich persönlich bedauere, daß diese gesunden, glücklichen schwarzen Menschen durch Bildung verdorben werden.«

»Ghana? Ach, Andrew. Wie ist es in Ghana?«

»Heiß, nehme ich an.«

Da Katherine Trent Patchin und Claud Roylands die Scheidungsklage von Francis Michael Patchin nicht anfochten, weil sie es nicht konnten, brauchten sie nicht vor Gericht zu erscheinen. Sie wurden von Anwälten vertreten, und der Richter machte es kurz, er war nicht sehr beeindruckt von Mr. Patchin, der rachsüchtig schien und auch ein wenig widersprüchlich. Mrs. Patchin konnte wohl kaum die Hure Babylon sein, wenn Mr. Patchin bereit war, ihr die Kinder zu überlassen, von den Ferienzeiten abgesehen, in denen er sie zu empfangen beliebte. Drei Zeilen in der *Times* kündeten von der Scheidung, der *Express* widmete der Geschichte einen ganzen Absatz aus dem vertretbaren Grund, daß ehebrechende Schulleiter eine ungewöhnliche Meldung abgaben.

Die Hochzeit fand im Standesamt ihres Viertels statt und war außerordentlich bedrückend. Kate klammerte sich an Clauds Arm, sie sah bleich und krank aus und konnte kaum stehen. Claud wirkte ernst und tapfer. Welke Blumen in häßlichen Körben, Überbleibsel einer der vorangegangenen Fließbandhochzeiten. Und ein Beamter mit

Haaröl und Nadelstreifen reichte Claud den Ring auf der grünen Gebührenquittung. Claud und Kate fuhren für die Flitterwochen auf den Landsitz der Lingards in Oxfordshire, während Francis die eine Woche zum Abschied mit den Kindern verbrachte.

Lotte und Andrew, Trauzeugen bei dieser deprimierenden Feier, verabschiedeten das frisch vermählte Paar; man sehe sich in zehn Tagen am Schiffsanleger. Dann gingen die Lingards in Kensington Gardens spazieren, schweigend in Melancholie versunken, bis Lotte bemerkte, es sei doch wirklich viel leichter, mit ein und demselben Menschen verheiratet zu bleiben. Andrew drückte ihre Hand. Sie stellte außerdem fest, daß Kirchen viel netter seien, nicht wahr, und obwohl Vikare sich aller möglichen Aussprachen befleißigten, sprächen sie niemals affektiertes Cockney, und irgendwie sei doch ein Ehegelübde mit derartigem Akzent ziemlich abstoßend. Andrew bat sie, sich nicht aufzuregen, es sei alles gut, Kate verehre Claud, und er persönlich würde es aufregend finden, nach Ghana zu ziehen, in eine ganz neue Welt, hätte er doch als junger Mann auch so etwas Verwegenes getan.

Eine kurze Unterhaltung mit Kate hatte Andrew beunruhigt. Sie hatte ihn bekniet, für Claud weiter nach einer Schule in England zu suchen, und mehrere aufgezählt, die überhaupt nicht in Frage kamen, zumal augenblicklich gar keine Schule erreichbar war. Sie sagte, heutzutage rege sich doch keiner mehr über Scheidungen auf, sie gehörten zum Alltag, sie sei überzeugt, daß Andrew sie allesamt binnen eines Jahres nach Hause holen könne. Andrew hatte beschwichtigende Laute von sich gegeben, weil es dazu nichts zu sagen gab, und Claud bedauert. Schließlich verbrachte ein Mann in vierundzwanzig Stunden erstaunlich wenig Zeit mit der Liebe und unerhört viel damit, seine Frau zu sehen, ihr zu lauschen, mit ihr zu reden; die Ehefrau war praktisch immer da. Und eine Ehefrau, die die einfachsten Tatsachen nicht begriff, war eine schwere Prüfung.

Andrew sagte Lotte nichts davon, sie war ohnehin schon aufgewühlt.

Es nieselte penetrant. Das Schiff sah schäbig aus und roch muffig. Man konnte sich vorstellen, wie das Essen schmeckte. Die Zeit wollte nicht vergehen. Claud hatte eine Flasche Champagner aufgemacht, den sie, um Konversation bemüht, in der unbequemen Kabine tranken. Endlich hörten sie die Begrüßung und die ersehnte Aufforderung an die Besucher, an Land zu gehen. Vom Pier aus sahen Lotte und Andrew das Schiff behäbig durch das zähe Wasser gleiten.

»Lotte, er kann dich nicht mehr sehen. Hör auf zu winken, Lotte, um Himmels willen, du weinst ja.«

»Auf die Teufelsinsel verschifft. Oder wie Häftlinge nach Australien.«

»Lotte! Komm, nimm mein Taschentuch. Zum Glück ist jetzt alles vorbei. Noch eine Woche, und du hättest einen Nervenzusammenbruch erlitten.«

»Menschen sind Schufte, genau das sind sie. Claud hatte haufenweise Freunde, und Kate hat zu Hause jahrelang Gäste bewirtet. Keine Menschenseele hier zum Abschied. Keine Biefe. Keine Telegramme. Keine Blumen. Menschen sind Schweine. Notlagen langweilen sie.«

»Von einem Mann namens Backer, einem Lehrer in Newhall, ist ein Telegramm gekommen. Claud hat es mir gezeigt. Er schien hocherfreut zu sein. Lotte, fang nicht wieder an zu weinen, komm schon, wir verpassen den Zug.«

»Die Kinder sind noch so klein.«

»Jetzt komm, Schatz, sieh es doch mal positiv: Kate hat enormes Glück gehabt, die Kinder zu bekommen, von Rechts wegen hätte Francis sie behalten können, wenn er gewollt hätte, und dann wäre sie todunglücklich gewesen. Und zum Glück sind sie so klein. Für sie wird das alles ein großer Jux, und so gewöhnen sie sich um so schneller an Ghana.«

»Ich finde, Claud verhält sich prächtig. Wie er sich um Kate und die Kinder kümmert, so rührend. Und dabei sich selbst ganz zurücknimmt.«

»Kate wirkt noch ganz benommen. Aber ich muß zugeben, sie sieht ganz reizend aus mit diesem bleichen, verwirrten Blick.«

»Mir kann sie gestohlen bleiben. Aber ich bin ja auch kein Mann.«

Andrew gab seiner Frau den Brief zurück.

»Du sitzt auf meinem *New Statesman*, Andrew.«

»Verzeihung.« Er stand von dem mit Papieren übersäten Bett auf und fischte die zerkrumpelte Zeitschrift heraus. »Lotte, bezahlst du eigentlich manchmal die Rechnungen, oder gehen die hier einfach unter?«

»Natürlich bezahle ich sie, wenn ich dazu komme. Ein schöner Brief, oder?«

»Ich ändere meine Meinung über Claud.«

»Inwiefern?«

»Ich habe ihn irgendwie immer gemocht, aber viel gehalten habe ich wohl nicht von ihm. Charmant, aber viel zu ehrgeizig.«

»Warst du nie ehrgeizig, Andrew?«

»Ich glaube nicht. Nicht sehr. Aber vielleicht hatte ich es auch einfach nicht nötig. Du hast recht, es ist ungerecht, Claud seinen Ehrgeiz vorzuwerfen.«

»Er wollte unbedingt an ein Cambridge-College. Davon hat er geträumt, nur davon.«

»Ja. Na ja, deshalb ändere ich ja meine Meinung. Ich finde, er führt sich fabelhaft auf. Daß er arbeiten würde, war klar, aber er scheint wirklich seine ganze Energie hineinzustecken. Es ist ziemlich bewundernswert, so aufgeräumt zu schreiben, auch ohne falsche Begeisterung oder verkapptes Selbstmitleid. Man könnte meinen, er habe es so geplant und bekommen, wonach er strebte. Fremde Kinder, immerhin, und eine doch auferlegte Ehe. Claud wächst mir allmählich ans Herz.«

»Ich wüßte zu gern, was Kate davon hält. Aber schließlich waren wir nie richtig befreundet, sie hat also keinen Grund, mir zu schreiben.«

»Hündische Hingabe«, sagte Lotte, »wirklich, hündisch. Zu komisch. Hier, Andrew, lies mal.«

»Er schreibt viel, nicht wahr?«

»Na, noch wird er unter den netten schwarzen Menschen keine Vertrauten gefunden haben.«

Andrew las den Brief, langsam lächelnd.

Lotte deklamierte: »Meine geschickte Kate hat das Haus perfekt hergerichtet. Klingt himmlisch, nicht, Andrew. Eine

Mischung aus Somerset Maugham und den Südstaatenanwesen aus *Vom Winde verweht*. Kate, mein Engel, ist reizend zu den ghanaischen Damen. Was meinst du – Schulaufsichtsrat oder Mutterunion? Ich stelle mir viele ungeheuer pralle schwarze Damen in engen, bunt schimmernden Kleidern vor, die Teetassen halten. Ach, wenn ich es doch nur sehen könnte! Die kluge Kate hilft mir bei meinem Buch. Dem Belagerungsbuch? Ich bin so froh, daß er wieder schreibt. Und die Kinder sind putzmunter und dunkelbraun, fast wie die Eingeborenen, und lieben ihre neue Schule. Wirklich, ist das nicht alles gar zu prächtig?«

»Er gibt zu, daß Kate unter dem Klima leidet.«

»Das stimmt. Ist es nicht ermüdend englisch, über die Sonne zu klagen?«

»Ich habe auch einen Brief bekommen.«

»Du bist gemein, Andrew. Ich zeige dir immer alles.«

»Ich dachte, der interessiert dich nicht. Rein beruflich. Ich kann Clauds Stellung nicht ganz einschätzen, aber er scheint in einem kometenhaften Aufstieg begriffen. Offensichtlich plant er inzwischen den gesamten Geschichtsunterricht. Er braucht meine Hilfe beim Entwurf eines Grundkurses in Alter Geschichte. Ich verstehe nichts vom mittleren Schulwesen, aber ich werde jemanden auftreiben, der sich damit auskennt. Claud wird noch der Präsident ihres College. Es sei denn, die weiße Hautfarbe ist ein zu großes Hindernis.«

»Erstaunlich. Wunderbar. Die unergründlichen Wege des Schicksals.«

»Es sieht so aus.«

»Schatz, laß uns etwas ganz Absonderliches tun und zum Mittagessen ausgehen. Zu diesem neuen Chinesen auf der Kensington High Street. Ich möchte feiern. Ich freue mich so für Claud.«

»Andrew!«

»Lotte, mein Liebes, ich arbeite. Wir hatten doch vereinbart, daß ich nachmittags nicht gestört werde.«

»Es ist aber zu wichtig. Bitte laß deine elenden Assyrer einen Moment ruhen. Ich habe Kate gesehen.«

»Setz dich, Lotte.«

»Ich spinne nicht, ich sage dir, ich habe Kate gesehen.«

»Kate ist in Ghana.«

»Ist sie nicht, sie ist bei Harrod's.«

»Ach.«

»Und sie war überhaupt nicht erfreut, mich zu sehen. Sie hat mir große Geschichten über ihre Gesundheit erzählt, die Hitze würde sie umbringen, ihre Leber sei ernsthaft beschädigt und was weiß ich noch alles. Da ist bestimmt kein wahres Wort dran. Sie sieht blühend aus, viel besser, als sie hier je ausgesehen hat. Sonnengebräunt und frisch, nicht im mindesten leberkrank. Dann hat sie sich endlos über Ghana ausgelassen, Horrorgeschichten. Als ich endlich mal zu Wort kam, habe ich mich nach Claud erkundigt. ›Armer Claud‹, hat sie gesagt. Sie meint, er habe in etwa einem Jahr Heimaturlaub. Sie hat ihn verlassen, ich weiß es.«

»O nein.«

»Die Kinder hat sie auch dabei. Ist das kein Beweis? Wenn sie nur zu Arztbesuchen hier wäre, würde sie die Kinder nicht mitschleppen.«

»Schlimm.«

»Wir standen bei den Bänken, du weißt schon, wo sich die alten Damen vom Einkauf erholen, dem Treffpunkt.

Ein gutaussehender Mann, um die Vierzig, hat Kate Zeichen gegeben, und sie hat ihn offensichtlich abgewimmelt, während sie sich mit mir unterhielt.«

»Nur ein Jahr. Das ist schon bitter.«

»Abscheulich ist das, abscheulich.«

»Nicht weinen, Lotte.«

»Ich könnte sie umbringen.«

»Aber Claud geht es so gut, Lotte. Auch wenn sie Reißaus genommen hat, er kommt zurecht. Das muß eine tolle Herausforderung sein. Alles neu, das Ganze ist praktisch seine Erfindung. Ein Mann kann allein mit seiner Arbeit leben.«

»Ich denke an sein College in Cambridge.«

»Ist Besuch gestattet?«

»Komm rein, Liebster. Ist es nicht ein schöner Morgen? Wir müssen noch diese Woche aufs Land, ich mag so ein Wetter einfach nicht in London vergeuden.«

»Ich habe schlechte Nachrichten, Lotte.«

»Nein.«

»Einen Brief von Nii Jawso Obuasi.«

»Von wem?«

»Meinem ehemaligen Studenten, dem Erziehungsminister von Ghana.«

»Ach.«

»Ein sehr freundlicher Brief, könnte gar nicht freundlicher sein. Mehr wie ein ehemaliger Student als ein Kabinettsmitglied. Er schreibt über Claud mit Hochachtung und Sympathie. Sie sind ihm alle so dankbar für seinen tüchtigen Einsatz usw. Er wendet sich an mich, weil ich Claud empfohlen hatte und er weiß, daß ich ein alter

Freund von ihm bin. Er braucht meinen Rat. Es ist nämlich so, Lotte, Claud hat angefangen zu trinken.«

»O nein.«

»Ja. Zu viele Enttäuschungen. Wohl mehr, als er verkraften konnte.«

»Wir müssen ihm helfen, Andrew, was können wir tun? Schreiben? Ihn warnen? Wir könnten hinfliegen.«

»Wir tun alles, was du willst, Lotte, aber ich bezweifle, daß es viel nützt. Wir können nicht für ihn sein Leben ändern.«

Und ich hatte ihn beneidet, dachte Andrew, und unsere Sicherheit beklagt und Zufriedenheit mit Langeweile gleichgesetzt. Gott vergib mir, ich bin bloß ein törichter siebenundfünfzigjähriger Mann, der noch viel lernen muß. Ich habe mir eingebildet, Lotte sei seine Geliebte gewesen, dabei ist Lotte einfach nur altmodisch: Sie nimmt Freundschaften ernst.

Er trat ans Bett, nahm die Hand seiner Frau und küßte sie. Er gab ihr sein Taschentuch.

»Da muß man doch etwas tun können«, sagte Lotte mit gedämpfter, verzweifelter Stimme. »Es ist so ungerecht. Keine Gerechtigkeit, keine Gerechtigkeit. Das ist zuviel.«

»Wir haben es nicht in der Hand, Lotte, Liebes. Kaum etwas haben wir in der Hand.«

Er tätschelte ihr die Schulter, bewunderte und bemitleidete sie. Es war so lobenswert, unermüdlich mit dem Leben zu ringen, damit es sich bestmöglich betrug – und so idiotisch. Geschichte bot eine sichere Ausflucht: Alles war bereits passiert, man konnte sich nicht im Bemühen, die Richtung zu beeinflussen oder Auswege anzubieten, selbst das Herz brechen. Aber wer sagte denn, daß Claud, der sich gerade in Ghana in die Gosse soff, seine Zukunft verloren hatte? Claud wurde vielleicht ein viel besserer Mensch, als er hier, satt vor erreichten Zielen, je geworden wäre – und vielleicht lernte er auch mehr. Wie würden die Schwarzen ihn behandeln, wenn sie den Respekt vor ihm verloren, die Ehrfurcht? Vielleicht wurde die Barriere zwischen den Hautfarben durch Gin aufgeweicht, vielleicht begegneten sie Claud unverkrampfter, und Claud seinerseits würde sie erst richtig verstehen. Und war es so tragisch, Kate zu verlieren? War es überhaupt je tragisch, eine Frau zu verlieren, die sich verlieren ließ?

»Es ist vielleicht gar nicht so schlimm, wie du glaubst, Lotte.«

»Ich muß ihm helfen. Ich werde ihm helfen.«

Lotte putzte sich die Nase und blickte grimmig entschlossen in die Welt. Er wußte, im Geiste schmiedete sie bereits Pläne für Clauds Rehabilitierung. Die gute Lotte, die nicht lernte. Der arme Claud, der gerade lernte. Und er, Andrew, der Glückliche, der stets sicher über den Kampf erhaben war? Das Telefon klingelte. Andrew seufzte.

Lotte nahm ab, lauschte, runzelte die Stirn. »Nein, Ernestine, für diesen Preis findet sie nie und nimmer eine Mietwohnung in London. Swiss Cottage oder Wimbledon wäre wohl das beste. Wie lautet ihre Telefonnummer? Wie alt ist Mrs. Brady? Zweiundsiebzig? Eine Schande, daß in den Testamenten nicht hinreichend Vorsorge für die Bediensteten getroffen wird. Ja, ich sehe zu, was ich tun kann.«

Alltag, dachte Andrew, lächelte seiner Frau ins konzentrierte Gesicht und schloß leise die Tür hinter sich. Der Lesesaal des Britischen Museums wartete bereits auf ihn.

DER GEWIEFTE

Er war ein ganz Gewiefter. Er verstand diese Welt und dieses Leben. An Glück und Pech glaubten nur Müßiggänger, Narren. Er kannte den genauen Preis des Erfolgs. Er pflegte die nützliche Einbildung, alles lernen zu können, und für seine Belange hatte er recht. Er ließ nie nach, und er verschwendete keine Zeit. Er war ein kalter Mensch und von den Folgen unbeeinträchtigt: Einsamkeit war sein natürlicher Zustand. Er war nicht schön und strebte auch nicht danach, denn nur Träumer wollen ändern, was nicht zu ändern ist. Er machte das Beste aus seiner gedrungenen Statur, dem wachen, doch unspezifischen Gesicht und seiner allgemeinen Farblosigkeit, indem er gepflegt auftrat, sauber, adrett. Das Ergebnis war befriedigend, besser möglicherweise als gutes Aussehen, denn Männer verargen Männern die Schönheit, und Frauen benötigen sie nicht.

Er brauchte lange, um zu begreifen, daß gemocht zu werden beinahe unerläßlich ist. Das fand er schließlich in Amerika heraus, aber so ganz bekam er es nicht hin.

Seine Großmutter väterlicherseits war als Christin geboren und streng protestantisch erzogen worden. Sie war Waise, ein Dienstmädchen, das außer Gesundheit und Treue nichts zu bieten hatte, und sie hatte Glück, einen zuverlässigen jungen Juden zu ehelichen und so in die Sicherheit seines kleinen Lebensmittelladens einzuheiraten. Der junge Jude fühlte sich von ihrem blonden Haar und ihrer Seelenruhe angezogen. Das blonde Haar kam schließlich als stumpfes Mausbraun bei ihrem Enkel an, und die protestantischen Gesichtszüge waren dominant genug, um ihm eine durchschnittliche nordische Nase zu verpassen.

Im Alter von zehn Jahren wurde er nach reiflicher Überlegung Agnostiker. Mit zwölf konvertierte er salbungsvoll zum Katholizismus, weil er sich für seine Ausbildung ein erstklassiges Jesuitenkolleg ausgesucht hatte. Seine Eltern gingen nur an Rosch Haschanah und Jom Kippur in die Synagoge und mischten sich nicht in die Lebensführung ihres Sohnes ein. Seinem Vater war er dankbar für dessen Aufstieg vom kleinen Lebensmittelhändler zum mittleren Großhändler, denn der hatte dem Jungen eine gute Erziehung ermöglicht. Da er sich seine Eltern nicht ausgesucht hatte, fühlte er sich dem Geschlecht, in das er hineingeboren worden war, nicht verpflichtet. Diese ganze leidige Frage der Stammeszugehörigkeit, in der Juden ebenso vorurteilsbeladen waren wie die anderen, ödete ihn an. Er war allein, gehörte zu keiner Seite, verspürte keine emotionalen Bindungen; er wollte einfach nicht behindert werden.

Während seines Studiums beschloß er, seine Heimatstadt Wien zu verlassen. Österreich war macht- und mittellos, außerdem war er in Wien durch die gesellschaftliche Stellung eines Lebensmittelgroßhändlers eingeschränkt. Klassenhierarchie war ein weiteres lästiges Hemmnis, das er nicht zu akzeptieren gedachte. In Paris studierte er Jura, nahm die französische Staatsbürgerschaft an, wählte einen modischen Anwalt als Mentor, lernte nach und nach, ganz nach Plan, die maßgeblichen Persönlichkeiten kennen und blickte in eine sichere Zukunft.

Er heiratete, wohldurchdacht, die Tochter aus einer jüdischen Familie, die so alt und so aristokratisch war, daß
sie nur noch sich selbst repräsentierte; ein Name, der
sämtliche Türen öffnete. Die Familie war über zu viele Generationen reich gewesen, und schließlich hatte sich das
Vermögen in Charme und Kultiviertheit aufgelöst, was den
Sinn fürs Praktische zunehmend abhanden kommen ließ.
Inzwischen war die Familie, die gleichwohl noch immer
auf ihrem uralten Anwesen inmitten prächtiger Möbel und
schöner Bilder wohnte, relativ knapp bei Kasse. Die Eltern
der jungen Frau begrüßten den nüchternen, fähigen, wohlerzogenen jungen Anwalt. Sie sorgten sich wegen Angèle,
die ziemlich kostspielig und flatterhaft war. Die wiederum
war es leid, die behütete *jeune fille* zu sein und diese scheuß-
lichen *jeune-fille*-Kleider zu tragen. Die Ehe bescherte Angèle neue Errungenschaften, am meisten aber genoß sie
wohl die neuen Visitenkarten, die aller Welt verkündeten,
daß sie endlich eine ausgewachsene Frau namens Madame
Théodore Ascher war.

Madame Aschers Eltern gaben ihrer Tochter allerlei
Hübsches für die Wohnungseinrichtung mit, und sie bereitete ihrem Mann ein *mise en scène*, eine Wohnung auf der
Avenue Bosquet, die sie reicher erscheinen ließ, als sie waren. Als Théodore und Angèle dort drei Jahre wohnten,
die Zukunft immer rosiger aussah und ein Kind unterwegs war, wurde Hitler 1933 zum Reichskanzler gewählt.
Théodore war neunundzwanzig, Angèle zweiundzwanzig.
Théodore verfolgte die Politik sehr genau und saß nur selten Fehleinschätzungen auf, weil er den Werdegang der
Machthaber in allen Ländern studierte wie ein Historiker
und Privatdetektiv und seine Schlüsse auf der Grundlage

der geringstmöglichen Bewertung menschlichen Charakters und Verhaltens zog. 1934 siedelte Théodore mit seiner Frau und seinem sechs Monate alten Sohn Gabriel – Madame Aschers Namenswahl – nach London über. Hitler war inzwischen zum Führer aufgestiegen, Diktator von Deutschland. Im Falle eines Krieges konnte man sich einzig auf die Engländer verlassen, denn die würden sich verteidigen, und ihre nachweisliche Toleranz war lobenswert – obwohl Théodore sich selbst nicht als Juden betrachtete, war ihm durchaus bewußt, daß die Nazis seine Sichtweise nicht teilen würden. Außerdem gab es den Kanal.

Mit dreißig anglisierte Théodore Ascher seinen Namen, indem er das C strich, und nachdem ihm aufgefallen war, daß die Engländer Spitznamen und Kurzformen schätzen, wurde er zu Theo, was doch viel besser zu seiner Umgebung paßte. Er wurde noch einmal Jurastudent, trat dem Gray's Inn bei und schickte sich an, ein englischer Advokat mit Robe und Perücke zu werden. In zwei Jahren lernte er das englische Recht und die englische Sprache, während Angèle sich nach Paris verzehrte, nach ihren Freundinnen, nach Vergnügungen.

Angèle war klein und auf kulleräugige Art, die nicht von Dauer sein würde, sehr hübsch, unbeschwert, Tagträumen hingegeben und der Hoffnung auf Überraschungen. Sie hatte sich eingeredet, Théodore zu lieben, da sie ihn sonst nicht hätte heiraten können. Doch nach der ersten sagenhaften Freude über den Verlust ihrer Jungfräulichkeit und der Genugtuung über den eigenen Haushalt und die Möglichkeit, ihre Augenlider blau zu schminken und vom mütterlichen Einspruch befreit Kleider zu kaufen, stellte sie fest, daß Théodore nicht liebenswert war. Er hatte keine Zeit für die Liebe und fand sie nicht zweckdienlich.

Théodore war ein tadelloser Ehemann und so großzügig, wie seine Mittel erlaubten. Er ließ Angèle auf ihrem Terrain schalten und walten, sie aber fühlte sich nicht frei, sondern verlassen. Wenn sie über Köche und Vorhänge sprach, hörte er nicht zu. Er liebte sie oft und gut und schien es vergessen zu haben, sobald er fertig war. Und nichts durfte seiner Arbeit in die Quere kommen oder dem täglichen Arbeitsablauf, den er sich zurechtgelegt hatte. Angèle versuchte, mit ihm über Freunde zu streiten. Mit ihm ließ sich nicht streiten. Er mochte Menschen nicht um ihrer selbst willen. Wenn er sich die Mühe machte und die Kosten in Kauf nahm, Gäste zu bewirten, mußte es sich schon auszahlen. Angèle wollte lachen, sie wollte tratschen, sie wollte an vielen Leben teilhaben. Théodore sagte, sie könne, in Maßen, ihre Freunde zum Lunch und zum Tee einladen, wenn er nicht da war. Machte sie ihm eine Szene, las er Zeitung.

In Paris war das Leben mit Théodore auch schon unwirtlich gewesen, dort hatte Angèle jedoch bei ihren Eltern Zuflucht gefunden, bei ihren Freunden von früher, und auch ihre jüngere Schwester war noch da, mit der sie kichern und einkaufen gehen konnte, wobei sie dezent flirteten. Aber London war zuviel. Angèle sprach korrektes, von Gouvernanten erlerntes Englisch, und für sie waren die Engländer eine Nation männlicher und weiblicher Gouvernanten. Der Himmel deprimierte sie, sie fand die Stadt häßlich, und Théodore arbeitete jetzt nur noch, aß wenig und schlief mit ihr auf seine effektive, zügige Art.

Unmittelbar nach Théodores bestandener Anwaltsprüfung kündigte Angèle an, sie müsse Gabriel unbedingt einmal wieder den Großeltern vorführen. Für diesen kurzen Ausflug brauchte sie enorm viel Gepäck, doch wie sie erklärte und Théodore wußte, brauchte sie ihre Kleider. Aus Paris schrieb sie drei Wochen später, sie komme nicht mehr zurück, die Ehe habe sich als Enttäuschung entpuppt, sie sei überzeugt, Théodore werde sie nicht vermissen, sie behalte Gabriel, bitte, und Théodore könne sich nach seinem Gutdünken von ihr scheiden lassen.

Théodore fühlte sich in seinem Stolz verletzt, aber das hielt nicht lange an. Stolz, von Eitelkeit kaum zu unterscheiden, war ein verzichtbarer Luxus. Obwohl er Angèle mochte und sich an sie gewöhnt hatte, sah er ein, daß sie nicht zur englischen Lebensart paßte. Sie war ein nettes, unbedarftes Mädchen, und nach einem Monat war die Trennung schmerzlos verwunden. Was Gabriel betraf, natürlich konnte sie ihn behalten, was sollte er mit einem Baby, er interessierte sich ohnehin nicht für Kinder. Zuvorkommend veranlaßte er, daß Angèle sich in Paris von ihm scheiden lassen konnte, wo es schneller und billiger vonstatten ging.

Angèle hatte Théodore ursprünglich ermuntert, dann bedrängt und schließlich bekniet, zu rauchen, zu trinken oder gar beides. Sie hatte angenommen, ein kleines Laster würde ihn entspannen und das gefürchtete Gleichmaß seines Tagesablaufs aufweichen. Er wandte ein, diese Genußsucht sei gesundheitsschädigend und teuer, seine Nerven seien auch ohne Rauchen stabil, und er brauche zur Anregung keinen Alkohol. Aus dieser vollständigen Abstinenz schlossen Angèle und alle anderen fälschlicherweise,

Théodore sei geradezu abstoßend tugendhaft. Dabei war Théodore ein Genußmensch, wenngleich einer, der seine Vorlieben und Vergnügungen zugunsten des Berufs in Zaum hielt. Er war Angèle nie treu gewesen.

In Paris und später in London unterhielt er unter falschem Namen eine kleine Wohnung, die für ihn so wichtig war wie sein Heim und sein Büro. Er probierte Frauen durch wie unterschiedliche Arzneimittel. Am genehmsten war ihm eine feste Geliebte, die Zeit, die er auf Freiersfüßen verbrachte, betrachtete er als verschwendet. Engländerinnen fand er anziehend. Sie waren burschikos und redeten gern bei den Männern mit, und wenn er sie auch kaum verstand, bewunderte er den frischen Klang englischer Witze. Auch gefiel ihm der Kontrast zwischen der kühlen Frau in der Öffentlichkeit und der hitzigen Frau im Bett.

Kurz nachdem Angèle ihn verlassen hatte, lernte er eine verheiratete Fünfunddreißigjährige kennen, die ein elegantes Geschäft für Inneneinrichtung führte. Théodore erkor sie auf der Stelle zur Dauergeliebten. Sie brachte ihm bei, sich richtig zu kleiden, denn erst jetzt begriff er, daß österreichische und französische Männermode gleichermaßen beklagenswert waren. Sie brachte ihm alles über Möbel, Bilder, Porzellan, Glas, Silber, Stoffe, Farben und deren Kombinationen bei. Von ihr lernte er, wieviel man trinken mußte, um der Geselligkeit Genüge zu tun, und wie man sich kenntnisreich um die Getränke anderer kümmerte. Sie lehrte ihn den Stellenwert des Essens. Sie brachte ihm bei, Witze zu erkennen, wann man über sie lächelte und wann man lachte, auch wenn er selbst keine erzählen konnte; sie riet ihm sogar davon ab, es zu versuchen, da seine Bemühungen beklommenes Schweigen auslösten. Ein aufmerksamer Zuhörer, erklärte sie ihm, war etwas Seltenes und wurde sehr geschätzt. Über schlechte Witze zu lachen war kein Unglück, das schmeichelte dem Witzeerzähler. Sie verbesserte seine Aussprache und erweiterte seinen Wortschatz.

Die Dame, Mrs. Mayne, war mehr als zufrieden mit diesem Arrangement. Sie war eine leidenschaftliche, hinreichend gebildete, lebenspraktische Frau, und Theos Temperament lag ihr. Hätte sie ihn sich maßschneidern lassen, sie hätte kaum einen besseren Liebhaber erwarten können. Sie mochte ihren Mann und gedachte bei ihm zu bleiben. Das Eheleben war angenehm, Billy Mayne war auch ein unterhaltsamer Zeitgenosse, und sie hatten einen gemeinsamen Freundeskreis. Doch war sie nicht umsonst Innenausstatterin – es war viel amüsanter, einen Mann auszustatten als ein Haus. Auch verblüffte es sie, einen Mann ohne Eitelkeiten kennenzulernen. Theo enthob sie der ständigen weiblichen Mühsal, männliche Empfindlichkeiten pflegen zu müssen. Er nahm ihren Tadel nüchtern zur Kenntnis, war nie beleidigt, lernte und lernte. Und verwöhnte sie mächtig, ohne sich dessen zu rühmen. Sie wußte, er war ebenso diskret wie sie, Theo würde sie niemals, auf keine Weise bloßstellen. Schließlich brachte sie diesem vorbildlichen Liebhaber bei, einer Dame schöne Geschenke zu machen, was er bereitwillig tat, solange es seine Möglichkeiten nicht überstieg.

Théodore war rundum glücklich in London. Er hatte keine Freunde, war sich dessen aber nicht bewußt. Er hielt die Kälte, die er verbreitete, für die sprichwörtliche englische Reserviertheit, und die sagte ihm zu. Er ergötzte sich an den Umgangsformen seiner Kollegen und Bekannten. Engländer wurden nie laut, was bedeutete, daß sie es nicht nötig hatten. Das Leben gehorchte ihnen, sie waren sich ihrer selbst sicher, hatten alles im Griff. Der peinlich genaue Théodore hatte den Hauch von Schlendrian und Heuchelei, der die Pariser Juristenkreise bemakelte, immer verachtet. Die tadellose Würde englischer Richter, die höfliche Fairneß der Gerichte, die intellektuelle Eleganz, die reiche, mächtige und stolze Männer sich leisten konnten, begeisterten ihn. Er wußte, hier war er richtig.

Theo Asher wurde in ungewöhnlich kurzer Zeit ein erfolgreicher Anwalt. Die Kronanwälte lernten ihn als einen Mann schätzen, der schuftete, wie man es von einheimischen Zuarbeitern nicht erwarten konnte. Asher bereitete ihre Schriftsätze vor, die brillant waren, dafür wurde Asher aber auch gut bezahlt, machte sich einen Namen und lernte stetig weiter. Er beschloß, nach der Mindestfrist von zehn Jahren als Referendar selbst Kronanwalt zu werden. Théodore war so vernarrt in England, daß er sich als Anwalt ein bequemes Polster schaffen wollte, um dann die weniger lukrative Ehre der Richterbank anzustreben. Er war sich nicht sicher, ob ein eingebürgerter Untertan des Königs die rote Robe des Richters tragen durfte, doch das würde er noch herausfinden, und in der Zwischenzeit würde er sich keine übermäßigen Hoffnungen machen, sondern sich lediglich von einer möglichen Zukunft betören lassen. Es war noch viel Zeit.

Théodores Zutrauen zu den Engländern hatte seine Wachsamkeit herabgesetzt. Er hatte geglaubt, die öffentlichen Angelegenheiten ruhig dem Unterhaus überlassen zu können, während er seinen Garten bestellte, bis Chamberlain regenschirmschwingend aus München zurückkehrte, der Nation die Niederlage verkündete und sich dafür als Held und Retter feiern ließ. Zum ersten Mal in seinem Leben war Théodore der Verzweiflung nahe. Ihm wurde bewußt, daß er England geliebt hatte und nun wie ein Betrogener litt. Darüber verlor er kein Wort. Mit dem Leiden kehrte die Vorsicht zurück. Die Liebe hatte ihn dazu verführt, sich zum Narren zu machen, aber er war nicht unheilbar idiotisch wie die Engländer, die immer noch so taten, als wäre »Frieden in unserer Zeit« ein solides Versprechen. Théodore war bereit gewesen, an der Seite der Engländer zu kämpfen – sie für England und er für das englische Recht –, doch da sie diesem maßlosen Betrüger mit seinem Regenschirm glaubten, konnte er es sich nicht leisten, darauf zu warten, daß sie endlich zur Vernunft kamen. Dann war es vielleicht schon zu spät. Die englische Trägheit war geradezu selbstmörderisch.

Während Théodore mit Verlust und Schmerz kämpfte, ihm bis dahin unbekannte Gefühle, erinnerte er sich an Mr. Harold Rudge. Als Untergebener des berühmten Kronanwalts Mr. Desmond Locke hatte Théodore an einem komplizierten Steuerfall gearbeitet, in den ein großer amerikanischer Automobilhersteller mit Werksniederlassungen in England verwickelt war. Mr. Harold Rudge, ein Wall-Street-Anwalt, kam nach London, um seinen englischen Kollegen mit Rat und Tat zur Seite zu stehen und seinen amerikanischen Klienten zu schützen. Mr. Rudge roch derart nach Geld, daß es dem nach englischen Maßstäben wohlhabenden Mr. Desmond Locke in der Nase stank. Mr. Rudge wiederum mißbilligte England, allem voran die englischen Kronanwälte mit ihrer lässigen Amateurpose. Für ihn war die Juristerei kein Herrenclub, sondern ein Geschäft für ausgebuffte Männer. Mr. Locke und Mr. Rudge ödeten einander maßlos an. Den jungen Anwalt, Mr. Lockes Laufburschen, der die ganze Arbeit machte und den Durchblick hatte, den fand Mr. Rudge hervorragend. Asher war vernünftig und professionell, ernsthaft und präzise und wußte Mr. Rudges kleine Scherze zu würdigen. Eine Schande, solche Gabe und Energie in diesem belanglosen Land verkommen zu lassen. Vor seiner Rückkehr nach New York legte Mr. Rudge Théodore nahe, zu ihnen nach Amerika zu kommen, wo die Zukunft liege, Mr. Rudge werde dafür sorgen, daß ihm der Weg geebnet wurde. Théodore war dankbar, geschmeichelt und vergaß Mr. Rudge. Jetzt erinnerte er sich an ihn und schrieb ihm einen Brief.

München und seine Enttäuschung über die Engländer erwähnte er nicht, er schrieb nur, seiner Meinung nach sei die Zukunft für einen jungen Mann in Amerika größer und glanzvoller. Mr. Rudge antwortete ihm.

Bevor Théodore in die neue Heimat aufbrach, schrieb er einen langen mahnenden Brief an seine früheren Schwiegereltern. In allen Einzelheiten schilderte er die Bedrohung, der sie ausgesetzt waren. Er beschwor sie, sofort sämtliches Geld, das sie hatten und auftreiben konnten, in die Schweiz zu transferieren und sich dort niederzulassen. Er versicherte ihnen, der Krieg werde kommen, und sie würden nicht verschont. Er sprach von Gabriel, ihrem Enkelsohn, der in der Schweiz eine gute Erziehung bekäme und überleben würde. Théodore benutzte jede Tonlage, jedes Argument, das ihm einfiel, um Angèles Eltern, die langmütig und nicht übermäßig intelligent waren, von der

Notwendigkeit des Umzugs zu überzeugen. Mehr konnte er nicht tun.

Einige Jahre zuvor hatte er einen ähnlichen Brief an seine Eltern in Wien geschrieben und sie angefleht, aus denselben guten Gründen mit den beiden unverheirateten Töchtern in dasselbe sichere Land zu fliehen. Da sie nicht so klug waren wie Théodore, glaubten sie seinen düsteren Voraussagen nicht. Er hatte schon geraume Zeit nichts mehr aus Wien gehört und wähnte seine Familie tot. Théodore stellte sich gern vor, sie seien schon vor zehn Jahren gestorben, friedlich. Wenn sie doch noch nicht tot waren, waren sie es bald, und er mochte sich nicht ausmalen, wie sie starben. Er konnte niemandem helfen, der sich nicht selbst helfen wollte. Er hatte es jedenfalls versucht.

Théodore rechnete damit, daß Amerika sich entweder aus dem Krieg heraushalten oder aber eintreten und siegen werde; Amerika würde nicht überrannt. War er jedoch bereit gewesen, für das englische Recht zu kämpfen, begeisterte ihn die Vorstellung, für Amerika zu kämpfen, ein schwer greifbares, nicht sonderlich sympathisches Land, weit weniger. Und wenn es darum ging, gegen Hitler zu kämpfen, waren die vielen Politiker und anderen Persönlichkeiten, die Hitler bewundert, unterstützt und beschwichtigt hatten, eher in der Pflicht. Da sie gewiß nicht vorhatten, irgendwelchen Gefahren zu trotzen, fühlte sich Théodore nicht bemüßigt, heldenhafter aufzutreten als sie. Angesichts einer möglichen Zukunft als Soldat wider Willen ließ er sich von einem Arzt untersuchen. Er sagte, er sei vierunddreißig und mit der Frage befaßt, ob er körperlich noch in der Lage sei, England zu dienen.

Gerührt vom Patriotismus des Fremden, gleichwohl betrübt ob dieses kontinentaleuropäischen Pessimismus (denn was hatte Mr. Chamberlain gesagt?), untersuchte ihn der Arzt gründlich. Mit Bedauern teilte er ihm schließlich mit, er habe ein wenig Plattfüße – was in den exquisiten Lobb-Schuhen, die Mrs. Mayne ihm empfohlen hatte, natürlich niemandem aufgefallen wäre. Die Brille, die Théodore zum Lesen der Gesetzestexte trug, schlossen einen Militärdienst ebenfalls aus. Laut Vorschriften konnte er weder marschieren noch genau zielen. Der Arzt und Théodore gingen in männlicher Wehmut auseinander, und Théodore nahm die erleichternde Gewißheit mit, in Amerika nicht irgendwann in eine Khaki-Uniform gesteckt zu werden.

Mit Mr. Rudges herzlicher Einladung in der Tasche buchte Théodore eine Schiffspassage erster Klasse auf der *Mauretania* nach New York, vier Monate, nachdem Mr. Chamberlain Frieden versprochen hatte. Théodore verkaufte seine Habe sowie die Pacht auf seine beiden Wohnungen und verabschiedete sich dankbar von Mrs. Mayne, die den wahren Grund für seine Abreise kannte und ihn irrwitzig schwarzseherisch fand, aber Mitteleuropäer neigten ja ein wenig zur Hysterie.

Für Théodore, der noch nie in großem Stil gereist war und sich angesichts der vergoldeten, brokatbehangenen Einrichtung und unterwürfigen Bedienung nicht gerade wie ein einsamer, verlorener Immigrant fühlte, war die *Mauretania* ein Genuß. Er hatte die vier vorangegangenen Monate zur ausführlichen Lektüre über Amerika genutzt, konnte sich aber aus den Büchern keinen rechten Reim machen und war alles in allem abgeschreckt. Er verbannte die Vereinigten Staaten aus seinen Gedanken und konzentrierte sich auf das Geschehen an Bord. Sofort wurde seine Aufmerksamkeit von Isabella Trapani gefangen, die an einem Nachbartisch saß und an Deck ihren Liegestuhl in seiner Nähe hatte. Nicht jeder Mann hätte Isabella zur Kenntnis genommen, wenige Männer an Bord hatten sie bemerkt. Sie war siebenundzwanzig, ledig, mit ihrer Mutter unterwegs und runzelte beständig dunkel drohend die Stirn. Sie trug ausgesuchten Schmuck und teure Kleider, die jeglichen Chic vermissen ließen, und mehrmals bekam Théodore zufällig mit, wie sie mit einer Hoffnung in den Augen, die den finsteren Blick Lügen strafte, Menschen betrachtete. Er kam zu dem Schluß, daß diese junge Frau aus Überspanntheit und Enttäuschung so finster blickte, und da er recht hatte, freundete er sich bald mit ihr an.

Isabella, so stellte er fest, war, wenngleich durchaus alt genug, eine Frau zu sein, noch ein Kind. Ein vorzüglich gebildetes Kind, das vier Sprachen beherrschte, darunter Englisch, und alle angemessenen Sportarten, das die kostspielige Erziehung genossen hatte, welche die Wertschätzung teurer Dinge hervorbringt, und gute Manieren besaß. Außerdem sehnte sie sich danach, zu lieben und geliebt zu werden, hatte aber ihre Gefühle bislang nur auf die Familie zu richten gewagt – Vater, Mutter und einen jüngeren Bruder. Sie war umringt von den erstickenden Ängsten, die die Reichen gefangennehmen und unvermeidlich auf die Kinder übertragen werden – von der kindlichen Furcht vor Räubern bis zur reifen Angst vor Mitgiftjägern hatte Isabella alle erlernt. Als empfindsames Wesen hatte sie die erbärmlichsten Vorurteile abgestreift, geblieben war ihr die lähmende Scheu. Da ihre angebetete Mutter hübscher war als sie, kam sie sich häßlich vor, die Schüchternheit wuchs, der Blick wurde finsterer, und von offensichtlichen Schmarotzern abgesehen kein Mann weit und breit.

Théodore machte sich daran, Isabellas Schüchternheit zu mildern. Er sagte, sie sei *jolie-laide*, was viel besser sei als einfach nur *laide*, wie sie sich empfand, und das stimmte sogar. Versiert in weiblicher Lebensart, zunächst durch widerwillige Beobachtung von Angèle, dann durch gelehrige Aufnahme von Mrs. Maynes Anweisungen, konnte er Isabella vorschlagen, wie sie ihr Haar zu tragen, ihr Gesicht zu schminken und wie sie sich zu kleiden habe. Er ermunterte sie, instruierte sie, und nach sechs Tagen Überfahrt sah sie tatsächlich aus wie verwandelt. Sie runzelte nur noch gelegentlich die Stirn, wofür Théodore sie dann rügte, trug eine neue Frisur, frische, gewagtere Farbe im Gesicht, und durch eine gewisse Alchemie geschnürter Taillen und tieferer Ausschnitte, was ihre Zofe bewerkstelligte, sahen Isabellas Kleider schick, ja beinahe verlockend aus. Sie konnte es gar nicht erwarten, sich in New York neu einzukleiden.

Théodore hielt Signora Trapani für eine törichte Frau, hätte sie doch ihre Tochter, wenn Théodore nicht gewesen wäre, schlichtweg zur alten Jungfer gemacht. Für Signor Trapani hegte er auf der anderen Seite höchsten Respekt. Isabella, ein zutrauliches Wesen, einsam und an wohlmeinende Zuhörer nicht gewöhnt, hatte Theo ihre Pläne anvertraut, den Grund ihrer Reise. Signor Trapani, schloß Théodore daraus, war wie er ein umsichtiger Mann.

Die Trapanis, erzählte ihm Isabella, waren jüdischer Abstammung. Als emanzipierte, wohlhabende, alteingesessene Römer waren sie aber in Auftreten und Lebensstil von anderen hochgeborenen Familien mit ihren antiken Nasen und schwarzen Locken nicht zu unterscheiden. Dann kam Mussolini, und allmählich, allerdings hauptsächlich wegen des deutschen Barbaren Hitler, gab es vermehrt antisemitisches Gerede. Signor Trapani war so faschistisch, wie die Zeit erforderte, und fühlte sich dank seines immensen Reichtums und einflußreicher Beziehungen sicher, hielt jedoch die Augen offen. Mit weit offenen Augen hatte er im Laufe dieser heiklen Jahre langsam und leise den Großteil seines Vermögens in die Vereinigten Staaten und in die Schweiz verlagert. Er brachte seinen Sohn, der hauptsächlich an schnellen Autos und Rennpferden interessiert war, in niederer Position in einer Maklerfirma in Chicago unter. So hatte Signor Trapani einen Vorwand, wertvolle Gemälde nach Amerika zu verschiffen; Mutter und Tochter führten auch noch einige mit sowie ein paar erlesene Möbel. Als die Sicherheit im letzten Jahr rapide schwand, hatte Signor Trapani verkündet, er sei alt und erschöpft, vermisse seinen Sohn, die Familie müsse doch zusammensein, und der Junge brauche die elterliche Aufsicht. Er bot seinen riesigen Palazzo zum Verkauf, schließlich, so erklärte er seinen Freunden und Kollegen, werde Isabella bald heiraten, der Junge interessiere sich nur für seine neue Laufbahn, und für ihn und seine Frau sei das Haus in Rom zu groß. Augenblicklich war er dabei, sein Geschäft, eine Privatbank, aufzulösen. In drei Monaten wollte Signor Trapani seiner Familie nachfolgen. Er wußte genau, was mit Europa und den Juden geschehen würde, selbst den reichsten, selbst denen mit den besten faschistischen Beziehungen. Er erwog, ein Anwesen in Kalifornien zu kaufen, wo der Sohn sich mit Autos und Pferden vergnügen und Isabella, in den Augen des Vaters zur Ehelosigkeit verdammt, zumindest die Sonne genießen konnte.

Théodore nahm dies beifällig zur Kenntnis, mit Signor Trapani würde er sich gut verstehen. Auch entwickelte er allmählich geradezu zärtliche Gefühle für Isabella. Nach so langer Zeit als Schüler fand er es herrlich, auch einmal Lehrer zu sein und eine Frau zu unterweisen, in deren Augen er unfehlbar war. Angèle hatte sich mit den Jahren zu Klagen, Launen und Spott hinreißen lassen, Mrs. Mayne hatte ihn einfach nur herumkommandiert und sich nicht mit Rücksichtnahme aufgehalten. Isabella verehrte ihn. Das war eine angenehme Abwechslung. Ihr Geld minderte nicht ihren Reiz. Und in Amerika, so hatte Théodore gelesen, war eine Ehefrau eine gesellschaftliche Voraussetzung. Ohne schickte sich nicht. Er versprach Isabella, sie im Hotel Plaza anzurufen, und beschloß, sobald er Amerika gut genug verstand und seine Arbeit einschätzen konnte, ernsthaft über Isabella und die Ehe nachzudenken.

Die einzige Träumerei, der Théodore sich hingab, war eine gewisse innere Freiheit mit Wörtern. Nachts kreiste er gedanklich um sein Leben, betrachtete, beschrieb und bewertete es. Berauscht von New York, ließ er den Wörtern freien Lauf. Er hatte England geliebt, wie ein Mann eine Dame liebt, jetzt hatte er sich, dachte er hingerissen, in Amerika verliebt, wie ein Mann sich in eine Hure verliebt. Täglich entfernte sich die Dame England weiter, wurde kleiner, älter und grauer: zweifellos charmant und vielleicht sogar ein wenig bemitleidenswert. Hier war die heißblütige, wilde, lockende Hure Amerika, und er war für sie gemacht. Kein Mann aber vergißt, daß eine Hure eine Hure ist. Er nimmt, was er kriegen kann, und gibt so wenig wie möglich.

Und: Er war ein Leopard, geboren und aufgewachsen in einem Zoo, der, plötzlich in seinen angestammten Dschungel zurückgebracht, sein Zuhause wiedererkannte. Der Dschungel wimmelte von Leoparden, er sah sie überall. Das gefiel ihm. Er hatte Gesellschaft. Diese Männer verstanden das System so gut wie er: Wachsamkeit und Arbeit.

Théodore begriff, daß er auf der Stelle seinen englischen Tonfall loswerden mußte, da dieser die Amerikaner sichtlich verärgerte. Er übte morgens, mittags, abends, um die allgemeine schludrige Aussprache zu kultivieren. Seine Stimme, eine durchschnittliche gebildete, nichtnasale europäische Stimme, konnte er nicht verstellen, und die Grammatik konnte er als alter Lateiner auch nicht vergessen, gehörte sie doch zu ihm wie sein Haar. Amerikaner ließen einem Fremden korrektes Englisch mit angenehmer Stimme durchgehen, solange er keinen englischen Akzent hatte. Théodore klang nach zwei Monaten beinahe, wenn auch gemäßigt, wie ein Amerikaner von einer Elite-Universität.

Von einem soliden, unprätentiösen Hotel auf der Eastside zwischen sechzigster und siebzigster Straße aus suchte er eine feste Bleibe. Er fand eine kleine Wohnung auf der Park Avenue, eine Spur nördlicher als die besten Adressen, aber immer noch Park Avenue. Es wäre unklug gewesen, zu schnell zu wohlhabend zu erscheinen. Amerikaner hatten es gern, wenn Fremde in Amerika zu Geld kamen und sich so zu Nutznießern des amerikanischen

Way of Life erklärten. Er schlug Isabella vor, seine Wohnung einzurichten, Geschmack war Teil ihrer neuen Erziehung. Théodore hätte dies, nach Mrs. Mayne, auch selbst geschafft, aber er wollte sich damit nicht aufhalten. Isabella war ganz außer sich über diesen Auftrag und fasziniert von der Notwendigkeit, zu kalkulieren. So wurde das Ganze zum Spiel – mit bescheidenen Mitteln etwas Schönes zu gestalten erfüllte einen mit Stolz.

Zunächst unbewußt und bald bewußt, richtete Isabella die Wohnung als ihr künftiges Zuhause ein. Außerdem belegte sie heimlich einen Kochkurs. Sie hatte vor, Théodore zu heiraten, und die Aussicht, einem jungen aufstrebenden Anwalt zur Seite zu stehen, begeisterte sie. Als die Wohnung fertig war, gab Isabella für Théodore noch am selben Abend eine Willkommensparty für zwei. Das etwas suspekte Mahl war ihr Werk. Sie machte Théodore einen Antrag, den er, die Zustimmung ihres Vaters vorausgesetzt, annahm.

Isabella entgegnete, es sei ihr gleich, ob ihre Familie einverstanden war, sie liebe nur Théodore. Der verwahrte sich gegen ihre Herzenskälte. Sie wolle doch nicht denen weh tun, die sie so in Ehren hielten und für die sie solch tiefe Gefühle hegte. Unter elterlichem Fluch würden sie niemals glücklich. Nein, nein, man solle bis zu Signor Trapanis Ankunft warten, sagte Théodore, und dann weiterreden. Er war sich des Segens gewiß und hatte es nicht eilig, unter die Haube zu kommen, denn er hatte schon so genug um die Ohren.

Es stellte sich heraus, daß Théodore, wie schon zweimal zuvor, erneut Jura studieren mußte. Er fragte sich mokant, ob wohl irgend jemand sonst so oft die Schulbank gedrückt hatte. Immerhin beglückwünschte er sich dazu, nicht auch noch eine neue Sprache zu benötigen, und auch wenn amerikanisches Recht sich von englischem unterschied, war es doch nicht völlig anders. Er rechnete sich aus, in einem Jahr die Anwaltszulassung für New York City zu bekommen. Mr. Rudge hatte ihm in seiner Kanzlei eine Stelle zu einem generösen Gehalt angeboten.

Mr. Rudges Kanzlei nannte sich Galway, Hickham, Rudge and Myrtle, und bevor Théodore sich allzu tief mit Mr. Rudge einließ, holte er Erkundigungen ein. Mr. Rudges Kanzlei war offensichtlich eine der drei größten und wohlhabendsten in der Wall Street, was Théodore voll und ganz zufriedenstellte. Was er nicht in Erfahrung gebracht hatte, weil diese Frage nicht aufkam, war der Umstand, daß Galway, Hickham, Rudge and Myrtle noch nie einen Juden eingestellt hatten. Darauf hielten sie sich etwas zugute in einer Stadt, in der jüdische Anwälte wie Pilze aus dem Boden schossen; Mandanten von Galway, Hickham, Rudge and Myrtle machten keine Geschäfte mit einer in ihren Augen durchtriebenen, feindseligen Sippschaft. Mr. Rudge dachte nicht im Traum daran, daß Theo Asher, konservativ und kostspielig gekleidet, distanziert, übertrieben höflich, beherrscht und in jeder Hinsicht angenehm unscheinbar, Jude sein könne.

Mr. Rudge bewunderte Theo für sein fleißiges Studium, das er ohne ein Wort der Klage absolvierte, obwohl es doch schwer war für einen gestandenen Anwalt, erneut den Blödsinn auswendig zu lernen, den gute Anwälte schon längst wieder vergessen hatten. Er goutierte Theos Wohnort und den seriösen schwarzen Wagen, pries sein Bemühen, sich von dem geschwollenen englischen Akzent zu befreien, und registrierte, daß er sich einwandfrei den amerikanischen Gepflogenheiten anpaßte. Théodore war hingerissen von der Tarnung amerikanischer Leoparden: dem jovialen Schulterklopfen, Händeschütteln und Geklapse, dem überaus lässigen Geplauder, dem empfohlenen Golfspiel, der ritualisierten, doch wohldosierten Klage über das oder auch die Gläschen zuviel am gestrigen Abend – die in Théodores Fall zwar nie der Wahrheit entsprach, aber eine allseits beliebte Lüge darstellte, den Beweis guter Geselligkeit, selbst Leoparden müssen mal entspannen. Er lernte und lernte, ohne Lehrer diesmal, einfach, indem er Augen und Ohren offenhielt.

Signor Trapani kam nach New York und mochte Théodore auf den ersten Blick. Da sein Sohn kaum mehr taugte als ein römischer Kleinfürst, nahm er zu gern einen Mann in seine Familie auf, der aus demselben Holz geschnitzt war wie er. Die Rechtspflege war ihm so willkommen wie das Bankenwesen, eng verwandt zudem; ein Schwiegersohn im Handel hätte ihn brüskiert. Er erkundigte sich auch über Galway, Hickham, Rudge and Myrtle und war zufrieden mit den Ergebnissen. So teilte er seiner immer noch schönen, immer so dummen Frau mit, keiner, der so hart arbeite wie Theo, könne ein Mitgiftjäger sein. Isabella habe Glück, bedachte man ihr Alter und wie hausbacken und geschlechtslos sie gewesen sei, bis sie Theo kennenlernte, diesen jungen Mann zu ergattern. Sie könnten jederzeit heiraten. Signor Trapani hatte eine private Unterredung mit Theo, dem unvorstellbare finanzielle Sicherheit zuteil werden sollte. Théodore reagierte mit Würde, dankte dem älteren Mann, er könne jedoch, sobald er zugelassen sei, Isabella hinreichend versorgen.

Signor Trapani sah trotzdem keinen Anlaß für das junge Paar, in den frühen, glücklichen Jahren Entbehrungen auf sich zu nehmen. Man einigte sich auf eine üppige Summe.

Angèle und Théodore waren in der *mairie* des sechsten Arrondissements getraut worden, gottlos. Isabella und Theo heirateten in der Kirche St. Vincent Ferrer. Sie waren beide in der Konfession getauft worden, die ihre Konvertiten besonders wertschätzt. Isabella sah strahlend aus unter ihrem Schleier, und Theo, in grauer Halsbinde und Frack, war dem Schicksal merklich, doch gemessen dankbar.

Mr. Rudge musterte von seinem Gangplatz aus Braut und Vater beim Vorbeigehen und nahm sich später Signora Trapani und Sohn Carlo vor. Vom Aussehen hätte man sie beinahe für Juden halten können, was beklagenswert war. Zwar ähnelten Italiener nun mal den Juden, aber das Erscheinungsbild der jungen Frau würde Theo in New York nicht gerade helfen. Mr. Rudge war einmal in Italien gewesen und fand es noch schlimmer als England. Am liebsten hätte er ohnehin nur mit Amerikanern zu tun gehabt, in Amerika. Theo hatte mit unverbindlichem Respekt von seinen neuen Schwiegereltern gesprochen, woraus Mr. Rudge geschlossen hatte, daß es sich bei den Trapanis um eine alte angesehene und schwerreiche Familie handelte.

Mrs. Rudge, die auf Hochzeiten weinte, war entzückt vom Blitzen in den Augen der Braut, als der Bräutigam ihr den Ring an den Finger steckte. Von Mrs. Rudge animiert, befand Mr. Rudge schließlich, Isabella sei trotz ihrer mißlichen Nase eine nette, liebenswerte junge Frau. Er sah ein, daß ein Europäer wie Theo, der zum ersten Mal nach Amerika kam, sich ein wenig einsam und verloren und mit einer europäischen Frau möglicherweise am wohlsten fühlte, da sie seinen Gewohnheiten entsprach. Man konnte seinem zukünftigen Angestellten schlecht vorschreiben, mit der Ehe zu warten, bis er eine zünftige Amerikanerin gefunden hatte.

Die Flitterwoche verlief, wie Théodore vorausgesehen hatte. Die Braut war ängstlich, brach unvermittelt in Tränen aus und war schließlich dankbar, ergriffen und himmelte ihn an. Der Bräutigam war milde, geduldig, dominant, erfolgreich. Théodore freute sich, nach New York und zu seinem Studium zurückzukehren.

Isabella gab sich ihrem neuen Leben ganz hin. Sie war zufrieden, wenn sie abends in dem Zimmer sitzen durfte, in dem sich Théodore über seine Bücher beugte. Sie gab vor, zu nähen, zu stricken oder zu lesen, aber eigentlich tat sie nichts anderes, als Theo verstohlene Blicke zuzuwerfen, nicht so, daß es ihn störte oder ihm die Konzentration raubte, doch genug, um das Glücksgefühl zu nähren. Signora Trapani fand, daß ihre Tochter wie eine Bäuerin lebte. Bei den seltenen Gelegenheiten, da Theo es für angebracht hielt, Gäste einzuladen, engagierte er einen Koch, ansonsten okkupierte Isabella, glühend vor Stolz, den Herd. Eine Zugehfrau kam morgens für ein paar Stunden, aber Isabella gefiel es, das Haar unter ein Tuch zu stecken und mit Silberpolitur und Staubsauger zu hantieren.

Signor Trapani, der so scharfsichtig war wie Théodore und von ebenso rascher Auffassungsgabe, begriff, weshalb Theo die Mitgift nicht anrührte: Mr. Rudge wäre bei zu viel unverdientem Mehrertrag hellhörig geworden. Man mußte seinen Weg schon selber machen, Mr. Rudge hatte Tochter und Schwiegersohn schließlich auch nicht verwöhnt. Um Signora Trapani ruhig zu halten, nahm Signor

Trapani sie und Carlo, der genug hatte von Bürozeiten und als Alibi nicht mehr gebraucht wurde, mit nach Santa Barbara, wo er sich ein palladianisches Haus bauen wollte. Théodore war erleichtert. Sein Wunsch war es, hundert Prozent Amerikaner zu werden und für immer zu bleiben. Carlo und die Eltern Trapani waren hoffnungslos europäisch, ein abträglicher Hintergrund, aber außer Sichtweite nicht schädlich.

Im September 1939 wurde Polen überrannt, und der Krieg wurde erklärt, wie Théodore es sich gedacht hatte. Isabella weinte, konnte aber, da sie beinahe gleichzeitig zu ihrer großen Freude erfuhr, daß sie schwanger war, nicht beim Elend der Welt verweilen. Théodore schrieb erneut an Angèles Familie in Paris. Sie antworteten hochmütig, sie hätten Vertrauen in die Maginot-Linie und General Gamelin, und erinnerten Théodore daran, er habe ihnen gar nichts vorzuschreiben.

Im Mai 1940 schenkte Isabella Theo eine Tochter, die nach der Mutter Louise genannt wurde. Gleichzeitig zog sich die britische Armee bei Dünkirchen vom Kontinent zurück. Théodore, der die Anwaltsprüfung mühelos bestanden hatte und inzwischen in Mr. Rudges Kanzlei arbeitete, verfolgte den fernen Krieg wie einen gigantischen Stierkampf, überzeugt, daß der Stier am Ende getötet würde. Isabella gluckte derweil bei ihrem Kind. Mr. Rudge kochte vor Zorn über die amerikanischen Gesetze, die Theo sieben lange Probejahre die Staatsbürgerschaft vorenthielten. Théodore, der sich auf dem richtigen Weg sah, gab sich damit zufrieden, ein immer besser bezahlter Strippenzieher im Hintergrund zu sein, ein Berater, ein Kollege. Er wußte, er würde sich unersetzlich machen, und wenn man das Ganze in einem großen, sicheren Land aussitzen konnte, waren Formalien wie Staatsbürgerschaft nicht zwingend.

Pearl Harbor war für Amerika ein schwerer Schock, aber nicht für Théodore. Was ihn hingegen schockierte, war die Unfähigkeit der amerikanischen Militärführung. Weshalb um alles in der Welt zog sie, während ihre Diplomaten bohrten und drohten, Flotte und Flugzeuge an einer einzigen verwundbaren Stelle zusammen? Außerdem bestürzte ihn die Panik der Amerikaner, ein Wesenszug, den er im hiesigen Alltag noch nicht hatte beobachten können. Er beunruhigte ihn, aber ein so großes, reiches und abgelegenes Land konnte sich wohl ein gewisses Maß an ungehöriger Torheit leisten.

Zwei Tage nach Pearl Harbor teilte Théodore Mr. Rudge mit, er werde sich zur Armee melden. Um für eine Nation zu kämpfen, müsse man nicht unbedingt deren Staatsbürger sein. Mr. Rudge drückte Theo die Hand. Wegen seiner Füße und seiner Augen wurde Théodore umgehend ausgemustert und dauerhaft 4F gestempelt. Mr. Rudge, glühender Patriot und voll der moralischen Empörung über die heimtückischen gelben Männer, erkannte gleichwohl, daß ein großer Krieg großes Geschäft bedeutete und die Nachfrage nach Anwälten enorm steigen würde. Insgeheim war er dankbar, daß der arme Theo den Anforderungen der Armee nicht genügte. Er würde sich Theos wertvolle Unterstützung sichern, während die meisten anderen jungen Anwälte der Kanzlei zu Schreibstuben in der Church Street 90, in Pensacola und San Diego abmarschiert waren. Ihm war auch nicht entgangen, daß Theo der erste war, der dem Land seine Dienste angeboten hatte.

Théodore drängte Isabella, sich zum Roten Kreuz zu melden und die Damen dort zu unterstützen, die so selbstlos Operationsverbände zuschnitten. Sie verbrachte viel Zeit beim Roten Kreuz, da Théodore beschlossen hatte, sie könnten nun aufsteigen in der Welt, in acht statt in drei Zimmern wohnen, dazu im besten Abschnitt der Park Avenue, einen englischen Flüchtling als Kindermädchen für Louise beschäftigen, eine mißgelaunte Köchin und ein geringschätziges Dienstmädchen. Isabella war nicht so glücklich über diesen Aufwand, hätte jedoch nicht im Traum daran gedacht, Theos Karriere ihre eigenen Vorlieben entgegenzusetzen. Sie packte Gazestreifen, plauderte tapfer, obwohl sie nicht gut darin war, und floh nach Möglichkeit in hingebungsvolle Tagträume von Theo und Louise. Auch kämpfte sie gegen eine unausgesprochene Eifersucht an, schämte sich für ihren Charakter und warf sich schäbiges Mißtrauen vor.

Keiner, außer den Sirenen, die ihn dort aufsuchten, wußte von Théodores bezaubernd eingerichteter Wohnung in der achtunddreißigsten Straße. Ein Jahr lang war er, mit dem Studium und dem aufregenden Kennenlernen amerikanischer Lebensart beschäftigt, Isabella treu geblieben, die er schätzte, die ihn jedoch unvermeidlich langweilte, wie das nun mal so ist mit Sklaven. Amerikanerinnen hatten es ihm nicht so angetan wie die Engländerinnen, aber lehrreich fand er sie allemal. Amerikanerinnen schwatzten unermeßlich über ihre eigenen Belange und verlangten dem Mann uneingeschränkte Aufmerksamkeit ab, regelmäßige Liebesbekundungen inbegriffen. Aber schön waren sie, und er brauchte Abwechslung. Ausdauer, so stellte er fest, war keine amerikanische Tugend, seine Geliebten blieben, wenn überhaupt, um die sechs Monate, bis man einander überdrüssig wurde. Die Trennung ging manchmal mit Schuldzuweisungen einher, was Théodore scheußlich fand, meist aber schaffte er es mit einiger Geduld und einem weiteren Schmuckstück, die Angelegenheit glimpflich zu beenden.

Der Krieg hielt sich, wie Théodore gedacht hatte, fern von Amerika, und obwohl ihn die Neigung der Amerikaner irritierte, amerikanische Opfer und Entbehrungen zu dramatisieren, beeinträchtigte sie ihn nicht. Im Gegensatz zu den Amerikanern wußte er, wann es ihm gutging. 1943 erschütterte ein Brief seine Ordnung und Sicherheit. Er kam aus London und trug die Insignien des Freien Frankreich. Théodore war erstaunt, daß die Freien Franzosen seinen Namen und seine Adresse kannten, aber völlig durcheinander, als er las, was sie ihm mitzuteilen hatten. Offenbar war Madame Angèle Mondore – nach französischem Usus der korrekte Name nach der Scheidung – in einem Gestapo-Keller in Paris zu Tode gefoltert worden, ohne einen einzigen Namen, eine einzige Information an den Feind weiterzugeben. Sie wurde posthum mit dem Lothringer Kreuz und dem Georgs-Kreuz ausgezeichnet, sie war eine Heldin Frankreichs, die sich furchtlos und wirksam für die Résistance eingesetzt hatte. Der König würdigte ihr Engagement, abgeschossenen britischen Piloten zur Flucht zu verhelfen, Frankreich und England ehrten und betrauerten sie. Monsieur Asher wolle sicher wissen, was mit seinem Sohn sei, Madame Mondore habe diese Information an ihre Vorgesetzten in England weitergegeben. Bevor sie sich ihren gefährlichen Aufgaben widmete, habe Madame Mondore ihren Sohn Gabriel in die

Obhut einer alten Bediensteten der Familie in Südfrankreich gegeben, einer gewissen Thérèse Bouchet, die den Jungen als ihren Enkel ausgab. Madame Bouchet sei unbestreitbar nichtjüdisch und bescheidener Herkunft, man nehme an, der Junge lebe noch immer als arischer Bauer in ihrem Dorf bei Aix-en-Provence. Madame Mondores Eltern und Schwester seien bei einer der früheren Massendeportationen verhaftet worden, man wisse nichts über ihren Verbleib und müsse sie, wie Millionen weitere Glaubensgenossen, unseligerweise für ausgelöscht halten.

Théodore hatte den Brief mehrmals gelesen und die Worte leise mitgesprochen, ihr Sinn wollte sich ihm nicht erschließen. Angèle? Angèle, die Flatterhafte, Eitle, ja Hirnlose, würde man eigentlich sagen, die sich nur für Kleider und Vergnügen interessierte. Angèle, Heldin Frankreichs, gestorben unter Folter? Angèle, bereit und fähig, für eine Idee, ein Ideal zu sterben? Unvorstellbar, unbegreiflich. Was seinen Sohn betraf, wußte Théodore nicht, was er jetzt ausrichten könnte, die Deutschen hatten schließlich ganz Frankreich besetzt. Nach dem Krieg würde er den Jungen suchen. Angèle war bemerkenswert klug gewesen mit dem Jungen, wenn auch bemerkenswert leichtsinnig mit sich selbst. Die Alten, ihre Eltern, taten ihm leid, und diese alberne *jeune fille*, ihre Schwester, aber sie waren rechtzeitig gewarnt worden und hatten allen guten Rat ausgeschlagen; Dummköpfe konnten nicht erwarten, in dieser Welt zu überleben.

Der Brief aus London, der so exotisch war, daß er in Théodores Gedankenwelt keine Wurzeln schlug, rührte Isabella wie eine Wunde und eine Offenbarung. Er schlug nicht nur Wurzeln, er besetzte sie. Nachdem man ihr kein moralisches Bewußtsein nahegebracht oder vorgelebt hatte, lernte sie es nun plötzlich von einer Toten, die sie Théodores Einschätzung folgend als oberflächliches Ding abgetan hatte. Theo wurde widerlegt, und zwar entscheidend. Wenn Angèle solche Kraft, solchen Mut und solche Integrität besaß, hatte sie die schon immer besessen, nur hatte Theo sie nicht erkannt und nicht gefördert.

Selbst jetzt, da sie tot war, begriff Theo nicht, wer Angèle gewesen war und was sie getan hatte. Isabella aber hatte das Gefühl, Angèle sei für sie gestorben; sie trug schwer an diesem Tod und an dieser Schuld. Langsam, allein, stumm ihren Gedanken folgend, tauchte sie unerträglich tief ein in all das Sterben, ewig schuldig und von sich selbst angewidert, von Theo und ihrer beider bequemem, selbstsüchtigem Leben. Isabella schwor, Angèles Sohn zu finden und dieses Kind für immer zu schützen, als einzige Wiedergutmachung an Angèle, derer sie fähig war. Was die vielen Unbekannten anging, wußte Isabella nicht, was sie tun sollte, aber ignorieren konnte sie sie nicht mehr. Wenn sie schon nicht helfen konnte, mußte sie zumindest versuchen, ihr Leid im Geiste zu teilen.

Bislang hatte Isabella das Lesen als Vorwand benutzt, um bei Theo zu sitzen, oder als Ablenkung am Krankenbett. Jetzt verschlang sie die schreckliche Literatur der Unterdrückung, die mit und wegen Hitler gedieh, Jahr für Jahr detaillierter und erschreckender. Sie nährte ihr neues Gewissen mit Berichten von Haft, Heldentum, Verzweiflung, Glaube und Tod. Leidenschaftlich verfolgte sie neue Berichte in Zeitungen und Zeitschriften von jenen, die erst kürzlich der Naziherrschaft entronnen waren. Théodore hatte wenig Geduld mit diesem morbiden Verlangen, zu verstehen, was sie so weitsichtig gemieden hatten. Isabella las weiter. Endlich entwickelte sie eine Persönlichkeit, die von Theo unabhängig und ihm zunehmend feindlich gesonnen war.

Eines dunklen Winterabends im Jahre 1944, als die Deutschen unerklärlich zurückgeschlagen hatten und selbst Amerika ein Angstschauer durchfuhr, sprach Isabella mit Théodore, wie sie noch nie mit ihm gesprochen hatte. In fast vergessener Manier runzelte sie die Stirn. Sie sagte, Theo solle noch etwas tun außer Geldverdienen. Sie sagte, sie hätten bereits zuviel Geld, es gebe doch bestimmt auch Arbeit, die Menschen half, ihnen zugute kam. Erbost über Isabellas Kritik wies Théodore sie darauf hin, daß er dem Gesetz diene, was allen helfe, ohne Gesetz gebe es keine Zivilisation und keine Sicherheit. Die Nazis seien doch wohl Beweis genug dafür, was passierte, wenn das Recht verlorenging. Etwas Besseres könne er gar nicht tun.

Isabella blickte noch immer finster, fand aber keine stichhaltigen Argumente. Sie mußte einsehen, daß Theo sie nicht verstehen würde, weder sie noch ihre Unruhe, ihren Kummer, ihr Schuldgefühl. Auf andere Weise gelangte sie zum selben Urteil wie Angèle: Theo war nicht liebenswert. Um lieben zu können, mußte Isabella den Mann als moralisch aufrecht bewundern können, und Theo, der stetig die amerikanische Erfolgsleiter erklomm, war nicht bewundernswert, er war nur erfolgreich.

Isabella erwies sich als erstaunlich tüchtig und zudem beharrlich. Théodore gefiel dieser unerwartete Charakterzug. Wie selbstverständlich das Rote Kreuz nutzend und ohne den Anflug von Schüchternheit, machte Isabella Gabriel ausfindig. Durch einen Oberst im Innendienst konnte sie dem Kind Lebensmittel und Kleidung und Madame Bouchet Geld schicken. Das jüngst befreite Frankreich hatte kein strukturiertes Postnetz, doch Isabella korrespondierte mit Gabriel, indem sie einen weiteren amerikanischen Offizier für ihre Zwecke einspannte. Ihre Liebe zu dem unbekannten Elfjährigen wuchs, er klang kühn, ehrlich und großherzig. Er wußte vom Tod seiner Mutter. Isabella betrachtete ihn mehr und mehr als ihren Sohn und fing an zu träumen.

Théodore hätte ahnen können, welche Gestalt ihre Träume annahmen, wenn er sich die Mühe gemacht hätte, wahrzunehmen, was Isabella inzwischen las: eine Mixtur aus Thoreau, dem Neuen Testament und losen, eng bedruckten Broschüren des Landwirtschaftsministeriums über die wirksamsten Methoden der Zucht und Haltung von Hühnern und Bienen und Empfehlungen für die Viehpflege. Isabella wußte, was sie nach dem Krieg machen wollte, der sich seinem mörderischen Ende entgegenschleppte. Andererseits hatte sie in der Kirche St. Vincent Ferrer aus freien Stücken ein Gelübde abgelegt, und sie wußte nicht, wie sie das brechen und gleichzeitig der Mensch sein konnte, der sie sein wollte, der Mensch, der Gabriel gerecht werden und, so ihre Hoffnung, Louise ein besseres Vorbild sein konnte als bisher.

Théodore, der neben dieser veränderten Frau herlebte, war zu beschäftigt, um über sie nachzudenken. Er kannte Isabella, sie hatte ihre Nische im Leben, und dort ließ er sie. Die Arbeit forderte Théodores ungeteilte Aufmerksamkeit. Gefolgt von einer Riege reicher, loyaler Mandanten, hatte Mr. Rudge beschlossen, die alte Kanzlei zu verlassen und eine eigene zu gründen. Er hatte lange genug für Galway, Hickham, Rudge and Myrtle die Ellbogen ausgefahren und wollte sich nun der Bereicherung eines erlauchteren Kreises von Partnern widmen. Theo Asher forderte er auf, mitzukommen, sobald Theo eingebürgert sei, nunmehr in wenigen Monaten, sei die neue Kanzlei vollständig, und der Briefkopf laute fortan: Rudge, Bascomb and Asher. Théodore hatte größtes Vertrauen in Mr. Rudges Fähigkeit, Mandanten anzuwerben, und Mr. Rudge hatte größtes Vertrauen in Théodores Fähigkeit, die passenden juristischen Antworten zu finden. Théodore nahm das Angebot und die Ehre an. Selbst in seinen genüßlichen nächtlichen Wachträumen hatte er sich nicht ausgemalt, so schnell so weit zu kommen.

Der Sieg über alle Feinde, mit Knobelbechern und gelber Haut, wurde wild ausgelassen gefeiert. Sehr bald, dachte Isabella, könnte sie dem Leben nachgehen, von dem sie träumte – wenn ihr Gelübde nicht wäre. Theo hatte ihr keinen Anlaß gegeben, ihn zu verlassen, das Gelübde sah keine veränderten Gefühle, höheren Bestrebungen, edleren Entschlüsse vor. Das Gelübde besagte nur, man müsse so liegen, wie man sich bettet. Sie war so abgrundtief und so sichtbar niedergeschlagen, daß Théodore ihr zu einer Psychotherapie riet. Er kannte kaum eine Amerikanerin, die ohne auskam, es handelte sich dabei offensichtlich um eine allgemeine New Yorker Prophylaxe. Isabella weigerte sich, litt und wurde jäh gerettet.

Théodore hatte seit neuestem eine Geliebte, deren güldene, langbeinige Schönheit ihrer Dummheit in nichts nachstand. Er mochte keine dummen Frauen, aber es gab so viele, und er hatte wenig Muße, nach dem Wesen Ausschau zu halten, das die Figur, den Teint und den Geist besaß, die ihm genehm gewesen wären. Die aktuelle Amtsinhaberin, ein Mannequin mit Namen Veronica, rief Theo zu Hause an, um ein Rendezvous mit ihm abzusagen. Sie sah darin keine Gefahr, schließlich trafen sich in New York Männer und Frauen ständig auf ein Gläschen, sie hatte ja nicht vor, am Telefon zu verkünden, daß sie zu Theo eine schöne fleischliche Beziehung unterhielt. Außerdem hatte sie Theo so verstanden, daß seine Frau und er Freunde seien, mehr nicht, und mit gegenseitiger Duldung eigene Wege gingen. Théodore war der Meinung, bei Amerikanerinnen sei eine solche Geschichte günstig, wofür, hätte selbst er nicht sagen können.

Isabella nahm ab. Sobald sie Veronicas Stimme hörte, legte sie eine derartige Durchtriebenheit an den Tag, wie sie sie selbst kaum fassen konnte, änderte ihren Akzent und wurde zu einem behäbigen, aber gewissenhaften italienischen Dienstmädchen, das ihrem Herrn immer Nachrichten aufschrieb. Miss Veronica Hastings, schrieb sie, könne sich wegen eines Geschäftstermins heute nicht mit Mr. Asher treffen, dafür aber morgen um dieselbe Zeit. Wo er sie treffen solle, fragte Isabella mit ihrem tumben Akzent. Bemühen Sie sich nicht, erwiderte Miss Hastings ungeduldig, er weiß Bescheid.

Isabella, die ob einer solchen Nachricht, deren Sinn sie voll und ganz erfaßte, noch vor drei Jahren vor Kummer gestorben wäre, empfand jetzt nur große, müde Erleichterung. Theo hatte sein Gelübde gebrochen: Sie war frei.

Am selben Abend kam Théodore schlecht gelaunt nach Hause, da er nichts von Miss Hastings gehört hatte. Isabella empfing ihn ruhig, unerbittlich, entschlossen. Miss Hastings, hob Isabella an, könne nicht sein erster Seitensprung sein, offensichtlich beschäftige Theo eine *garçon-nière* und habe einen eingespielten *cinq à sept*-Tag. Statt Theo Vorwürfe zu machen, verkündete sie schlicht, sie werde ihn verlassen. Von diesem unvermittelten Angriff erschüttert, versuchte Théodore es mit Schmeichelei – ebensogut hätte er Granit mit Zahnstochern behauen können. Er war ehrlich getroffen: Eine Scheidung war üblich, zwei Scheidungen könnten bei Rudge, Bascomb und Asher-inspe als anstößig gelten. Isabella räumte ein, sie habe kein Bedürfnis nach einer weiteren Ehe, eine Trennung von Tisch und Bett wäre ihr recht, wenn Theo, wie sie ihm voraussagte, es sich nicht irgendwann anders überlegte, in welchem Fall sie in die Scheidung einwilligen werde.

Verärgert über dieses alberne Weibsstück, das sich wie eine echte Amerikanerin über Ehebruch ereiferte, erkundigte sich Théodore, wie Isabella die Vermögensfrage zu klären gedenke. Er hoffte, sie aus der Fassung zu bringen, da er wußte, daß sie nicht gern über Geld redete oder nachdachte; anders als der Rest der Menschheit konnte sie es sich leisten, so zimperlich zu sein. Ohne Zögern antwortete Isabella, sie beanspruche die Hälfte der Mitgift und einige Bilder – Geschenke ihres Vaters –, die ihr besonders am Herzen lagen. Über ein so erfreuliches Ergebnis konnte Théodore sich nicht beklagen. Er hatte die Mitgift während des Krieges angelegt, und die Summe hatte sich beinahe verdreifacht. Er wäre um eine Frau und mehrere Gemälde ärmer und um ein Vermögen reicher. Louise, die ganz und gar bei Isabella bliebe, sah er ohnehin selten, für gewöhnlich am Sonntagmorgen, wenn sie ihn beim Zeitunglesen störte. Er fand sie hübsch, verwöhnt und langweilig wie alle kleinen Kinder.

Isabella stellte noch eine letzte Bedingung. Gabriel solle ebenfalls ihr zuerkannt werden, sie wolle ihn offiziell adoptieren. Dieses ungewöhnliche Anliegen weckte Théodores Argwohn, und er meldete Bedenken an. Dann würde sie wegen Ehebruchs auf Scheidung klagen, sagte Isabella, Theos Partner dürften davon nicht sonderlich erbaut sein. Théodore wog ihre Drohung gegen die Sinnlosigkeit ab, an einem Fremden festzuhalten, dessen Erziehung ohnehin nur Umstände machte, und nahm Isabellas Bedingungen an. Da er aber nicht wußte, wie die US-Einwanderungsbehörde darauf reagieren würde, wenn er auf einmal ohne Frau dastand, verlangte Théodore von Isabella, bis Januar auf ihre Freiheit zu warten. Ihre eigene Sicherheit möge sie vernachlässigen, sagte er, doch den Schutz eines soliden Passes könne sie den Kindern nicht vorenthalten. Am vereinbarten Tag standen Theo und Isabella Asher Seite an Seite unter der amerikanischen Flagge und schworen unverbrüchliche Treue zu ihrem neuen Land und ewige Feindschaft seinen Widersachern. Théodore wurde umgehend der dritte Partner seiner Kanzlei und setzte die Trennungsdokumente auf, während Isabella sich um die Überfahrt kümmerte.

Die Eltern Trapani hörten mit Bedauern von Isabellas Entscheidung, aber sie war vierunddreißig, vermögend und ließ sich nicht umstimmen. Sie waren nicht heimisch geworden in Amerika, und jetzt, da der Krieg zu Ende war, kehrten sie ins herrliche Rom zurück. Diese Stadt, von Bomben verschont bis auf die armen Außenbezirke, die nicht zählten, mit einem Schwarzmarkt, der jetzt auf Hochtouren lief, war Ziel ihrer Sehnsucht; die palladianische Villa in Santa Barbara war Exil geblieben. Signor Trapani gedachte, seinen alten Palazzo zurückzukaufen und den Lebensabend mit vertrauten Freuden zu verbringen.

Doch Isabella kam nicht mit. Sie wollte mit den beiden Kindern nach Kalabrien, ein Stück Land erwerben und bewirtschaften. Sie wollte die Kinder in einer einfachen Welt aufwachsen und – so hoffte sie – zu schlichten, aufrechten Menschen heranreifen sehen, die am Wechsel der Jahreszeiten und an der befriedigenden Arbeit der Hände Gefallen fanden. Sie wußte, Gabriel würde es mögen, und baute darauf, daß er es Louise beibrachte.

Nach einigem Grübeln kam Théodore zu dem Schluß, daß er merkwürdige Ehefrauen gehabt hatte: Eine wollte offensichtlich Märtyrerin sein, und die nächste schickte sich an, eine Heilige zu werden. Er stellte sich keine unangenehmen Fragen über diese aufmüpfigen Frauen. Einige Frauen waren sensibler als andere, und er war zufällig an unsensible Exemplare geraten. Neurotische, dachte er. In New York hatte er so manch hilfreiche Vokabel aufgeschnappt.

Mr. Rudge reagierte mit väterlicher Sanftmut. Théodore hatte ihm zu verstehen gegeben, Isabella sei nicht glücklich in Amerika, obwohl ihr die Ehre der Staatsbürgerschaft zuteil geworden war, ziehe sie Europa vor. Er wußte, in Mr. Rudges Augen war das eine unverzeihliche Sünde. Mr. Rudge sprach nicht aus, daß Theo ohne eine derart undankbare Gattin seiner Meinung nach besser dran sei. Er drängte Theo, mehr auszugehen, man wisse nie, welch wertvolle Bekanntschaften man knüpfen könne, selbst wenn man sich nur ein wenig in New York zerstreute. Ein Mann in Theos Position, Partner in einer Kanzlei wie der ihrigen, sollte sehen und gesehen werden. Er sollte am gesellschaftlichen Leben teilhaben.

Mrs. Rudge gegenüber lobte er Theos Seelenstärke. Theo fing weder an zu trinken, noch lief er wie weniger wackere Zeitgenossen mit Trauermiene herum. Bei Theo, sagte Mr. Rudge, komme die Kanzlei stets an erster Stelle. Mrs. Rudge hatte so ihre Einwände, äußerte sie jedoch nicht, nie widersprach sie Mr. Rudge, hatte sie doch schon vor langer Zeit diese wirksame Methode entdeckt, ihren Willen zu bekommen. Für sie war Theo ein kalter Fisch und Isabella mehr als berechtigt, ihn zu verlassen. Unter seiner jovialen Maske war Mr. Rudge auch zum Teil ein kalter Fisch und ansonsten ein waschechtes Kleinkind. Mrs. Rudge, die häufig allein reiste und Mr. Rudge einem zufriedenen Junggesellensommer mit Golf und Geschäftsfreunden in Connecticut überließ, kannte und liebte Italien. Sie beneidete Isabella um ihren Schneid, einen langweiligen Mann sitzenzulassen und in ein sonniges, faszinierendes Land zu ziehen.

Aus Theo wurde das nahezu ausgestorbene, hochbegehrte Wesen, der alleinstehende Mann. Sein Typ wurde viel verlangt, dabei aber durchaus nicht als Trophäe gehandelt, sondern als gutgekleideter und hinreichend gewissenhafter Gast akzeptiert und eingesetzt. Théodore teilte New York schnell in verschiedene Kategorien ein. Er empfand die Stadt, von wenigen hermetischen Zirkeln abgesehen – dem akademischen vielleicht, dem kirchlichen und der aussterbenden guten Familie – als ein riesiges Nomadenlager, in dem alle umherstreunten, dem Erscheinungsbild und nichts sonst verpflichtet. Irgendein Erfolg war vonnöten, aber Erfolg kam und ging, Gesichter wechselten. Théodore merkte jetzt, wie Isabella ihn mit ihrer Schüchternheit oder Zurückhaltung oder Förmlichkeit oder allem zusammen gehemmt hatte. Er fühlte sich leicht und fidel als wohlhabender zweiundvierzigjähriger Junggeselle mit seiner triumphalen Karriere als festem Fels unter den Füßen und einer ganzen Stadt als Jagdrevier.

Théodore lernte Mrs. Fairleigh auf einer großen, unübersichtlichen Verlagsparty kennen. Cocktailpartys waren anerkannte Jagdgründe, die er häufig aufsuchte, um mit der Menge zu brüllen und zu rempeln, niemals auch nur annähernd betrunken und immer wachsam. Er entdeckte eine modisch ausgezehrte Blondine mit hohen Wangenknochen und Pariser Garderobe, umringt von Männern, die laut über ihre Bemerkungen lachten und die Gier in ihren Blicken nicht verbargen. Théodore sorgte rasch dafür, auf joviale Art vorgestellt zu werden, der Dame wurde nicht nur sein Name hinterbracht, sondern auch seine Position, Asher von Rudge, Bascomb and Asher, sagte sein leutseliger Bekannter, jüngster Partner in der jüngsten, schicksten Kanzlei der Wall Street, Sie sollten ihn mit Respekt behandeln, der landet noch am Obersten Gerichtshof. Es war keine allzu große Überraschung, daß Mrs. Farleigh sich nach der Party von Théodore zum Essen einladen ließ.

Zielsicher führte Théodore Mrs. Fairleigh in das teuerste Restaurant New Yorks, und nicht minder zielsicher demonstrierte sie ihre Bekanntschaft mit dem Oberkellner, diesen unfehlbaren Beweis gesellschaftlichen Rangs. Sie bestellte die teuersten Gerichte auf der Karte und schob sie ein wenig auf dem Teller hin und her. Ein Blick auf ihre fabelhaft schmale amerikanische Taille verriet, daß sie nicht aß. Träge wie zum Zeitvertreib, zu selbstbewußt, zu begehrt, um sich die Reaktion ihres Gegenübers zu Herzen zu nehmen, erzählte sie Théodore ein bißchen aus ihrem Leben.

Sie war Witwe. Charles Fairleigh war mit seinem Zerstörer in der Schlacht von Leyte untergegangen. Sie war neu in New York, nach Charles' Tod hatte sie die Plantage in South Carolina verlassen, zu traurig, um dort allein mit ihren Erinnerungen zu bleiben. Bei ihrer Heirat war sie praktisch noch ein Kind gewesen, achtzehn und unschuldig, danach hatte sie mit Charles auf dem Familiengut gelebt, das er so geliebt hatte, wie Menschen nur den Ort lieben können, an dem ihre Vorfahren geboren wurden. Magnolien und Baumwolle, schwarze familientreue Bedienstete, griechische Säulen und Vollblutpferde zogen an Théodores innerem, aufmerksamem Auge vorbei.

Ihre eigene Familie, die ursprünglich aus Virginia stammte, war nach Westen gezogen, und sie war in den endlosen Weiten von Texas aufgewachsen. Noch mehr Bilder, wild, aber erhaben, hier und da gespickt mit der Spitze eines Bohrturms, zogen an ihm vorbei. Ihre Ehe mit Charles war ein Idyll der Glückseligkeit gewesen, mehr verlangte sie nicht, nicht einmal Reisen, sie hatte kaum darunter gelitten, keine Kinder zu haben, so vollkommen war ihre Liebe gewesen. Théodore wurde gründlich eifersüchtig auf Charles Fairleigh, den Schönheitsgott, den makellosen Gentleman, Sportler, Gelehrten, Gutsbesitzer, der nie wie die New Yorker für Geld und Ruhm hatte schuften müssen. Als sie achtundzwanzig war, nach zehn Jahren dieser Wonne, starb Charles. Es gab keine Fairleighs mehr auf der Welt, und sie war die letzte Merton. Nach raschem Überschlag auf der Grundlage der Schlacht von Leyte rechnete Théodore aus, daß Mrs. Fairleigh, diese elegante, selbstbewußte, authentische Amerikanerin der Nobelklasse, inzwischen dreißig war.

Anne Fairleigh war einundvierzig Jahre vor ihrem Abendessen mit Théodore als Anna Wolski auf der polnischen Westseite Chicagos zur Welt gekommen. Sie war das vierte von acht Kindern, deren Vater, ein polnischer Maurer, mit viel Alkohol allgemeinen Lebensekel hinunterspülte und deren irische Mutter jammerte, betete und ihre Brut vernachlässigte, weil das Leben sie verständlicherweise überforderte. Anna Wolski warf mit sechzehn das letzte Mal einen wirklich aufrichtigen Blick auf die Welt und sah nichts als Elend, Versagen und Grausamkeit, so daß sie beschloß, fortzugehen und für immer fernzubleiben. Sie verschwand, was die Eltern wenig kümmerte, und fuhr per Anhalter nach San Francisco. Als Rüstzeug für die Zukunft brachte sie ihr Aussehen mit, nicht Schönheit, sondern eine gewisse Feingliedrigkeit, unnachgiebige Entschlossenheit, Geistesgegenwart und eine gründliche Kenntnis des durchschnittlich sinnenfrohen Mannes.

Die ersten Jahre waren so hart wie unerfreulich. Anne schien sich nicht weit vom Schrecken ihres familiären Zuhauses entfernt zu haben. Sie machte viele Fehler und mußte dafür büßen, sie lernte aus ihren Fehlern, löschte jedoch umgehend die Erinnerung an die Quelle ihrer Erkenntnis aus. Sie entwickelte sich zur begnadeten Mythomanin, entwarf mit der Zeit Versionen ihres Lebens, die sie allesamt selbst glaubte, ganz gleich, wie oft die Geschichte sich änderte. Richtige Sicherheit erlangte sie erst mit einundzwanzig, als sie ihren ersten Gönner fand. Dieser Mann, ein recht betuchter Versicherungsmakler, richtete ihr eine kleine möblierte Wohnung ein, und Anna Wolski,

inzwischen bekannt als Anne Johnson, erkannte die An-
fänge eines Lebensmusters, den Weg – bisher nur ein
Pfad – zum Erfolg. In San Francisco konnte sie nicht bleiben, deshalb avancierte sie nach dieser harten Schule zur
nächsten Stufe Los Angeles.

Langsam, mit Bedacht, zog sie von Stadt zu Stadt, ar-
beitete sich empor und schrieb ihre Geschichte um. Das
Niveau ihrer Gönner stieg, mit ihm deren Vermögen.
Anne investierte ihren Lohn auf Empfehlung und gab ihre
Erträge für teure Kleidung und ein Furnier an Bildung aus.
New York war ihr Ziel, das sie allerdings nicht voreilig an-
strebte. Ihre besondere Gabe lag darin, zu planen und ihre
Pläne auszuführen, ohne sich selbst oder jemand anders je
die Wahrheit zu sagen. Seit sie fünfundzwanzig war, benutzte sie die Witwenschaft als Rahmen, der Krieg kam da
wie gerufen und verschaffte ihr einen toten Helden als my-
thischen Ehemann. Als Anne Fairleigh endlich New York
erreichte, war sie finanziell abgesichert, in ihrer Persönlichkeit gefestigt und ihrem aktuellen Namen sowie ihrer
angenommenen Herkunft verpflichtet. Ihre Vergangenheit
war zu weit weg und zu entlegen, um ihr gefährlich zu
werden. Südstaatler scheute sie instinktiv, ohne sich selbst
eine ungemütliche Erklärung geben zu müssen. Südstaatler ließen sich wegen ihres Akzents leicht umgehen.

Zwei Stationen früher in ihrer Laufbahn hatte Mrs.
Fairleigh die nützliche Entdeckung gemacht, daß reiche,
sehr wichtige Politiker für ihre Bedürfnisse die besten
Gönner waren. Politiker waren diskret, wollten sie im Amt
bleiben, was grundsätzlich der Fall war. Das Volk konnte
Sexskandale seiner gewählten Vertreter nicht gutheißen.
Die niedere Politikerklasse mochte sich mit Callgirls ver-

gnügen, aber die Spezies, die Mrs. Fairleigh pflegte, wollte eine feste, charmante, willige Frau, eine gut ausgestattete Wohnung, schmackhafte Speisen und Getränke und die Möglichkeit, sich unter Ausschluß der immerzu dräuenden Öffentlichkeit im Gespräch und im Bett gehenzulassen.

In den vergangenen zwei Jahren war Mrs. Fairleigh in ihrer schönen Wohnung am East River von einem namhaften Senator ausgehalten worden. Er kam so oft wie möglich nach New York, aber nicht zu oft für Mrs. Fairleighs Geschmack, und seine Aufwandsentschädigungen waren so üppig, daß sie nach ihren Wünschen leben und noch etwas zurücklegen konnte. Wenn der Senator sein Kommen ankündigte, ließ Mrs. Fairleigh ihre Bekannten und den telefonischen Antwortdienst wissen, daß sie verreise – übers Wochenende aufs Land, auf einen Kurztrip nach Palm Beach, eine Schönheitskur in Maine oder ein Heimatbesuch in South Carolina. Mrs. Fairleigh und ihr Senator wurden nie zusammen gesehen, so wollten sie es beide.

Von Zeit zu Zeit nahm sich Mrs. Fairleigh, fürs Prestige und zum Vergnügen, einen Liebhaber und ließ ihn am Ende einer kurzen Affäre artig seine Gunst in Form von Schmuck oder Pelz erweisen. Diese Herren waren diskret, aber nicht so diskret wie der Senator. Darauf verließ sich Mrs. Fairleigh. Eine ungebundene Frau in New York durfte sich nicht den Ruf makelloser Tugend einhandeln, wollte sie vermeiden, perverser Neigungen oder der Frigidität bezichtigt zu werden. Man wußte vage, daß Anne Fairleigh, eine normale Frau mit normalen Bedürfnissen, gelegentlich versuchte, sich zu verlieben, jedoch vergeblich; sie war untröstlich wegen ihres toten Charles, ohne einem damit allerdings auf die Nerven zu gehen.

Doch Mrs. Fairleigh war jetzt einundvierzig, eine Tatsache – vielleicht die einzige –, die sie sich selbst eingestand. Sie spielte mit dem Gedanken, allmählich doch lieber auf Unterhaltserschleichung zu setzen, wie sie die verehelichten Kolleginnen mit bemerkenswertem Erfolg betrieben. Ihr graute vor der Ehe und der Aussicht, immer denselben Mann um sich zu haben, aber das ließ sich womöglich nicht vermeiden.

Théodore begleitete Mrs. Fairleigh, wann immer sie es wünschte, in die Oper, ins Theater und auf Kunstausstellungen. In der Oper verneigte sich Mrs. Fairleigh vor alten Damen mit großen Busen und großen Juwelen, die hoheitsvoll in ihren Logen saßen. Sie nannte Theo die Namen, stattliche Namen. Mal erwiderten die alten Damen den Gruß, mal ignorierten sie ihn. Milde lächelnd erklärte Anne dann, die gute alte Dame sei stockblind und zu eitel, auch nur ein Opernglas zur Hand zu nehmen. In Theaterpausen plauderte Mrs. Fairleigh im Foyer geistreich mit dem feschen Volk, das Théodore aus den Klatschspalten kannte: der Schickeria, wie man sie nannte. In den Kunstgalerien hingen ihr exotische und, so Théodores Vermutung, künstlerische Leute an den Lippen und lobten lautstark ihre treffenden Kommentare. Théodore hatte sich nie als glamourös empfunden und auch seine Frauen nicht: Mrs. Mayne, wiewohl eine Dame und hochintelligent, hatte ein Pferdegebiß und bewegte sich nicht so souverän in diesen hermetischen Kreisen. Angèle und Isabella, wohlerzogen und aus gutem Hause, waren im Vergleich zu Anne verhuschte Mäuschen. Mrs. Fairleighs Begleiter sein zu dürfen erfüllte Théodore mit Stolz und dem Verlangen, eine solche Trophäe zu besitzen. Nachdem er seine Zeit als Galan abgeleistet hatte – Türen aufhalten, hinterherlaufen, Rechnungen bezahlen –, hielt er die Zeit für gekommen, Mrs. Fairleigh, die er so begehrte wie Amerika, in seine Wohnung in der achtunddreißigsten Straße einzuladen. Er erwarte sie dort auf einen Drink vor dem Essen.

Mrs. Fairleigh ließ einen kühlen Blick durch sein Quartier schweifen und stellte fest, geradesogut könne ein Neonschild über der Eingangstür auf dieses LIEBESNEST hinweisen. Sie ließ Théodore wissen, derartiges sei sie nicht gewöhnt und schätze es durchaus nicht. Er habe einen Fauxpas begangen, wollte sie damit sagen, weil er kein gebürtiger Amerikaner war; man lud eine Dame nicht in ein solches Etablissement ein. Da sie nun schon einmal hier sei, würde sie ein Glas Weißwein trinken, er habe doch wohl wenigstens einen angemessenen Wein in dieser unangemessenen Behausung, und dann würden sie essen gehen. Die Wohnung, so die stillschweigende Übereinkunft, und Théodores Absichten würde man nicht wieder erwähnen.

Théodore, der noch nie genötigt oder geneigt gewesen war, eine Frau zu hofieren, widmete sich mit Inbrunst dieser neuen Aufgabe. Täglich fühlte er sich mehr wie ein Amerikaner, der starke, erfolgreiche Mann, der hilflos abhängig war von den despotischen Launen einer amerikanischen Schönheit. Nach genauer Einschätzung seines Charakters ließ Mrs. Fairleigh ihn schuften und belohnte ihn nicht. In der Zwischenzeit zog sie Erkundigungen über seine finanziellen Verhältnisse und Aussichten ein und erklärte Theo für geeignet. Er war ein Langweiler, aber von einem Ehemann konnte man nicht zu viel erwarten. Wagemutig erklärte sie, unmöglich könne sie einen Mann ernsthaft in Betracht ziehen, der so gewöhnlich war, sich Affären hinzugeben, und so heimlichtuerisch, eine Zweitwohnung zu unterhalten. Théodore gab sein Quartier in der achtunddreißigsten Straße auf. Mrs. Fairleigh lächelte liebreizend und trieb ihn allmählich in den sexuellen Notstand. Er hielt um ihre Hand an, nur so würde er sie herumkriegen, wobei er fürchtete, daß selbst das nicht ausreiche. Bigamie sei in den Vereinigten Staaten eine Straftat, gab Mrs. Fairleigh zu bedenken. Verzweifelt telegraphierte Theo Isabella, drängte sie, ihn freizugeben, flog umgehend nach Mexiko, das ihm die reputierlichste Schnellscheidung zu bieten schien, verzehrte sich dort nach Mrs. Fairleigh und rief sie stündlich an, damit sie auch ja nicht ihre Meinung änderte.

Die dritte Mrs. Asher gab nach der standesamtlichen Trauung einen stilvollen Empfang in ihrer Wohnung am East River und zog dann zu Theo in die Park Avenue. Die Hochzeitsnacht bot reiche Entschädigung für alle Qualen und Verzögerungen. Wenn sie es für wert erachtete, konnte Anne eine anregende Kurtisane sein. Théodore fand keinen Ausdruck für dieses helle, glühende, allumfassende Glücksgefühl; nach und nach mußte er sich kleinlaut eingestehen, daß er verliebt war.

Anne hatte Gehorsam erwartet, nicht aber Theos jungenhafte, ja kindische Anbetung. Sie nutzte sie gnadenlos aus. Sie könne einfach nicht in der Park Avenue wohnen, sagte sie, man sehe sich doch nur die Leute an, die hier die Straßen verstopften, und außerdem entspreche es ihr nicht, in einer Wohnung zu wohnen, dieses grauenhafte

Gemeinschaftswesen behage ihr überhaupt nicht, in dem jämmerlichen Verschlag am East River habe sie nur gehaust, weil sie allein war. Sie bräuchten ein richtiges Haus, und in der dreiundsiebzigsten Straße zwischen Park und Lexington Avenue, eine Adresse, für die man sich nicht zu schämen brauche, habe sie auch schon genau das gefunden, wonach sie suche. Théodore war verwirrt, ihm war gar nicht klar gewesen, daß die Park Avenue so gewöhnlich war, und niemals hätte er Mrs. Fairleighs Wohnung mit den großen Fenstern auf den East River als jämmerlichen Verschlag bezeichnet.

So etwas wie das neue Haus hatte Théodore noch nicht gesehen. Angèle und Isabella, merkte er nun, hatten beschränkte, hausbackene Vorstellungen vom richtigen Lebensstil. Anne, seine wunderschöne amerikanische Anne, wählte Überfluß, Erhabenheit, das passende Zuhause für einen echten amerikanischen Millionär. In dieser Pracht entwickelte sich Anne zur unermüdlichen Gastgeberin.

Anne Ashers Mythomanie erstreckte sich, wenn nötig, auch auf andere, so daß Théodore sein Haus von texanischen Ölbaronen, Flugzeugmagnaten, grauen Eminenzen aus der Politik, berühmten Wissenschaftlern, Theaterstars, der ausgesuchten Elite aus Literatur und Kunst und schließlich, ganz erlesen, von schwerreichen gebürtigen Müßiggängern überlaufen wähnte. Hingerissen sah Theo mit an, wie Anne diese Gesellschaft herumkommandierte. Sie war so elegant, so geistreich, so souverän und wurde entsprechend gewürdigt: seine Frau. Die Rechnungen waren astronomisch, aber Théodore hätte nie gewagt, Anne darauf hinzuweisen, kannte er doch ihre Verachtung für die Sparsamen, nicht hinreichend Aristokratischen.

Er arbeitete länger und härter, um so viel Geld wie möglich herbeizuschaffen; anders als in Europa behielten amerikanische Ehefrauen ihr Vermögen anscheinend für sich. Er hatte sich für ziemlich reich gehalten mit mehr als einer Million Dollar, seinem Anteil von Isabellas gewachsener Mitgift. Doch jetzt, da Anne mit ihren reizenden Händen tief hineinlangte, schien ihm dieses einst üppige Kapital ein allenfalls brüchiger Schutzwall gegen die Armut. Um sich war ihm nicht bang, aber er konnte den Gedanken nicht ertragen, daß Anne eines Tages des grenzenlosen Wohlstands beraubt wäre, in den sie hineingeboren worden war. Er schuftete, um noch mehr Geld zu verdienen, das Anne ausgab. Das Rechtswesen, dem seine einzige Liebe gegolten hatte, wurde durch Anne ersetzt. Welch traurige Ironie, daß er gezwungen war, seine gesamte Zeit im Büro zuzubringen, nachdem er endlich die Besinnlichkeit schätzengelernt hatte, Mußestunden mit seiner hinreißenden Frau.

Ein Jahr lang hätte Théodore behauptet, der glücklichste Mann in New York zu sein. Zwei Ehen waren gescheitert, schließlich aber hatte er die Frau ungeahnter Träume gefunden, die leidenschaftliche, sensationelle Geliebte, die scharfe Intelligenz mit immerwährendem Glanz vereinte. Jetzt jedoch fand Mrs. Asher, eine Ehefrau müsse sich nicht so anstrengen, einem Mann zu gefallen, wie eine Nicht-Ehefrau. Sie hatte sich zu Theo nie hingezogen gefühlt, er war ganz und gar nicht ihr Typ, sie bevorzugte große blonde, selbstbewußte, ja grobe Männer, und nach und nach entzog sie sich ihm. Irgendeinen Vorteil mußte die Ehe doch haben, neben einem Haus und einer gewissen gesellschaftlichen Stellung, und einer lag gewiß darin, gemütlich allein mit eingecremtem Gesicht schlafen zu können. Théodore litt, flehte, erniedrigte sich. Wenn sie es für nötig hielt, weil Theo gut für sie sorgte und das auch so bleiben sollte, fügte sich Anne seinen Wünschen und entfachte seine Leidenschaft so, daß er weiterbettelte.

Mr. Rudge fand, Theo sehe ein wenig abgespannt aus, aber eine Klassefrau wie Anne Asher wollte natürlich bei Laune gehalten werden, da konnte Théodore nicht einfach nach Dienstschluß mit Pantoffeln und einem Bourbon friedlich zu Hause sitzen und früh schlafen gehen. Anne wollte bestimmt überall hin, alles sehen, jeden kennenlernen, und Mr. Rudge, bei dem Anne durchaus auch schon ihren Charme hatte spielen lassen, konnte es Theo nicht verdenken, wenn er alle Register zog. Theos Arbeit war erstklassig wie eh und je, nur Theo war etwas heruntergekommen.

Anne bedachte Mr. Rudge stets mit betörenden Blicken unter gesenkten Lidern, lauschte ihm mit anmutiger Konzentration, nahm vertraulich seinen Arm und lächelte angelegentlich, mit Mrs. Rudge hingegen gab sie sich nicht groß ab. Sie kannte die Macht der Frauen, nur einige, wie Mrs. Rudge, nutzten sie nicht und konnten daher vernachlässigt werden. Mrs. Rudge, gütig und betagt, mit einer Vorliebe für Reiseführer-Reminiszenzen an Europa und Schwänke über die schrecklichen Possen ihrer Enkel, sah einfach zu. Theo, den kalten Fisch, so lachhaft vernarrt zu sehen, amüsierte sie, aber Mr. Rudges Liebedienerei scherte sie nicht. Er war, was Frauen betraf, vollkommen harmlos und vollkommen naiv. Anne durchschaute er bestimmt nicht auch nur annähernd.

Eines Abends zeigte Anne Théodore eine kleine goldene Puderdose von Cartier. Ständig zeigte sie ihm irgend-

welche neuen, kostspieligen Errungenschaften, um sich –
erfolgreich – für die günstige Anschaffung loben zu lassen.
Anne hatte bereits einige kostbare Puderdosen, worauf
Théodore sie nicht hinwies. Die Dose in ihrer Hand war
aus Goldstreifen gefertigt, so geschmackvoll und so praktisch, sagte sie, fürs Land oder für den Morgen. Die
schmuckbesetzten benutze sie erst nach sechs Uhr abends.
Théodore, der nur mit seiner Frau ins Bett wollte, bewunderte pflichtschuldigst die Dose, das machte sie froh, also
gefügig.

Am Abend darauf aßen die Rudges mit den Ashers, nur
die beiden Paare, ganz familiär, wie Mr. Rudge sagte. Irgendwann nahm Anne ihre goldene Dose heraus, um sich
die Nase zu pudern, die, wie Mr. Rudge im stillen bemerkte, so viel schöner war als Isabellas. Als Mrs. Rudge
die Dose sah, sagte sie, auch sie sei in Versuchung gewesen, sich eine solche zu kaufen, neulich bei Merkel's an der
Kasse. Merkel's, rief Anne aus, sagen Sie bloß, die haben
Cartier bereits kopiert, wie schrecklich, da müßte Cartier
einen doch vor bewahren. Zufällig – und mit großem Erstaunen – fing Théodore Mrs. Rudges Blick ein, der flüch-
tigen, aber eindeutigen Spott ausdrückte. Diese unausgesprochene Beleidigung erzürnte ihn, Mrs. Rudge war eine
eifersüchtige alte Frau, eine Megäre, und diesen still-
schweigenden Affront gegen seinen Schatz würde er ihr
heimzahlen.

Während Théodore zusah, wie Anne sich auszog, ein
Privileg, das ihm gelegentlich gewährt wurde, wenn auch
nicht mehr, schlug er vor, den Versicherungswert der goldenen Dose schätzen zu lassen. Das habe sie bereits getan.
Und was hatte die Versicherung gesagt? Mit starrem Blick

antwortete Anne sofort, genau wie Cartier, vierhundert Dollar, warum diese Frage? Nun, Mrs. Rudge scheine den Eindruck zu haben, es handele sich um ein billiges Ding aus dem Kaufhaus, und das wolle er richtigstellen. Anne lachte ihn aus, wie absurd, Mrs. Rudges Gedanken überhaupt zur Kenntnis zu nehmen, was ändere das schon, sollten sie vielleicht mit Preisschildern an ihrer Kleidung herumrennen und diese am besten auch noch im Haus verteilen? Théodore schämte sich sofort, wie beabsichtigt, seiner unbeholfenen Reaktion.

Auf Annes großen Cocktailpartys vergaßen die Gäste häufig, wenn Anne zu beschäftigt war, um sie einander vorzustellen, den Gastgeber zu begrüßen oder sich bei ihm zu bedanken. Théodore kam meist ohnehin erst später, da er mit Geldverdienen beschäftigt war, und Anne ließ ihn wissen, es sei unnötig, sie anzusprechen, wenn er kam, am besten mache er sich einfach nützlich. Sie engagierte Kellner für diese häufigen, erstaunlich geräuschvollen Festivitäten, aber in Amerika, so hatte Théodore begriffen, war ein Ehemann eine Art zusätzlicher, ehrenamtlicher Butler. Sich nützlich zu machen bedeutete also, herumzugehen und zu fragen, ob man genug zu trinken habe. Manchmal waren die Gäste ziemlich verblüfft, die Frage aus dem Mund eines eher kleinen, erschöpften Fremden zu hören, aber solange man zu trinken kriegt, ist letztlich egal, von wem. Théodore fühlte sich bei diesen Anlässen wie der Ehemann eines Stars an einem erfolgreichen Premierenabend – alle Anwesenden beneideten ihn, weil er allein die Lady hatte, und alle Frauen beneideten die Lady um ihre Schönheit, ihren Charme und ihre Entourage von Bewunderern. Er hoffte immer noch, sich irgendwann vollkommen wie ein Amerikaner zu fühlen und in seinem eigenen Haus so heimisch zu werden wie andere, so gelassen, heiter und redselig wie alle anderen.

Am Rande einer solchen Gesellschaft ausharrend, entdeckte Théodore ein Paar, das mit halbvollen Gläsern vor Annes schönem blaugrünen, windbewegten van Gogh stand. Der Mann hatte schwebende Chiffonhaare, die doch gewiß nicht gefärbt waren, aber golden glitzerten. Die Dame war mittleren Alters und offensiv tweedgewandet, ungewöhnlich für Annes weibliche Gäste, und der blonde alt-junge Mann behandelte sie ehrerbietig. Théodore, der auf die Gelegenheit wartete, ihnen Nachschub zu bringen, blieb in der Nähe.

Mit eigentümlich lispelndem Kichern sagte der Mann zu der Dame, die er Schätzchen nannte, er habe gewußt, wie sehr es sie amüsieren würde, deshalb habe er sie ja mitgenommen. Ob das nicht zum Schießen sei, fragte er und deutete mit dem Glas auf das Gemälde, was denke sich Anne wohl dabei, so eine närrische Kopie aufzuhängen, als wäre es das Original, entweder habe sie besonders viel Witz oder besonders viel Schneid, aber du mußt zugeben, Schätzchen, es lohnt sich. Die Dame betrachtete das Bild mit Mißfallen und schickte einen herablassenden Blick durch den überfüllten Raum. Die Besitzerin dieses Anwesens möge viel Witz oder viel Schneid besitzen, eins aber ganz bestimmt nicht, und zwar Geschmack. Nun komm, sagte der Mann zwitschernd wie ein Vögelchen und miauend wie eine Katze, Geschmack, nicht alle sind in Beacon Hill geboren, also laß Gnade walten. Geschmack, beharrte die Dame, könne jeder lernen, der nicht so restlos gewöhnlich sei, daß er dauerhaft blind sei. Der Mann fühlte sich persönlich angegriffen und schmollte. Die Dame verkündete, nun werde sie gehen, von diesem Tollhaus habe sie genug, und zog von dannen. Allein gelassen, stampfte der Mann mit dem Fuß auf.

Entsetzt und erbost, doch verunsichert von einer derart grotesken Situation, ging Théodore auf den Mann zu. Er stellte sich als Theo Asher vor – Annes Mann, fügte er hinzu, als diese Information wirkungslos blieb. Gleichgültig entgegnete der goldhaarige Mann, das sei gewiß sehr schön für ihn. Théodore verschlug es kurz die Sprache. Die gängige Schroffheit der New Yorker war ihm wohl bekannt, aber er selbst war zu linkisch dafür. Freundlich sagte er, sein Gast habe soeben Annes van Gogh bewundert: Ihr Großvater habe ihn vom Bruder des Malers gekauft, kurz nach dem Tod des Künstlers, es illustriere seinen Stil ganz vorzüglich. Der Gast starrte Théodore an, die Augen blitzten immer heller, dann stieß er ein hohes Blöken aus, klopfte Théodore auf die Schulter und ging.

Als Anne nach der Party auf dem Sofa die Füße hochlegte, beschrieb Théodore die beiden und bat Anne, sie nicht wieder einzuladen, sie seien unangenehm und bösartig. Statt nachzufragen, wie Theo darauf komme, gab Anne zu bedenken, heute abend seien hundert Leute im Haus gewesen, Theo sei doch wohl nicht so naiv zu glauben, daß irgend jemand in New York hundert gute Freunde habe? Wirklich, er müsse New York und das Leben in Amerika begreifen lernen. Der Mann mit dem Glitzerhaar sei Tony Lent, erklärte sie, der erfolgreichste Innenausstatter New Yorks, und die Frau mit dem Filzhut sei ein reiches altes Weibsbild aus Boston, eine dieser lästigen, aber bedeutenden Brodericks, eine Kundin von Tony, die er mitgebracht hatte, um sie zu beeindrucken. Théodore wollte Anne um nichts in der Welt weh tun, daher wiederholte er nicht, was er aufgeschnappt hatte, sondern beharrte lediglich darauf, Mr. Lent und Mrs. Broderick nicht mehr ins Haus zu lassen. Anne gähnte, doch war sie fest entschlossen, diese kleine arglistige Schwuchtel nie wieder einzuladen. Mrs. Broderick würde ohnehin nicht wiederkommen.

Stets bemüht, Anne zu gefallen, brachte Théodore eines Tages einen Südstaatler mit nach Hause, einen Zeitungsbesitzer aus jenen fernen Gefilden, der sich von Rudge, Bascomb and Asher vertreten ließ. Théodore war hochzufrieden mit sich, hatte er doch jetzt selber einen Magnaten aufgegabelt. Im Taxi erzählte er seinem Gast mit schlichter Prahlerei vom früheren Leben seiner Gattin als Lady in South Carolina.

Als die beiden Männer eintrafen, lag Mrs. Asher in einem Morgenmantel offenherzig am Kamin, las und trank. Mr. McIntyre aus Charleston fand sie einen mächtig hübschen Anblick, Südstaatenladys waren so viel femininer als diese barschen, herrischen Nordstaatenkreaturen. Wie sich allerdings herausstellte, war Mrs. Asher so leger gekleidet und so leger gebettet, weil sie Kopfschmerzen hatte. Sie hatte keine Gäste erwartet und entschuldigte sich flugs, nachdem Mr. McIntyre gerade noch eingeworfen hatte, er kenne ja eigentlich jede Seele in South Carolina, die Fairleighs allerdings könne er nicht einordnen. Der rasche Rückzug der Lady enttäuschte ihn, ebenso Théodore, der erklärte, seine Frau leide an Migräne.

Anne aß auf ihrem Zimmer. Théodore kam, um ihr gute Nacht zu sagen und sich nach ihrem Befinden zu erkundigen, mit dem es seit der Hochzeit bergab zu gehen schien, so häufig war sie unpäßlich. Anne empfing ihn wutentbrannt: Wie könne er es wagen, ohne ihre Zustimmung so ein gräßliches Klischee von einem Südstaatler anzuschleppen? Solch einen Mann hätten sie bei sich in South Carolina nie über die Schwelle gelassen. Offensichtlich verstehe Theo gar nichts von Amerikanern und lerne auch nichts dazu, trotz ihrer Bemühungen. Sie sei entsetzt, so etwas dulde sie nicht. Er werde gefälligst ihr Haus nicht durch seine bodenlose Begriffsstutzigkeit in Mißkredit bringen. Théodore entschuldigte sich, Mr. Rudge behandle Mr. McIntyre mit äußerster Hochachtung, Mr. McIntyre besitze mehrere Zeitungen. Zeitungen, sagte Anne verächtlich, natürlich, die Branche für Emporkömmlinge. Theo behalte seine Geschäftsfreunde in Zukunft bitte im Büro, wo sie hingehörten.

Die Südstaatler und auch die Nordstaatler, denen Mrs. Ashers Sympathie galt, waren Freunde ihres geliebten Charles. Charles schien mit engen Freunden buchstäblich überschwemmt gewesen zu sein, viele der Gentlemen, die er noch aus seiner Kindheit gekannt hatte, verbrachten den Nachmittag bei Mrs. Asher und waren häufig noch dort, wenn Theo aschfahl von Firmenfusionen oder Grundstückssteuern heimkehrte. Auch waren es durchweg gutaussehende Männer, selbstbewußt und leger, keine Wall-Street-Sklaven wie er. Anne sagte, eigentlich seien es entzückende dumme Jungs, die nicht arbeiten wollten außer beim Polo oder Taubenschießen, zufrieden mit dem müßigen Dasein eines Gentleman, erklärte sie Theo, ein unerhörter Zustand in der ehrgeizigen Arrivistenstadt New York. Théodore war auf alle eifersüchtig. Einmal küßte ihn seine Frau hingebungsvoll hinters Ohr, zauste ihm das Haar und sagte, was für ein süßer alter Narr er doch sei, man denke nur, eifersüchtig auf Charles' Freunde, sie seien wie Brüder für sie, und auf Brüder wäre er doch auch nicht eifersüchtig, oder? Die Eifersucht wurde unterdrückt und wirkte weiter.

Es gab einen Mann namens Bobby Winhope, den Théodore verabscheute. Er verabscheute Winhopes kalte, impertinente blaue Augen, sein ein Meter neunzig großes Phlegma und die an Hohn grenzende schleppende Aussprache. Und ganz besonders verabscheute er die besitzergreifende Art, mit der dieser Kerl Anne behandelte. Außerdem fand Théodore, er habe Bobby Winhope genug Whisky spendiert, um einen Saloon zu eröffnen. Anne jedoch, zaghaft gescholten für die allzu häufige Anwesenheit dieses Mr. Winhope, wurde wütend, und Théodore bezahlte dafür mit langen einsamen Nächten. Bobby sei Charles' engster Freund gewesen, sie hätten lebenslange gemeinsame Erinnerungen. Theo habe sie schließlich nicht gekauft, noch könne er erwarten, ihre glückliche Vergangenheit auszulöschen.

Für kurze Zeit heilten Théodores viele kleine Wunden, vorübergehend war Anne ganz sein, zärtlich, offen, sogar an seiner Arbeit interessiert. Er durfte um Gefallen bitten, etwa allein mit ihr zu Abend zu essen und gemeinsam zu einer vernünftigen Zeit ins Bett zu gehen. Er durfte, mit rechtzeitiger Vorwarnung und nach gründlichem Kreuzverhör, Geschäftsfreunde auf einen Drink mit nach Hause bringen. Anne gab sich einige Wochen viel Mühe und bat dann ihrerseits um einen Gefallen. Auf Long Island, nahe Southampton, habe sie ein göttliches Häuschen gesehen, einen absoluten Traum. Der Preis sei ein Witz, die Besitzer hatten sich scheiden lassen und waren ebenso begierig, das Haus loszuwerden wie einander. Bloß neunzigtausend Dollar und ideal: Theo könne im Sommer jedes Wochenende rauskommen. Wie er wisse, würden ihre Kopfschmerzen immer schlimmer, ja eigentlich unerträglich, sie halte die Luft in New York nicht aus. Ihr fehle die Gartenarbeit, im Grunde ihres Herzens sei sie ja ein Landmädchen, und es sei ihr sehnlichster Wunsch, ihnen beiden ein behagliches Nest am Meer zu bauen. Théodore kaufte das Haus.

Anne verbrachte die meiste Zeit dort, sie mußte ja, obwohl es unter der Woche dort schrecklich einsam war ohne ihn, doch sie richtete das Häuschen neu ein, unglaublich, mit welchen Widrigkeiten und Schandflecken manche Leute leben konnten. Die Rechnungen waren wieder einmal beachtlich. Am Wochenende aber, wenn Anne so frisch, so zufrieden und so entgegenkommend war, dankbar für dieses Geschenk, vergaß Théodore die Rechnungen.

Der Sommer kam, das große Haus in New York war die Woche über desolat, und von der Klimaanlage bekam Théodore Schnupfen. Er fühlte sich krank, wollte aber nicht zum Arzt, der ihm sicherlich Ruhe verschreiben würde. Da Anne auf dem Land selbstverständlich ihr eigenes Auto brauchte, hatte sie sich ein kleines Jaguar-Coupé mit schweinsledernen Polstern gekauft. Theo, sagte sie, müsse seinen Wagen behalten, damit er an den Wochenenden zu ihr fahren könne. Allerdings dürfe er nicht, mahnte sie schmollend und schmeichelnd, den Wagen benutzen, um abends hübsche Mädchen spazierenzufahren, während seine Frau nicht da war. Théodore wäre nie auf die Idee gekommen und war dazu ohnehin zu erschöpft. Ihm graute vor den langen heißen Fahrten auf stauverstopften Straßen zwischen Stadt und Land.

Als er sich eines Freitagabends im August völlig geschafft dem Anwesen auf Long Island näherte, kam ihm ein tiefes weißes Kabrio mit offenem Verdeck entgegen, am Steuer, ganz und gar nicht geschafft, sondern locker und entspannt, Bobby Winhope. Ein paar Minuten zuvor wären sie in der Auffahrt zu Annes Traumhaus mit seinen schwarzweißen Marmorböden und seinem Swimmingpool, der das wüste Meer ersetzte, möglicherweise noch zusammengetroffen. Théodore küßte seine Frau, die strahlend aussah in einem rosa Leinenanzug von Hattie Carnegie. Winhope sei soeben an ihm vorbeigefahren, bemerkte Théodore. Ach ja, sagte Anne, Bobby habe auf einen Tee hereingeschaut, er sei die ganze Woche zum Polospielen bei den Gershways gewesen. Und fährt am Freitag zurück, wunderte sich Théodore. Anne stutzte und sagte, Bobby fahre nach Connecticut, er habe genug von den Gershways. Und jetzt geh, Theo, nimm ein Bad und zieh dich um, an dir klebt die Hitze der Stadt. Aber Théodore war zu erschöpft, er legte sich in seinem dunklen Zimmer aufs Bett und ließ die Tür einen Spalt auf, damit er sich frischmachen konnte, sobald er Anne auf der Treppe hörte. Ein Viertelstündchen vor dem Abendessen durfte er sich gönnen.

Im Dunkeln hörte Théodore Annes Stimme, aber keine, die er je zuvor gehört hatte, eher ein schrilles, gedämpftes Zischen. In diesem unglaublichen Ton sagte sie, sie habe angeordnet, das Gästezimmer vor fünf sauberzumachen. Die Stimme, die antwortete, gehörte dem Dienst-

mädchen Lydia und war ebenfalls unvorstellbar, unver-
schämt, heiser. Lydia entgegnete, sie habe jede Menge
anderes zu tun und habe es vergessen. Anne zischte zurück, Lydia vergesse zu viel, sie könne ihre Sachen packen
und morgen früh verschwinden. Manches, antwortete Lydia, vergesse sie nicht, und sie werde sich vor ihrem Weg-
gang ein wenig mit Mr. Asher unterhalten. Annes Stimme
schlug um, jetzt war sie eisig – eisig und drohend. Wenn sie
irgend etwas Derartiges unternehme, werde sie dafür sorgen, daß Lydia im Gefängnis lande, und wie sie sich durchaus denke könne, sei das keine leere Drohung, der Kom-
missar sei ein guter Freund. Lydia murmelte, sie habe es
nicht so gemeint. Das wolle sie auch hoffen, sagte Anne,
doch angesichts dieser Unannehmlichkeiten möge Lydia
sofort gehen, auf der Stelle, heute noch.

Théodore, matt vor Erschöpfung, verstand nicht, was
er eben gehört hatte, doch Annes Stimme hallte nach und
quälte ihn. Als Anne auf ihr Zimmer ging, schloß er leise
die Tür, nahm ein Bad und zog sich um. Anne wartete auf
ihn in ihrer schlichten Landstube, die sie mit blaßgrünem
Satin und venezianischen Spiegeln ausgestattet hatte. Sie
reichte Theo ein Mint Julep, ihr Lieblingsgetränk, wie sie
immer betonte, und entschuldigte sich für das späte
Abendessen. Diese nichtsnutzige Lydia habe eine besser
bezahlte Stellung gefunden und sich entschieden, einfach
so zu kündigen, wahrscheinlich habe sie sich von ihrem
Freund abholen lassen. Bedienstete seien einfach der Gipfel heutzutage, wenn man sich nicht ständig aufregen
wolle, könne man sie nur ignorieren. Bis sie ein neues
Mädchen gefunden habe, müßten sie mit improvisierten
Mahlzeiten vorliebnehmen und sich selbst bedienen. Nur

tue es ihr so leid, daß es ausgerechnet jetzt passieren mußte, wo Theo da war und es so ungemütlich für ihn sei.

Nach dem Essen sah Théodore ausnahmsweise davon ab, zu schmachten, zu warten, zu hoffen, zu sinnieren, anzudeuten und zu flehen. Er sagte, er fühle sich nicht wohl und gehe gleich ins Bett. Als er unter dem Crêpe de Chine-Laken mit Monogramm lag, fing Théodore an zu denken, nicht systematisch, wie er es gelernt hatte, sondern in Schmerzensschüben. Sein Kopf war voller Nägel und Kohlen, richtig nachdenken konnte er nicht. Er rang die Hände und besann sich schließlich mit Willenskraft darauf, daß er Anwalt war – und was ein Anwalt brauchte, ausnahmslos, waren Beweise.

Und die waren lächerlich einfach zu bekommen. Théodore brachte Annes vergessene goldene Puderdose zum Versicherungsschätzer, verstohlen wie ein Verbrecher und mit einer plausiblen Geschichte: Sollte Anne diese Dose tatsächlich zum Schätzen gebracht haben, und sie war echt, würde er sich entschuldigen, er habe die Aufträge durcheinandergebracht. Der Sachverständige versicherte Théodore, es müsse eine andere Dose sein, denn diese bestehe nur aus vergoldetem Blech, wobei gewöhnliche Laien davon natürlich nichts verstünden; neu habe die Dose vielleicht fünfundzwanzig Dollar gekostet. Théodore bekräftigte, er sei in der Tat vollkommen ahnungslos, er würde die Verwechslung auflösen und die richtige Dose schicken. Und dann fragte er sich, für wieviel Blech er wohl den Wert von Gold bezahlt hatte, während – wie er nur vermuten konnte – Mrs. Asher die Differenz aufs eigene Konto verbuchte. Oder eher noch auf ein anderes Konto bei einer anderen Bank unter einem falschen Namen. Wenn die nachgemachte Dose ein Beispiel für Annes übliches Vorgehen war, mußte inzwischen eine stattliche Summe zusammengekommen sein.

Als nächstes brachte Théodore den blaugrünen van Gogh zu einem berühmten Kunsthändler und behauptete, ein Freund wolle ihn kaufen, sich vorher jedoch des tatsächlichen Werts versichern. Der Kunsthändler war höflicher als der Sachverständige von der Versicherung, er vermutete, Mr. Asher habe für diese groteske Kopie einen stolzen Betrag bezahlt und sich für furchtbar schlau gehalten, weil er billig van Goghs ergatterte. Der Kunsthändler hob an zu einer Tirade gegen Fälscher und die Gauner, die ihre Produkte verkauften. Théodore kannte das Urteil lange, bevor der Herr mit der Lupe ihm mitteilte, wie leid es ihm tue, aber Mr. Asher sei betrogen worden.

Jetzt engagierte Théodore, dessen Kanzlei für wichtige Mandanten gelegentlich Scheidungsfälle übernahm, einen Privatdetektiv. Die vollkommene Diskretion dieses Mannes war in den Akten der Kanzlei vermerkt. Théodore traf sich mit dem Detektiv, Mr. Joseph Birch, in einer Bar, und obwohl seine Miene ausdruckslos und seine Stimme fest und trocken war, wurde Théodore bei seinen Ausführungen schummrig. Mr. Birch verstand sofort genau und ersparte es Mr. Asher, ins Detail zu gehen. Er notierte sich Mr. Bobby Winhopes Adresse in New York und Mrs. Ashers Adresse auf Long Island und bat um ein Foto von Mrs. Asher; von Mr. Winhope würde er sich selbst eins besorgen.

Théodore rief Anne an, er könne am Wochenende nicht rauskommen, zu viel Arbeit. Sie bedauerte Theo und auch sich selbst, die auf dem Land ganz allein bliebe. Mr. Birch jedoch war nach nur vier Tagen mit der Überzeugung zurückgekehrt, daß es ein recht eindeutiges Muster gebe – er bediente sich unpersönlicher Ausdrucksformen, um die Gefühle aller Beteiligten zu schonen. Mr. Winhope verbrachte regelmäßig drei Wochentage und -nächte auf Long Island, und der Pförtner seiner New Yorker Wohnung hatte Mrs. Asher gegen eine kleine Bestechungssumme auf dem Foto wiedererkannt. Sie habe Mr. Winhope im vergangenen Jahr häufig besucht, wobei sie, fügte der Pförtner gratis hinzu, nicht die einzige gewesen sei.

Der Instinkt oder die juristische Schule oder beides trieben Théodore an, weiterzusuchen, alles aufzudecken. Er ging Anne aus dem Weg, schob jedesmal die Arbeit vor, und obwohl sie am Telefon liebevoll ihr Bedauern bekundete, kam sie nicht auf die Idee, wenn ihr Mann schon nicht nach Long Island kommen konnte, zu ihm nach New York zu fahren. Mr. Birch blieb länger weg, die Ausgaben häuften sich, er reiste viel, so schien es, und schaltete Assistenten ein; es gab viel zu ermitteln, und eine Information führte unweigerlich zur nächsten. In der dritten Septemberwoche war das Dossier schließlich vollständig, mit allen Dokumenten und eidesstattlichen Erklärungen.

Théodore sah nicht mehr drahtig und gesund aus, sondern abgehärmt, grau, mit eingefallenen Augen, eher wie sechzig als stramme Siebenundvierzig. Sein einziger Schutz gegen die Verzweiflung war immer mehr Arbeit. Er wußte, was zu tun war, und in den folgenden schlaflosen Nächten spielte er mit Abscheu die bevorstehende Szene durch. Noch schlimmer jedoch war diese Vorstellung: Wußten alle, was er allein, der Fremde, der mühelos, willenlos Gehörnte, nicht einmal geahnt hatte? War er in seiner eigenen Welt eine Witzfigur?

Er konnte noch immer seinen verletzten Verstand gebrauchen, der Selbsterhaltungstrieb war nicht ausgelöscht. Nach einiger Überlegung wurde ihm klar, daß die Kanzlei einen gewissen Schutz bot. Hätten alle gewußt, was er jetzt in Erfahrung gebracht hatte, hätte auch Mr. Rudge es gewußt oder bald erfahren und hätte ihn, nicht aus Freundschaft, sondern um der Ehre der Kanzlei willen, gewarnt. Gewarnt oder einen Weg gefunden, ihn loszuwerden, etwas hätte man jedenfalls unternommen. Was die anderen betraf, diese halbseidenen Kreaturen, die er bewirtet hatte, als wären sie die Creme der Vereinigten Staaten, vermutlich hielten auch die sich mit Mord oder Taschendiebstahl über Wasser und waren möglicherweise stolz, Anne übers Ohr gehauen zu haben. Die tweedgewandete Frau mit dem Filzhut hatte sich nicht täuschen lassen, und der Mann mit dem goldenen Haar hatte offensichtlich etwas für Betrüger übrig, weil er selbst einer war. Théodore kam zu dem Schluß, er habe keine öffentliche Bloßstellung zu befürchten. Mr. Birch, der sehr wohl wußte, welche Hand ihn fütterte, würde selbstverständlich den Mund halten.

Théodore beglich alle noch ausstehenden Rechnungen, löste alle Kreditkonten auf und wies seine Bank an, sein Konto ausschließlich dann zu belasten, wenn er einen Scheck unterschrieben hatte, keine andere Unterschrift sei gültig. Er ging durchs Haus, zunächst mit einem angeheuerten Dienstmädchen, dann mit einem angeheuerten Möbelpacker, und schaffte Mrs. Ashers gesamtes voreheliches Hab und Gut hinaus, Originale wie Kopien, aber nichts von dem, was er ihr geschenkt hatte. Die Kisten wurden eingelagert, die Koffer, groß und klein, ins St. Regis Hotel geliefert, wo sie der Ankunft von Mrs. Theo Asher am 28. September harrten. Théodore betraute eine weniger renommierte Kanzlei als die seine und leitete, nachdem der Anwalt vor Ort kurz in Kenntnis gesetzt worden war, in Reno eine Scheidung wegen Unvereinbarkeit der Charaktere in die Wege. Alimente würde es nicht geben. Mr. Asher übernahm die Kosten.

Als alles vorbereitet war, rief Théodore Anne an. Er wünsche sie am 28. September um sechs Uhr abends wegen dringender Angelegenheiten zu Hause zu sehen. Anne sträubte sich, er könne doch nun wirklich zu ihr kommen, es sei ermüdend und schlecht für ihren Kopf, derart zwischen Stadt und Land hin- und herzuhetzen, und außerdem habe sie hier draußen eine Essensverabredung. Théodore entgegnete mit noch nie dagewesener Kälte, dann müsse sie die Verabredung eben absagen, und er erwarte sie wie vereinbart, zur genannten Zeit. Als er auflegte, fragte er sich, ob Anne wohl folgen werde, vermutete es aber, weil er noch nie zuvor einen solchen Ton angeschlagen hatte und sie bestimmt neugierig, wenn nicht beunruhigt war.

Théodore bereitete seinen Fall so gründlich vor, als würde er ihn vor dem Obersten Gerichtshof vertreten, er kannte jede Aussage, jeden Beweis auswendig, und der für die Anklage zuständige Teil seines Geistes war um die Tatsachen herum festgefroren. Doch war da noch mehr in seinem Geist, Schwäche und Torheit, die ihn aus der Fassung brachten. Er wußte, er war bereit, ihr zu vergeben, noch einmal neu anzufangen, diesen ganzen abscheulichen Dreck aus Täuschung und Betrug zu bereinigen und seine Frau zu lieben, wenn sie sich nur änderte. Warum bloß hatte sie ihm nicht getraut, fragte sich Théodore gequält, wenn er ihr so sehr vertraut hatte? Dann jedoch mußte er sich aufrichtig eingestehen, daß Anne sich ihm vor der Hochzeit nicht hätte anvertrauen dürfen – er wäre entsetzt vor ihrer Vergangenheit geflohen. Aber nach der Hochzeit, als er sie besser kannte und schätzte, hätte Anne sich erklären können, und er hätte ihre Vergangenheit als tragisch betrachtet, Anne als Getriebene und – jetzt, spätabends, allein, konnte er es so sehen – als mutige Frau, die mit ihren Waffen erbittert um ihr Überleben kämpfte. Den Kampf ums Überleben kannte er, er hätte ihr Respekt gezollt für Klugheit und Courage, er hätte geholfen, alle mißliebigen Spuren zu tilgen, wie sie selbst es gar nicht vermocht hätte. Er hätte ihren Sieg gewahrt.

Das war Wahnsinn: Kampf, Courage, Sieg, von wegen. Diese Frau war ganz und gar durchtrieben. Man denke nur an Winhope und andere, vor Winhope – Mr. Birch war gründlich gewesen –, aber nach Théodore. Théodore hätte die vergessenen Männer, die Mrs. Fairleighs lange Reise von den Chicagoer Slums zur Wohnung am East River bezahlt hatten, vergessen können, nicht aber die unnötigen Männer, mit denen Mrs. Fairleigh sich vergnügt hatte, als sie bereits sicher war, verheiratet, in ihrem eigenen prachtvollen Haus wohnte mit einem Ehemann, der bereitwillig ihre irrsinnigen Rechnungen beglich. Vergnügt, sagte sich Théodore, und Bilder bestürmten ihn. Er kannte diesen Körper, er kannte jeden Laut, jede Geste und Bewegung, jede Verführung, jeden Trick. Er konnte nur vermuten, daß er die – wie überzeugend auch immer – gespielte und nicht die echte Leidenschaft kannte: Die hatte Anne wohl für ihre auserwählten Liebhaber aufgehoben.

Bei Théodore hatte sie die Imitation benutzt, die routinierte, professionelle List. Bei dem Gedanken schwitzte er vor Zorn, vor Scham, vor Eifersucht, ja vor Übelkeit. Er sah Winhope vor sich, wie er in seinem Salon seinen Whisky trank, ihn verächtlich ansah und seine Frau als Eigentum behandelte, was sie ja auch war, was sie tatsächlich war. Ihr vergeben? Eher würde er sie umbringen.

Doch obwohl er sie haßte, zerfressen vom Krebs der Eifersucht und Scham, und obwohl er bis ins kleinste Detail wußte, wie sie ihn mißbraucht hatte, ihn als Sklaven ihrer Extravaganz ausgelaugt, ihn, wenn es ihr paßte, wie eine gemeine Diebin übers Ohr gehauen hatte, begehrte er sie, liebte sie vielleicht sogar immer noch und sah das Leben vor sich, das sie hätten führen können, das Leben, von dem er so beharrlich geträumt hatte: das imaginierte, reiche, triumphale amerikanische Leben.

Um Viertel nach sechs am Abend des 28. September traf Anne Asher übellaunig ein. Als Théodore den Schlüssel in der Tür hörte, öffnete er ihr. Das Personal hatte er weggeschickt. Er führte seine Frau in den Salon und bat sie, Platz zu nehmen, als handelte es sich bei ihr um eine neue, aber nicht sonderlich bedeutende Mandantin, die zu einer Besprechung in sein Büro gekommen war. Mit unterkühlter Höflichkeit reichte er ihr einen Drink, den sie wie von einem Butler entgegennahm. Freundlich, aber bestimmt wies Théodore sie an, still zuzuhören, bis er fertig war. Dann breitete er wie geplant ihr Leben vor ihr aus, von Anna Wolski bis Anne Asher, ohne irgend etwas auszulassen. Während er sprach, wartete er und wartete sehnsüchtig, daß sie ihn aufhielt, sich ihm in die Arme warf, um Vergebung flehte und Besserung gelobte, daß sie ausrief, sie sei böse gewesen und dumm, aber sie liebe ihn und wolle eine zweite Chance, sie könne ihn doch nicht verlieren. Er wartete vergebens – und verbarg seinen Seelenschmerz und seine endgültige Verzweiflung. Als jeder intrigante Knoten aufgelöst war und ihr Leben sich wie ein schmutziger Strang vor ihr erstreckte, deutete Théodore auf seine Mappe neben dem Stuhl, die mit beglaubigten Beweisen all seiner Aussagen gefüllt war; diese Mappe würde jedes Gericht im Land überzeugen.

Nach kurzem Schweigen krümmte sich Annes Mund langsam zu einem Hohnlächeln, aus dem der blanke Haß sprach. Ihr Blick unterstrich diesen Ausdruck. In einem Ton, den sie längst hinter sich gelassen hatte, in einem rauheren Leben mit häßlicheren Menschen, näselte sie, sie hätte wissen müssen, was von einem Juden zu erwarten sei.

Théodore ließ sich nichts anmerken, er war diszipliniert bis ins Mark. Er hatte seine Herkunft weder herausgestrichen noch versteckt. Er betrachtete Hitler als kriminellen Irren und Mörder, und wenn er den Lauf der Geschichte nicht vorhergesehen hätte, wäre er mit Millionen seinesgleichen untergegangen, aber das war etwas anderes. Er hatte feststellen müssen, daß die jüdische Abstammung in New York zwar nicht mit der Gaskammer geahndet wurde, aber eine schmerzliche Beeinträchtigung darstellte, und da er nicht gefragt wurde, sagte er nichts. Nur Dummköpfe machten es sich schwer, wenn Schwierigkeiten so mühelos vermieden werden konnten. Kein Land war vollkommen, kein Land wurde seinen selbsternannten Tugenden gerecht, und obwohl er das Mißverhältnis zwischen Amerikas Grundsatz der Gleichheit aller Menschen und seiner tatsächlichen Rechtsauslegung bemängelte, bemühte er sich nicht weiter, denn er war kein Weltverbesserer, er akzeptierte die Realität und paßte sich ihr an. Doch eine Hure, eine diebische, aber arische Amerikanerin durfte, so schien es, einen Juden verachten. Er schien von Geburt an eine größere Schande zu sein als das, was sie aus sich gemacht hatte. Théodore saß reglos und scheinbar ruhig und wartete auf die Fortsetzung.

Die kam. Anne sagte, mit dieser Stimme, die vielleicht endlich ihre richtige Stimme war, Mr. Rudge wäre gewiß erstaunt zu erfahren, daß sein jüngster Partner nur ein kleiner Itzig war, und es werde ihr große Genugtuung bereiten, ihn darüber aufzuklären. Vielleicht jetzt gleich, am Telefon.

Théodore schwieg. Anne, die diesen Mann, diesen schleichenden, schnüffelnden Geizhals von einem Juden, haßte wie keinen anderen, prahlte, Theo sei nicht der einzige, der anderen nachspionieren konnte, schon lange habe sie sein Geheimnis geahnt, schon lange habe sie Maßnahmen ergriffen für den Fall, daß er sie austricksen wollte, wie man es bei einem von seiner Sorte früher oder später erwarten durfte. Auch sie habe ihre Beweise und gedenke sie zu nutzen.

Nein, sagte Théodore leise, sie würde gar nichts sagen, weder zu Mr. Rudge noch zu irgend jemandem sonst, weder jetzt noch irgendwann anders. Sie würde genau das tun, was er ihr sagte und wie er es vorschrieb. Denn sonst würde er die Scheidung einreichen unter Verwendung sämtlicher Unterlagen in seiner Mappe, und jedes einzelne Dokument werde als Zeugnis vor Gericht verwendet werden. Scheidungen, bemerkte er, würden in amerikanischen Zeitungen vollständig dokumentiert, das ergebe eine interessante Geschichte. Sollte Anne aber, nach der konventionellen

Schnellscheidung, die er in die Wege geleitet hatte, zu irgendeinem zukünftigen Zeitpunkt von Tücke getrieben werden, so sei sie daran erinnert, daß die Unterlagen zu ihrer Vergangenheit diesen hilfreichen Geiern, den Klatschkolumnisten, eine schmackhafte Geschichte ohne Verleumdungsklage liefern würden. Er erklärte Anne die Verbringung ihrer Besitztümer, im St. Regis werde sie einen Brief mit Anweisungen und ihr Flugticket nach Reno vorfinden. Er gab Anne zehn Minuten, zu einer Entscheidung zu gelangen.

Anne schenkte sich nach. Nippend sagte sie, sie hätte sich zudem denken können, daß ein Jude in Hinterlist nicht zu schlagen sei. Doch werde sie in Zukunft von ihm und seinen Machenschaften verschont bleiben: Sein Schweigen über sie sei so unverzichtbar wie ihres über ihn. Sie ließ sich nicht darüber aus, was Théodore über Anna Wolski zu verbergen hatte, sie war bereits dabei, es zu vergessen. Mit Freuden, so verkündete sie, werde sie nach der Scheidung ihren alten ehrwürdigen Namen Fairleigh wieder annehmen. Nun, unterm Strich kein Gewinn, kein Verlust, bemerkte Anne, fügte jedoch boshaft hinzu, so ganz treffe das natürlich nicht zu, einige läppische Hunderttausend, an die Theo niemals herankomme, habe sie im Laufe der bedauerlichen letzten Jahre auf die hohe Kante gelegt. Sie ging zur Haustür, öffnete sie und ging ohne einen Blick oder ein Wort des Abschieds.

Théodore stieg die Treppe hinauf und hielt sich am Geländer fest. Er ging ins Bad, stand dort im Dunkeln, kopflos, ohne zu wissen, weshalb er hergekommen war. Dann schaltete er das grelle Neonlicht über dem Spiegel an und betrachtete sein Gesicht. Er sah einen Mann mit grauem Haar, eingefallenen Augen und Hängebacken, einen kranken, alten, ängstlichen Mann. Er barg dieses fremde Gesicht in den Händen und weinte.

Théodore verkaufte das Haus in der dreiundsiebzigsten Straße und das palastartige Häuschen auf Long Island und zog zurück in die Park Avenue, in eine kleine Wohnung ähnlich der, die er bei seiner Ankunft in New York gemietet hatte. Er richtete sie selbst ein und orientierte sich dabei an dem, was er von Mrs. Mayne, Angèle und Isabella gelernt hatte. Gleichgültig, wie irgend jemand sonst es fand, es war seine Wohnung, er gedachte nicht, hier Gäste zu empfangen, er hätte ohnehin nicht gewußt, wen. Einzig in der Oase der Rechte fühlte er sich sicher, in seinem Büro und dessen Ausläufern, und in den Räumen, in denen er aß und schlief. Nach und nach machte er die Verluste wett und holte das Geld wieder herein, das Anne gestohlen und verpraßt hatte.

Seine Kinder schrieben ihm regelmäßig pflichtbewußt. Théodore verstand ihre Briefe nicht. Die Kinder waren natürlich nicht verantwortlich für diesen Wahnsinn, aber Isabella mußte völlig irre sein. Anscheinend suchten Insekten, Pilze, Fluten, Trockenperioden und andere Plagen ihre Felder in Kalabrien heim, was die Kinder normal und interessant fanden, ja sie waren voller idiotischer Prophezeiungen besserer Zeiten. Warum Isabella sie ohne Not derart schuften ließ, überstieg sein Vorstellungsvermögen. Seine Antworten schrumpften zu einem Absatz mit Fragen nach der Gesundheit, zum Geburtstag und zu Weihnachten schickte er Geschenke. Isabella schrieb nicht.

Mrs. Fairleigh nahm ihr stilles Arrangement mit dem Senator wieder auf und wurde weiterhin, in Begleitung verschiedener Herren, in den teuersten Restaurants und Nachtclubs und auf den größeren Partys gesichtet.

Mrs. Rudge, üppig und bequem im geblümten Morgenmantel, unterhielt sich am Frühstückstisch mit ihrem Mann. Dies war die einzige garantierte Gelegenheit zum Austausch, und im allgemeinen nutzte Mrs. Rudge diese kostbaren Augenblicke, um über die beiden Kinder und die fünf Enkelkinder zu reden. Heute stellte sie fest, Theo, der am Abend zuvor zum Essen zitiert worden war, lebe seit seiner Scheidung wie ein Eremit, sehe krank aus, niedergeschlagen, brauche Aufmunterung und einen schönen Urlaub, ob Harold ihr da nicht recht gebe? Mrs. Rudges Anteilnahme verblüffte Mr. Rudge. Er antwortete mit einem Scharfsinn, der wiederum Mrs. Rudge erstaunte, er habe immer gedacht, Mrs. Rudge könne Theo eigentlich gar nicht leiden, weshalb sie sich nun um Theos Gesundheit und Geisteszustand kümmere? Mrs. Rudge konnte es nicht recht erklären, aber Theo wirke irgendwie verändert, sanfter, im Grunde ziemlich bejammernswert, er tue ihr leid. Mr. Rudge nickte und gab die Laute von sich, die er beim Nachdenken immer von sich gab. Nein, bejammernswert würde er nicht sagen, aber verändert, ja. Den Kollegen in der Kanzlei sei das auch schon aufgefallen, sie schienen Theo jetzt mehr zu mögen. Theo sei wohl ziemlich hochnäsig, zugeknöpft und europäisch gewesen, jetzt war er freundlicher, das war es, freundlicher, menschlicher, aber wie sollte er auch anders, Amerika färbte über kurz oder lang auf jeden ab, es war ein freundliches, menschliches Land.

Mrs. Rudge war sich nicht sicher, was Theo verändert hatte, behielt ihre Mutmaßungen jedoch für sich. Sie widersprach Mr. Rudge nicht, sie blieb lediglich dabei, wie auch immer Theo sei oder was immer ihm widerfahren war, er brauche einen schönen Urlaub.

FALL UND AUFSTIEG VON MRS. HAPGOOD

Mrs. Hapgood, eine Frau, die für ihren Ordnungssinn bekannt war, fuhr ziellos durch das Loiretal. Hin und wieder weinte sie am Steuer. Das Loiretal war wie geschaffen für Mrs. Hapgood, denn seine Ordnung grenzt ans Erhabene. Wenn sie nicht gerade tränenblind war oder fest von ihrem Ego umklammert, was auch blind machen kann, war Mrs. Hapgood imstande, die Schlösser auf den weiten Wiesen zu sehen, die Flüsse, die sich silbrig zwischen Sandbänken und Weiden hindurchschlängelten, und die Wälder. Diese Schönheit berührte einen ungenutzten Teil ihrer Anatomie, weder das Hirn noch das, was sie ihr Herz genannt hätte. Das Gefühl, das sie dann beschlich, war wohl Freude.

Mrs. Hapgood war noch nie allein und ohne Plan gereist. Mrs. Hapgood war einundfünfzig und von wachsendem Schmerz gepeinigt.

Nach zwei Domstädten und drei Tagen motorisierten Stromerns ging ihr auf, daß sie den Kanal auf der Luftfähre von Lydd nach Le Touquet nicht überquert hatte, um Frankreich im Spätseptember zu bestaunen. Sie war gekommen, um sich selbst zu betrachten. Sie wollte verstehen. Die Eltern zu bezichtigen war heutzutage die allgemein sanktionierte Entschuldigung für persönliches Versagen. Mrs. Hapgood wollte ihren Vater und ihre Mutter nicht bezichtigen, sie hatte sie zu Lebzeiten geliebt, und jetzt, da sie tot waren, liebte sie sie noch immer. Es war ein widerlicher

Winkelzug, die Fehler, die Schwächen, die eigene Niederlage anderer Menschen anzulasten, die Menschen waren wie man selbst, nur älter damals. Mrs. Hapgood erinnerte sich an ihre Unsicherheiten bei den eigenen Kindern, die inzwischen erwachsen waren und bestimmt von ihren hingebungsvollen Mühen verbogen. Sie wollte nicht Schuld verteilen und weglaufen, sie wollte graben und Antworten finden.

Sie hätten mich nicht Faith nennen sollen, dachte Mrs. Hapgood. Unsinn. Versuch dich nicht herauszuwinden. Es war nicht ihre Absicht gewesen, ihr den Namen aufzuzwingen, die ganze Macht, die ein Name mit sich bringt, den sie sich angeeignet oder dem sie sich anempfunden hatte. Hatte es je eine Odaliske gegeben, eine Ballettänzerin, eine einfache Hure namens Faith? Ihre Eltern waren sechs Jahre verheiratet gewesen, eine Zeit des Hoffens und, so ist anzunehmen, des Bemühens, bevor sie auf die Welt kam; der Lohn des Vertrauens, entsprechend benannt.

Sie hielt in einem Dorf und ging in ein Restaurant mit Blumenkästen und karierten Tischdecken. Die Auberge de la Vierge Folle, eine offensichtliche Touristenfalle, servierte jämmerliche Vorspeisen und ein schweres Omelette, aber sie trank Pouilly Fumé und versank dankbar in Benommenheit. Es war eine geruhsame neue Erfahrung, sich zweimal täglich an einer ungeteilten Flasche Wein zu beschwipsen. Als ihr die Weiterfahrt in den Sinn kam, ging Mrs. Hapgood auf die Damentoilette. Hier begegnete sie sich selbst im Spiegel über dem Waschbecken. Wider Erwarten sah sie nicht betrunken aus. Sie betrachtete ihr Gesicht mit einem Zorn, der vom Wein nur leise abgemildert wurde. Kaum etwas war von ihrem Zorn ausgenommen, er loderte in ihr wie Zunder. Was tun, sagte sie zu ihrem Gesicht. Weg damit. Zu spät und lächerlich, den Namen zu ändern, aber ein anderes Gesicht würde helfen. Wenn man sich selbst so wenig wie möglich ähnelte, fühlte man sich vielleicht irgendwann wie jemand anders. Ich sehe aus wie eine römische Matrone, dachte Mrs. Hapgood, ich gebärde mich wie Queen Mary, ich bin abstoßend. Sie eilte zu ihrem Auto, drinnen fühlte sie sich abgeschirmt, und wenn das Nachdenken zu schmerzhaft war, konnte sie sich trostsuchend an die Natur wenden.

Die Straße verwandelte sich allmählich in einen Wald. Die Bäume wuchsen, wie in Frankreich üblich, dicht gedrängt, schlank, gerade, fedrig, und grünes Unterwasserlicht drang durch sie hindurch. Mrs. Hapgood beschloß, sich unter diesen Bäumen schlafen zu legen, begierig auf einmal nach dem Geruch von Erde, nach Stille, danach, liegend in Blätter zu schauen. Sie kletterte die Böschung neben der Straße hinunter und folgte dem Pfad, den zweifellos Fischer auf ihrem Weg zu einem Bach ausgetreten hatten, der von der Loire abzweigte. Nach zehn Schritten sah Mrs. Hapgood, daß die menschliche Spezies schon vor ihr dagewesen war, und sie haßte sie, die ganze achtlose Meute, die schmutziges Papier absonderte, Dosen und Flaschen und einfach keine Anmut besaß. Rasend und angewidert sammelte sie den Dreck ein, wollte ihn vergraben oder verbrennen. Konnten die Menschen denn überhaupt nichts auf der Welt in Ruhe lassen, nichts der Perfektion überlassen?

Inmitten dieser bemerkenswerten Dienstleistung, der Reinigung eines unbekannten französischen Waldstücks irgendwo am Südufer der Loire, wurde Mrs. Hapgood bewußt, was sie da tat. Irrsinn, dachte sie, es entgleitet mir, ich meine wohl, alles ins Lot bringen zu müssen, ich glaube wohl, immer zu wissen, was das Richtige ist. Mrs. Hapgood ließ eine triefend gelbe Zeitung und eine ölige Sardinenbüchse fallen und wusch sich die Hände im Bach. Mutwillig das Typhusrisiko mißachtend, schöpfte sie Wasser und trank. Zaghaft begann sie so damit, die Unordnung hinzunehmen, die sie inzwischen als allumfassend betrachtete, als Klima der Welt.

Mrs. Hapgood suchte so lange, bis sie eine Lichtung fand, die nicht mit dem Müll der Zivilisation verziert war, legte sich hin und betrachtete die Blätter, die wie Korallenpflanzen im Meer dahintrieben. Sie paßte in dieses Wiesenbett, und es paßte zu ihr, sie fühlte sich leicht und gelöst, einladend, in Luft gebadet, wonnig, unbekümmert an der Schwelle des Schlafs. Während sie schlief, übernahm ihr Gehirn die Wühlarbeit. Sie wachte mit einem Plan auf. Sie würde rücksichtslos mit ihrem Körper experimentieren und sich die Seele für später aufsparen. Da letztere von Bitterkeit zerfressen war, würde sie die mit Freuden verlieren.

Mrs. Hapgood nahm die beste Suite im besten Hotel in Tours und war ob dieser Extravaganz hochgestimmt. Sie würde in ihrem Salon sitzen und Champagner hinunterkippen, ein Getränk mit der Aura des Liederlichen. Ich bin reich, sagte sich Mrs. Hapgood zum ersten Mal in ihrem Leben. Da alles relativ war, war sie reich, nicht wie Griechen, Südamerikaner und Filmstars, aber trotzdem ganz schön reich. Geld war bis jetzt mit Geschmack und Anstand ausgegeben worden, für einen anständigen, geschmackvollen Lebensstil. Es war außerdem für jene bestimmt, denen es fehlte, für die gute Sache und für die eigenen Kinder. Welche Idiotie, Geld sollte man verprassen.

Der warme, blauschwarze Abend lockte die Menschen auf die Straßen. Sie flanierten unter Platanen in der französischen öffentlichen Pose der Liebe, sie saßen in Cafés, sie plauderten, spielten Domino, fuhren ihre Autos spazieren. Sie vermittelten den Eindruck, in vollkommener Zufriedenheit an diesem Abend zu leben und an keinem anderen. Mrs. Hapgood betrachtete Schaufenster und musterte ihre Mitmenschen. Ich werde lernen, dachte sie, ich werde alles lernen. Mrs. Hapgood ist tot, wahrscheinlich schon immer gewesen. Ich werde neu beginnen, dort, wo ich eigentlich hätte anfangen sollen.

Aber so einfach war das nicht, Wunden heilten nicht so schnell. Mrs. Hapgood erwachte in ihrem Möchtegern-Louis-Quinze-Schlafzimmer mit Tränen auf den Wangen und Schmerzen in der Kehle und wußte einen Moment lang nicht, wo sie war, nur was sie war: verloren und beraubt, mit unerträglicher Zeit vor sich.

Einige lebenslange Gewohnheiten waren wertvoll, darunter die schöne alte englische Neigung zur Selbstermahnung, sich gefälligst zusammenzureißen und weiterzumachen. Mrs. Hapgood machte sich auf zum *salon de coiffure*, den sie sich auf dem Spaziergang am Vorabend ausgesucht hatte. In zwei Stunden beliebte der Starfriseur ihr Haar zu schneiden, zu färben und zu frisieren. Während sie an den verglasten Ladenfronten vorbeibummelte, dachte sie über ihr Äußeres nach. Sie hatte ihr Haar noch nie gefärbt, sie trug es immer lang und auf die immergleiche Art hochgesteckt. Als sie in ein Fenster spähte, sah sie im Spiegelbild eine breite Stirn, treubraune Augen, geblähte Nasenflügel, einen zu breiten Mund, zu eckige Zähne, aber jedenfalls gesund und weiß. Nicht sehen konnte sie die beiden Furchen zwischen den Augenbrauen, Stigma der besorgten Frau, und das leichte Doppelkinn. Sie betrachtete sich von der Seite. Groß, schlank und wohlgeformt, dezent, unaufregend, genau die Figur, die zum Gesicht paßte. Um sich selbst kümmerte sie sich so gewissenhaft wie ums Haus. Kein Mann, nicht einmal in Frankreich, wo es ein Nationalsport war, hielt auf der Straße inne, um sie zu bewundern. Das sollten sie auch nicht. Die Männer in ihrem Bekanntenkreis sollten sie mögen, das Gespräch mit ihr schätzen, ihren Humor, eine durch und durch nette Frau. Die Männer in ihrem Bekanntenkreis mochten sie. Und vielleicht, so dachte Mrs. Hapgood schwächelnd im Sonnenlicht, hatten sie auch Mitleid mit ihr.

Ich lasse sie mir dunkelrot färben, beschloß Mrs. Hapgood, und lege mir eine ganz neue, schicke französische Garderobe zu. Jetzt würde sie sich in ein Café setzen, die Zeitung aus Tours lesen und auf ihre bevorstehende Wiedergeburt warten. Hatte sie in ihrem Londoner Leben nie Zeit gehabt, so war es jetzt, als würde ihr die Zeit in großen, Stunden genannten Portionen zugeteilt. Sie hatte die Zeitung durchgelesen, und der Friseur steckte wahrscheinlich immer noch gewaltige Frisuren hoch. Früher war ihr Haar doch genauso gewesen, oder, nur unordentlicher? Die junge Frau von damals hatte sie nicht mehr vor Augen, aber gewiß hatte sie nach ihrer Rolle gesucht wie alle in dem Alter. Miss Faith Kendalls Manieren waren so tadellos, daß sie mit Bedacht suchte, ohne Aufhebens. Sie wollte Malerin werden, aber nicht, wie echte Maler Maler werden wollen, sie brauchte das nicht wie die Luft zum Atmen. Also ging sie an die Kunstschule Slade – eine gutaussehende junge Frau, eher reserviert als schüchtern und charakterlich bereits festgelegt.

Mrs. Hapgood erinnerte sich an die Studenten, die sie gleich auf den ersten Blick verworfen hatte. Still zog sie sich von dem zurück, was ihr nicht zusagte. Und konnte sie mit den Händen lernen, so doch nicht mit dem Geist. Ihr war schnell klar, daß sie nie eine Künstlerin werden würde, aber das war für sie nicht niederschmetternd, denn Daddy, ein berühmter Büchersammler, stellte sie Verlegern vor, die Illustrationen in Kommission nahmen. Sie war geschickt im Malen hübscher Bilder für Kinder, voller Blumen und Tiere mit knuddeligen Leibern und putzigen Gesichtern. Früher beschäftigten sich junge Frauen mit Stickerei oder dem Bemalen von Teetassen. Auf der Slade hatte sie genug gelernt, um sich ernsthaft für Maltechniken zu interessieren und auf Ausstellungen zu gehen, und so lernte sie ihren Liebhaber kennen, einen von drei jungen Männern, die in der Shipman Gallery ihre erste Ausstellung hatten.

Sie war eine Jungfrau von zweiundzwanzig Jahren. Sie war von Männern jeder Art und jeden Alters umgeben, die im Haus der Kendalls ein und aus gingen, weil sie Bücher mochten. Dabei fühlte sie sich weder vernachlässigt noch altjüngferlich, sondern war gesellig mit den Männern und heiter. Sex, sagte sich Mrs. Hapgood, hätte nicht jemand ein gewichtigeres Wort für etwas erfinden können, das möglicherweise das Leben eines jeden Menschen beherrscht? Sie würde nicht einmal ausschließen, daß sie die Sache verschmäht hatte, weil das Wort so geschmacklos war, nach einer Mischung aus pubertärem Schmutz und

Wissenschaft klang. Schießlich war sie mit Worten aufgewachsen.

Sie sollte noch einen Kaffee bestellen, vielleicht einen Cognac? Man mußte den Eindruck erwecken, als wäre man mit irgend etwas beschäftigt. Ich tue gar nichts und habe nicht das geringste zu tun, dachte Mrs. Hapgood, und der schwelende Zorn kehrte zurück. Der Kellner brachte ein schmales Glas Brandy. Alkohol morgens um Viertel vor elf schmeckte nach Medizin. Na gut, sagte sie sich mit zornbeflügelter Klarheit, es ist so. Entweder warst du, was Sex angeht, von Natur aus minderbemittelt oder so getrimmt, daß du dachtest, Sex und Liebe hätten nichts miteinander zu tun. Sex ist ein häßliches Wort, Liebe ein wunderschönes, also hast du dich für die Liebe entschieden. Esel, bescheinigte sich Mrs. Hapgood, während sie ihr Glas austrank, Schwachkopf, Idiotin.

Von Zorn und Cognac erhitzt, marschierte sie zügig die Straße hinunter zum Friseur. Monsieur Gilbert war jetzt bereit. Mrs. Hapgood fand es im Grunde Wahnsinn, sich einem Clown mit napoleonischem Pony und femininen Gesten anzuvertrauen. Die Scheren wurden jetzt wie Operationsbesteck bereitgelegt. Die Operation ging in Windeseile vonstatten. Dann folgten erstickende Düfte, gräuliche Pasten, und eine junge Frau, halb Apothekerin, halb Medizinfrau, machte sich mit Handschuhen an ihr zu schaffen, bis die Haare schließlich gewaschen wurden. Mrs. Hapgood taten die Augen weh, sie gierte nach frischer Luft. Die anderen Frauen, die nebeneinander an der Spiegelwand saßen, waren abscheulich und beängstigend, hatten allesamt gedrechselte Zuckerwatte auf dem Kopf und ergingen sich allesamt in unersättlichem Narzißmus.

Die Trockenhaube war ein Segen, eine windige Höhle, in der sie sich verstecken und vergessen konnte, in welchen Wahn sie sich hier gestürzt hatte.

Unter der Trockenhaube dachte Mrs. Hapgood an Mark, ihren Liebhaber. Er war damals vierundzwanzig und ein richtiger Maler, gemessen jedenfalls an Willen und Besessenheit. Es war zu früh, ihn an irgend etwas anderem zu messen. Er war in die Shipman Gallery gekommen, um sich seine Bilder anzusehen und die Leute, die sich seine Bilder ansahen. Er befand sich im rastlosen, hoffnungsvollen, verwundbaren Zustand dessen, der seine Seele erstmals dem Blick Fremder preisgibt. Faith Kendall betrachtete gerade eine rot, orange, senfbraun schwarze Fabriklandschaft, als sie spürte, daß jemand neben ihr stand. Sie sprach mit dem jungen Mann über das Bild, ohne zu wissen, daß es Mark Tyne war, der Künstler. Sie sagte nette Dinge, der junge Mann war von Dankbarkeit erfüllt, sie gingen Kaffee trinken. So fing es an.

Sie hatte keine Schuldgefühle, weil ihre Motive so erhaben waren. Mrs. Hapgood stöhnte und wand sich, und eine Haarnadel bohrte sich ihr in den Kopf. Hätte sie sich doch nur mit Schuldgefühlen geplagt und in Sex gesuhlt, hätte sie doch nur. Nach dem Anfang, der schmerzhaft und peinlich war, weil Mark kein erfahrener Liebhaber war, hätte sie nicht sagen können, ob sie Sex mochte oder nicht. Sie war gern zärtlich, Mark gern auch hierin nützlich, sie fühlte sich gern (sie mußte es zugeben, sie mußte endlich den Tatsachen ins Auge blicken) edel. Denn ihre Liebe war gewiß höchst selbstlos, sie verlangte und nahm nichts außer der Freude, unverzichtbar zu sein für einen bedürftigen Mann. Gefasel. Unverzichtbar nur, weil sie putzte und nähte und kochte, wofür sie aus ihrer blitz-blanken Wohnung in seine kalte Schmuddelbehausung kam. Sie hörte zu, bald kümmerte sie sich ums Geschäft-liche, was harmlos, aber für Mark ein Albtraum war, sie machte Besorgungen, sie machte keine Szenen.

Offenbar kam keiner auf den Gedanken, daß Faith Kendall einen Liebhaber hatte. Sie bemühte sich nicht, ihre Leidenschaft zu verbergen – da sie keine Leiden-schaft in sich trug, zeigte sie sich nicht. Mark konnte zu den Partys ihrer Eltern erscheinen, wann es ihm beliebte, und wurde als einer der talentierten jungen Männer emp-fangen, die im Haus ein- und ausgingen. Sie und Mark wirkten wie gute Freunde in etwa demselben Alter, mit ähnlichem Geschmack und ähnlicher Arbeit. Es gab kei-nen Klatsch. Sie war geschützt durch ihre verhängnisvolle Nettigkeit.

Und sie war so anders als die jungen Frauen, mit denen Marks Freunde ins Bett gingen, daß sie in Marks Freundes-kreis eine Sonderstellung einnahm. Die jungen Männer und ihre losen Mädchen behandelten sie wie Marks Schwe-ster. Sie war selbstverständlich treu, etwas anderes wäre ihr nicht eingefallen. Nicht im Traum hätte sie gewagt, Mark in der Öffentlichkeit anzufassen oder zärtlich anzu-sprechen, während die losen Mädchen, die sich unter Marks Kumpeln herumreichen ließen, sich unglaublich wild gebärdeten, kreischten, heulten, sich betranken, küß-ten und stolz das ein oder andere blaue Auge zur Schau trugen. Nach Miss Faith Kendalls Einschätzung handelte es sich dabei um einen Stil, von dem sie gelesen hatten und mit dem sie angaben, um sich wie Bohemiens zu gebärden, so wie sie sich die Maler und ihre Bettgesellinnen in Paris vorstellten. Mark und sie waren aus feinerem Holz geschnitzt; sie bedeuteten einander wirklich etwas.

Sie war froh, als Marks Bedürfnis nach Sex abnahm, bewies es doch die geistige Qualität ihrer Liebe. Mein lieber Gott, dachte Mrs. Hapgood unter dem röhrenden Haartrockner, ich muß mich für Florence Nightingale gehalten haben. Alles war bestens, bis sie eines Tages mit Einkäufen in Marks Wohnung kam und eins der losen Mädchen hektisch ihre Kleider anzog, während Mark verlegen und verschreckt unter einer zerwühlten Decke lag. Lodernd wie ein Brander segelte sie hinaus. Sie kam nie wieder, sah Mark nie wieder und vergoß keine Träne. Mark hatte alles, was ihnen gehörte, entweiht, er war ein Schuft, er mußte mit den Wurzeln ausgerissen und ganz und gar vergessen werden. Sie gehörte nicht zu diesen Leuten, sie hatten nichts mit ihr zu tun.

Mrs. Hapgood merkte, daß der Wind in der Höhle abgeebbt war und eine geschmeidige junge Frau ihren Ellbogen anstupste. Sie befand sich in einem mauve-goldenen Friseursalon in Tours mit getrockneten Würsten auf dem Kopf, und diese Fremde durfte nicht sehen, daß sie um eine unschuldige, gutherzige Tugendboldin geweint hatte. Die geschmeidige junge Frau sagte, Madame habe ein schönes Nickerchen gemacht. Monsieur Gilbert lasse sich entschuldigen, er habe sich ein wenig in der Zeit verschätzt, aber der Salon bleibe für Madame geöffnet. Monsieur Gilbert schlage vor, Madame unterziehe sich einer Kosmetik, solange er Mittag machte. Mrs. Hapgood wähnte sich seit Wochen in diesem luftlosen Etablissement, aber sie konnte ja schlecht mit einem Kopf voller Lockenwickler durch Tours laufen.

All die Jahre war es ihr peinlich gewesen, wie ihre Geschlechtsgenossinnen die Schönheitssalons stürmten und damit zugaben, beständig auf Männerfang zu sein. Keine Frau, die einen Funken Selbstachtung besaß, lief hinter Männern her. Man war man selbst, und das mußte reichen, um die Liebe eines Mannes und den Respekt der übrigen zu verdienen. Es war Mrs. Hapgood nie in den Sinn gekommen, daß sich Frauen in Friseursalons so wohl fühlten wie Männer in ihren Clubs. Man wurde verwöhnt und gehätschelt, in eine Lavendeldecke gewickelt, während geschickte Hände einem köstlich Gesicht, Hals und Nacken massierten. Wenn ich mit meiner Tochter noch einmal anfangen könnte, dachte Mrs. Hapgood, würde ich sie als Zehnjährige zum Friseur mitnehmen. Aber Caroline war einundzwanzig, eine hingebungsvolle Frau und Mutter in Greenwich, Connecticut, und höchstwahrscheinlich so verläßlich, stolz und vernünftig wie ihre idiotische Mama. Mrs. Hapgood mußte wieder eingenickt sein, denn die geschmeidige junge Frau sagte jetzt, Augen auf und den Mund leicht öffnen. Mit Bürstchen, Salben und Stiften wurde Mrs. Hapgoods Gesicht gekonnt getarnt. Monsieur Gilbert steckte den Kopf zur Tür herein und verkündete, nun sei er Madame zu Diensten.

Mrs. Hapgood war verblüfft von ihrem eigenen Anblick. *Très jolie*, murmelte sie, aber selbst ihre Stimme klang fremd. Ihre Augen sahen nicht im geringsten ehrlich aus, sondern größer, dunkler, ziemlich ungezogen, fügte sie genüßlich hinzu. Die Augenbrauen waren gezupft, beschrieben jetzt einen Bogen und wirkten wie zur Einladung erhoben. Ihr graubraunes Haar hatte sich in ein warmes, golddurchwirktes Kastanienbraun verwandelt. Sie sah zehn Jahre jünger aus und ganz und gar nicht, wie sie sich eine Dame vorstellte. Sie fand sich betörend und mochte sich gar nicht rühren. Rührte sie sich, wäre das alles wie weggeblasen, es war zu wundersam, um zu halten.

Eine Woche lang ging Mrs. Hapgood hemmungslos einkaufen. In ihrem anderen Leben hätte sie diese Konzentration auf sich selbst als billig und aberwitzig abgetan, jetzt aber stand sie Stunde um Stunde vor Spiegeln und sah zu, wie sich eine Engländerin mit dem Ideal tadelloser Unaufdringlichkeit in eine Französin verwandelte, deren Ideal darin bestand, gesehen zu werden. Abends trank Mrs. Hapgood in ihrer Suite Wein und probierte ihre Schätze an.

Und Männer bewunderten sie auf der Straße. Als Mrs. Hapgood das bemerkte, war sie von Dankbarkeit so überwältigt, daß sie dem einen oder anderen Bewunderer gedankt hätte, wäre er ihr bekannt gewesen. Unter ihren getuschten Wimpern warf auch sie Männern, wenngleich unsichere, Blicke zu. Und wenn dieser flüchtige Blickkontakt zu irgendeiner Verpflichtung führte? Sie wandelte in fiebriger Befangenheit, als wäre sie nackt und doch zum ersten Mal angezogen.

Eines Morgens fühlte sich Mrs. Hapgood beim Aufwachen so weit geheilt, daß sie ihr früheres Leben ohne Qual betrachten konnte. Sie hatte zwei Kinder, eins in Amerika und eins auf exzentrischen Abwegen an einer Börse in Australien, und einen Ehemann in London. Die Höflichkeit, ganz zu schweigen von mütterlichen Pflichten, gebot, ihrem Mann eine Adresse zukommen zu lassen. Die Suite in Tours hatte ihren Reiz verloren. Sie konsultierte ihren Michelin und machte wenige Meilen vor der Stadt ein Château ausfindig, das in ein Viersternehotel umgewandelt worden war. Das Château-Hotel nahm Reservierungen telefonisch entgegen. Mrs. Hapgood kabelte ihren Standort auf dem Globus nach London und fuhr zum Château de Varincourt.

Varincourt erstreckte sich über eine leichte Anhöhe, von Spitztürmen flankiert. Seine Terrasse blickte über einen langen geometrischen Garten mit Statuen und *jets d'eau* in Marmorbassins. Ganze Morgen gepflegter Wälder und Wiesen und gezähmte Bäche umgaben das Herrschaftshaus. Mrs. Hapgood wollte ihre Gemächer eigentlich gar nicht verlassen, sie konnte sich endlos damit vergnügen, vor dem Spiegel auszuharren oder auf schönen Rosenholzstühlen zu posieren. Warum sollte sie je in ihr hohes, stilles Haus in Hanover Terrace zurückkehren? Warum sollte sie sich nicht an Wein, Einkäufe, Tagträume und Eigenliebe in Varincourt gewöhnen? Wenn es auch nicht Glück war, so war es doch die Abwesenheit von Schmerz.

Sie ging die Kaskade von Stufen zum Garten hinunter. Die Schönheit der Welt erfüllte sie mit einem neuen, jähen Glücksgefühl. Der Boden war leicht unter ihren Füßen, und sie war leicht auf diesem Boden. Eine Stimme, die nicht die ihre war und auch sonst niemandes, sang in ihr; sie brauchte nicht zu denken, sie sah, sie pries. Am anderen Ende dieser geplanten Harmonie setzte sich Mrs. Hapgood auf eine Marmorbank, um zu rauchen und zu frohlocken. Aus dem Nichts und ohne Grund senkte sich das Elend, vor dem sie davonrannte, wie eine Krankheit auf sie. Sie stolperte dorthin zurück, eine Rekonvaleszentin, die der Rückfall um so verzweifelter machte. Zeit, dachte sie, tröste dich mit der Zeit. Die Zeit heilt eigentlich gar nichts, sie läßt die Tatsachen nur verblassen. Mit der Zeit kann einem sogar der Schmerz langweilig werden.

Robert Hapgood war wie so viele zu den Kendalls gekommen, weil er ein echter Leser war, und ihrem Vater gefiel, wie er las, was er las. Mit siebenundzwanzig gab es für eine Frau keine Entschuldigung mehr, immer noch ein dummes Mädchen zu sein. Robert war kein dummer Junge, er war neununddreißig und, so vermutete sie heute, von Panik ergriffen. Keiner hätte mit Robert je das Wort Panik verbunden, er war, immer noch, ein ansehnlicher Mann. Fremde meinen, alle Engländer aus einer bestimmten Schicht sähen so aus, es kommt geradezu einem Klischee gleich, daß der englische Gentleman großgewachsen ist, hager mit gefurchtem, ausdruckslosem Gesicht, schön geschnittenem, unzerzausbarem Haar und schön geschnittenen, unzerknitterbaren Anzügen, geschlossenen Regenschirm und erprobten Manieren. Robert Hapgood machte der Tochter des Hauses taktvoll den Hof, er hatte beschlossen, daß sie genau die Frau war, die er brauchte.

Die Tochter des Hauses war ähnlich unaufgeregt. Unglücklich Liebende sind, so will es die Überlieferung, fiebrig vor Schicksal, Verhängnis, Donner, Blitz und Freudentaumel. Faith Kendall und Robert Hapgood hatten so wenig Probleme, daß sie binnen einer Woche nach ihrer ersten Begegnung hätten heiraten können. Sie heirateten nach drei Monaten, als beugten sie sich dem ungeschriebenen Gesetz bezüglich Fristen für die Eheschließung. Faith, die nichts von Liebe verstand, wähnte sich selig verliebt. Und Robert?

In der Zeit des Kennenlernens erzählte Robert ihr von sich und seinem Leben. Nach Winchester und Magdalen

College hatte er Archäologe werden wollen, entsagte jedoch schweren Herzens dem Traum zugunsten der Pflicht. Die Pflicht lag in dem alteingesessenen, wohlhabenden, etablierten pharmazeutischen Unternehmen Hapgood and Ardley, das wer weiß wann gegründet worden war. Robert war der einzige Sohn und stellte seinen Wunsch, Archäologe zu werden, nicht über den Wunsch seines Vaters nach einem Nachfolger. Er wurde Hobbyarchäologe und ein angesehener Geschäftsmann. Sie bedauerte Robert für seinen Verzicht auf die angestrebte Laufbahn und bewunderte die Selbstlosigkeit, die ihn bewogen hatte, den Vater mehr zu achten als sich selbst. Weil sie Robert als so gut empfand, so klaglos und dabei so enttäuscht, lag ihr sein Wohlergehen besonders am Herzen. Es war tragisch, wenn ein Mann seinen Talenten nicht nachgehen konnte.

Inzwischen sah sie es anders. Gaben Menschen überhaupt je etwas auf, was sie wirklich wollten? Die zahllosen Frauen, die Karrieren als Konzertpianistinnen zugunsten der Ehe ausgeschlagen hatten, waren viel eher Feiglinge als Konzertpianistinnen. Wenn man allein aufbrach, begegnete man Konkurrenz und Zweifeln. Vielleicht wurde man gar nichts, weder Ehefrau noch Konzertpianistin, man verwarf die Sicherheit zugunsten der Hoffnung, doch jene, die von Hoffnung getrieben wurden, hielten sich nicht lange mit Berechnungen auf, sie konnten gar nicht anders, sie taten, was sie tun mußten, ohne sich vom Ausgang entmutigen zu lassen. Hätte Robert die Hingabe und den Schneid besessen, wäre er ein armer Archäologe geworden. Archäologen verdienen keine Millionen, und Papa hätte die Archäologie für mutwillige Zeitverschwendung gehalten. Robert hätte sich in einer Welt behaupten müssen, in der er keine Verbindungen und keinen Namen hatte. Merkwürdig auch, daß Robert im Geschäft so erfolgreich war, normalerweise sind Menschen nicht gut in dem, was sie verabscheuen.

Im ersten Jahr ihrer Ehe hatte Robert seine Frau Faith auf eine archäologische Exkursion mitgenommen: römische Ruinen. Sie hatte ihn gründlich enttäuscht – alte Steine und Regen, nichts wurde für sie lebendig, und die Römer hatte sie sowieso noch nie gemocht. Robert hatte gelacht, er würde ihr fortan die Archäologie ersparen. Beschämt ob ihrer fehlenden Begeisterung, ermunterte sie Robert, doch allein zu fahren, seine Phantasie zu nähren, diese geheimnisvolle Sehnsucht, unter der Erde die Vergangenheit zu finden. Vor allem, als die Kinder klein waren und je nach ärztlichem Rat Sommer am Meer oder in den Bergen brauchten, schickte sie ihn fort. Robert war zu alt oder zu intellektuell, um die Art Vater sein zu wollen, der mit seinem Nachwuchs herumtollte wie ein Teddybär. Sie packte Roberts Taschen, gab ihm ihren Segen und machte sich mit den Kindern auf in liebende, einsame Langeweile.

Robert hatte allerdings nicht neununddreißig Jahre auf die Frau fürs Leben gewartet. Erstaunlich für einen so zurückhaltenden Mann hatte er, frisch aus Oxford, mit zweiundzwanzig geheiratet. Ungewöhnlich und abenteuerlich wäre es gewesen, hätte er eine Zigeunerin oder ein hübsches, verwaistes Dienstmädchen geheiratet, aber er ehelichte die beliebteste Debütantin der Saison mit Namen Clarissa. Faith, die Verlobte, hatte ein Foto von dieser Ehefrau sehen wollen und großzügig ihre Schönheit gepriesen, die ganz und gar nicht ansprechend war. Clarissa sah so aus, wie sie war: die geborene Kokette. Sie war klein, blond und daunenweich. Am liebsten tanzte sie, man konnte sich ihre blauen Augen vorstellen, die zum befrackten Partner aufblickten, und man vermutete ein Lispeln. Robert Hapgood hatte aus Leidenschaft geheiratet, im Bemühen, sich schnell und dauerhaft dieses schlüpfrige, leichtherzige Bündel Sex-Appeal zu sichern. Da ihr nichts so gefiel wie das ausgiebige Flirten auf Bällen, ging Clarissa einfach weiter auf Bälle und wahlweise in Nachtclubs. Mit Robert wollte sie nicht tanzen, im Gegenteil, sie plädierte für wechselnde Eroberungen, während Robert zusah und die Eifersucht wie Säure still hinunterschluckte.

Nach fünf Jahren dieses Lebens erklärte sich Clarissa bereit, ein Kind zu bekommen. Robert hatte von Anfang an ein Kind haben wollen, nicht aus unerfüllten Vatergefühlen, sondern in der Hoffnung, ein Kind möge Clarissa ausnüchtern, sie eine Weile ans Haus fesseln und von der verfluchten Tanzfläche und den Armen anderer Männer fernhalten. Clarissa wollte kein Kind, aber ihre Freundinnen bekamen welche, es gehörte sich so, man hätte sonst auf die Idee kommen können, sie könne keine Kinder bekommen und sei keine richtige Frau. Also bekam sie ein Kind und starb dabei, Robert wurde in eine Heilanstalt gesteckt, und sein Vater fürchtete, sein Sohn, sein Erbe und der künftige Leiter der Firma habe im Alter von siebenundzwanzig Jahren den Verstand verloren.

Wieviel von alledem wußte ich gleich zu Anfang, fragte sich Mrs. Hapgood, und wieviel haben wir mit den Jahren aneinandergewoben? Bestimmt hatte sie eine Menge verdrängt. Zum Beispiel hatte sie die unbändige Freude verdrängt, die Robert hin und wieder empfunden haben mußte, da er sonst fünf derart befremdliche Jahre nicht durchgestanden hätte und am Ende auch nicht zusammengebrochen wäre. Danach, hatte Robert ihr erzählt, hatte er gelegentlich eine Geliebte gehabt. Weder überraschte noch schreckte das die junge Faith Kendall, die künftige Braut. Dieser Mann war zwölf Jahre lang allein gewesen, ein Witwer. Er war kein Mönch. Sie stellte sich die Damen allesamt gesichtslos und ätherisch vor, als versierte Krankenschwestern, die sich männlichen Bedürfnissen widmeten. Jetzt waren sie ausradiert, Robert war zu ihr gekommen, in sein Zuhause. Die Einsamkeit seines Lebens, wie sie sich die zurechtgelegt hatte, war einer der gewichtigsten Gründe, ihn zu lieben. Sie wollte ihn glücklich machen, er sollte nie wieder leiden. Bei ihr würde Robert die bislang entbehrte Sicherheit und Fürsorge bekommen.

Gott stehe mir bei, dachte Mrs. Hapgood, als sie sich die sechste Zigarette am Ende der fünften ansteckte, er war ja bloß panisch. Nach neununddreißig kommt vierzig, vierzig ist für alle, Männer wie Frauen, ein erschreckendes Alter. Mit vierzig spürt man die Winde des Zerfalls, die darauf warten, wie Hölle und Tod loszubrausen. Mit fünfzig ist man daran gewöhnt, Vierzig ist der Wendepunkt. Die meisten Menschen bekommen Kinder, daher glauben fast alle, sie gehören zum Leben dazu. Robert war ein freundlicher, charmanter Vater, der seine Kinder liebte. Er war erleichtert, daß sie unbeschadet heranwuchsen (keine krummen Gliedmaßen, keine Perversionen, keine Gefängnisstrafen) und nun über alle Berge waren.

Sein Leben wirkte beispielhaft geordnet, aufgeteilt in Pflichten und geistige Befriedigung. Unter diesem konventionellen Überbau jedoch mußte eine gefährliche Unordnung geherrscht haben, der er nicht entkommen konnte, die er fürchtete und ersehnte. Zweifellos hatte sich Robert so schnell und so endgültig für sie entschieden, weil er sie brauchte; sie sollte ihn behüten. Robert litt möglicherweise darunter, seinen sexuellen Wallungen ausgeliefert zu sein, wußte aber, er war darin gefangen wie ein heimlicher Trinker, der, voll fester Vorsätze, doch immer wieder die Tür schließt und nach der Flasche greift. Und da war sie, die Antwort, keine Heilung, aber eine felsgleiche Gouvernante, die sich um ihn kümmern konnte. Mrs. Hapgood, makellos in einem Chanel-Kostüm, so hübsch zurechtgemacht, daß nicht einmal das Sonnenlicht dieses Kunstwerk zerstören konnte, legte die Hand auf die Augen und sah sich, vierschrötig, häßlich, eingefroren und tödlich hintergangen.

Sie spürte, wie ein Schatten die Sonne ausblendete, bevor sie merkte, daß ein Mann den Schatten geworfen hatte. Einen kurzen halluzinatorischen Moment lang meinte sie, Robert stehe vor ihr. Nicht Robert, ein anderer großgewachsener Engländer. Nein, nicht irgendein anderer großgewachsener Engländer, sondern ein bemerkenswert großer und bemerkenswert häßlicher. Es überraschte sie, daß ein so dürftig komponiertes Gesicht – die Augen zu klein und zu weit auseinander, die Nase zu platt, der Mund zu groß – interessant und sogar tröstlich aussehen konnte. Aber etwas stimmte nicht mit diesem Mann, er war unnatürlich achtsam, doch verhalten. Auch sie war wohl viel zu weit in unerschlossene Gefilde vorgedrungen, da sie es überhaupt nicht peinlich fand, diesen Fremden schweigend anzustarren und dessen aufmerksame Musterung klaglos über sich ergehen zu lassen.

»Ich freue mich, daß Sie gekommen sind«, sagte er. »Ich bin schon eine ganze Woche hier. Es ist wie ein ausgeklügeltes Bühnenbild, das nur noch auf eine schöne Frau gewartet hat.«

Sie hatte sich wieder einmal geirrt. Bemerkenswert an ihm war ausschließlich seine Impertinenz. An seiner Kleidung fand sie nichts auszusetzen, sowenig wie an seiner Stimme. Seine Frisur war fragwürdig, aber das könnte eher einem einheimischen Haarschneider geschuldet sein als seinem Geschmack. Mrs. Hapgood vermutete, er habe nicht ganz die richtige Schule durchlaufen und nicht Generationen richtiger Schulen im Gepäck. Ein Gentleman, so wollte es scheinen, wurde von vielen kaum sichtbaren Bremsen gezügelt, ein Möchtegern-Gentleman war einer, der die unterschiedlichen Bremsen nicht wahrnahm und auch nicht wußte, wann sie zu betätigen waren. Mrs. Hapgood bedauerte ihre instinktive Abwägung, bedauerte jedoch ebenso die abgeschmackte Eröffnung dieses Mannes.

»Sie meinen wahrscheinlich, Ihre Sorgen hätten Ihr Aussehen beeinträchtigt«, fuhr der Mann fort, »aber dem ist keineswegs so.«

Mrs. Hapgood war zu verblüfft, um zu antworten, und stellte nach einiger Überlegung fest, daß ihr auch gar keine Entgegnung einfiel. Der Mann setzte sich unaufgefordert neben sie und bot ihr eine Zigarette an, bevor er merkte, daß sie bereits eine in der Hand hielt.

»Sie sind nicht krank.« Er musterte sie durch einen dünnen Rauchschleier. »Nur verzweifelt. Da haben Sie mir etwas voraus – ich bin krank und verzweifelt.«

Als er lächelte, öffnete sich seine Miene für kurze Zeit und wurde heiter.

»Das tut mir leid«, sagte Mrs. Hapgood aufrichtig.

»Na, Sie tun mir auch leid, das hilft ja schon mal. Es ist so ausweglos, nur Selbstmitleid zu empfinden.«

Mrs. Hapgood dachte, sehr klar, ich werde nur etwas sagen, wenn ich wirklich will. Die Frau, die bei Tisch jederzeit mit dem Herrn zu ihrer Rechten, dann mit dem Herrn zu ihrer Linken Konversation treiben kann, habe ich hinter mir gelassen. Diesen Mann schien Schweigen nicht zu schrecken.

Er hatte die Weiten der Wiesen und Wasserketten überblickt und befand jetzt: »Da hat sich keiner um das Familienleben in irgendeinem Teil des Hauses geschert. Denen ging es um Stil, nicht um Gefühl. Selbstgewisse, kalte Fische. Haben sich ja eine Menge Ärger erspart, indem sie das Herz als blutpumpendes Organ betrachteten. Wollen wir ein bißchen spazierengehen? Im Wald ist es schöner.«

Der Wald war vollkommen, hier hatte keiner die Absonderungen des modernen Menschen aus Plastik, Papier, Metall und Glas hingeworfen. Ruhe wärmte Mrs. Hapgood wie ein Heißgetränk.

»Sind Sie müde?« fragte der Mann.

»Nein.«

»Sind Sie weniger verzweifelt?«

»Ja.«

»Es war bloß eine Krise«, versicherte er ihr. »Die kommen und gehen, daran gewöhnt man sich.«

Mutlos blieb Mrs. Hapgood stehen.

»Das kann ich nicht«, sagte sie, »das ist es ja gerade. Ich kann mich nicht daran gewöhnen.«

Einen Augenblick sah er sie auf seine allzu intensive Art an.

»Ich freue mich, daß Sie allein hier sind, um meinetwillen, aber wie ich sehe, ist es für Sie nicht stimmig. Bitte, fühlen Sie sich nicht so allein. Hilfe naht.«

Er übersprang die Barrieren der Zurückhaltung absonderlich behende. Die Männer in ihrem Bekanntenkreis redeten nicht so. Doch dieses große, freundliche Wesen, das buchstäblich aus dem Nichts gekommen war und sie trösten wollte, rührte sie. Sie war nicht verwöhnt, merkte sie jetzt; wenn man sich keine Hilflosigkeit zugestand, half einem keiner. Robert bewunderte ihre Stärke, und sie hatte gar nicht gemerkt, wie sehr sie statt dessen die schützende Umarmung brauchte.

»Es ist keine Sünde«, sagte der Mann sanft, »wenn man es ab und zu leid ist, auf den eigenen zwei Beinen zu stehen. Sie könnten versuchen, sich mal ein wenig anzulehnen.«

Sie hörte eher die Stimme als die Worte, und als sie den Kopf hob, war ihr, als hätten sich seine Pupillen geweitet und sogen sie ein, und auch, als hätte sie schweigend irgendein Bekenntnis von sich gegeben. Sie verstand nicht, wohin sie sich bewegten oder warum sie diesen geheimnisvollen Weg eingeschlagen hatten, aber es ging zu schnell.

»Ich werde wohl mal zurückgehen«, sagte Mrs. Hapgood.

»Ja.«

Durch die zarten, farnfiedrigen Bäume liefen sie zum geometrischen Garten. Am zweiten Spiegelbecken sagte er: »Ich heiße Philip Naisby.«

»Faith Hapgood.« Sie lachte.

»Den Namen sollte man schon kennen.«

Am Tor zum Château verabschiedete er sich. »Machen Sie sich keine Sorgen. Und haben Sie keine Angst, das nützt ganz und gar nichts.«

Mrs. Hapgood beschloß, nicht zum Abendessen hinunterzugehen. Wie sollte sie mit diesem seltsamen Fremden anknüpfen – sie konnte doch nicht mit einer Verneigung an seinem Tisch vorbeigehen. Bei der Vorstellung, er fühle sich bemüßigt, sich zu ihr zu setzen, wurde ihr ganz anders. Sie konnte sich nicht zurechtlegen, wie sie ihm gegenübertreten sollte, und war überzeugt, sich beim nächsten Zusammentreffen wie eine halbwüchsige Idiotin aufzuführen. Im silbergerahmten Spiegel auf dem Schminktisch sah sie, was er sah: das neue Gesicht, das dazu angetan war, Fremde anzuziehen. Das neue Gesicht hatte seinen Zweck erfüllt, und das Ergebnis verwirrte sie.

Ungerecht war außerdem, daß Bücher sie im Stich gelassen hatten. Mrs. Hapgood hatte sich mit Lesen durch die schwierigen Phasen zweier Schwangerschaften gehangelt, durch die bedrohliche Leere des Krieges, durch all die kleinen nervlichen Belastungen ihres Alltags; und jetzt konnte sie nicht lesen. In ihrem Zustand konnte sie wohl nicht erwarten, sich ihrer üblichen Lektüre hinzugeben, aber Colette könnte vielleicht die Lücke füllen, Colette, die Sex verströmte wie eine parfümierte Lokomotive. Oder Thriller, die eigentlich Kreuzworträtsel mit Handlung waren. Sie hatte von beidem Stapel gekauft, und beide waren nutzlos. Vielleicht würde sie wieder malen. Morgen würde sie nach Tours fahren, noch mehr Kleider kaufen und einige Tuben Gouachefarbe. Sie könnte sich die Zeit damit vertreiben, allerliebste Porträts von Varincourt zu malen. Aber erst mal stand der heutige Abend an.

Sie bestellte Essen, um den Schein zu wahren, und Wein, den sie wirklich wollte. Sie würde ein schwarzes Tüllspitzennegligé anziehen. Nur eine Wasserstoffblondine, die von einem feisten Industriemagnaten aus einer Kleinstadt im Norden ausgehalten wurde, konnte eine solch verruchte Verkleidung mit vollem Ernst tragen. Sie war inzwischen geschickt im Schminken. Wenn man einmal aufgehört hatte, an das eigene Gesicht zu denken, und das Objekt vor sich als Leinwand betrachtete, war das Bemalen ganz einfach. Sie umrahmte die Augen mit schwarzem Stift und zog sie schräg nach oben, sie vergrößerte den Mund und malte ihn violett an. Um die Maskerade zu vervollkommnen, klemmte sie sich Straßohrringe an die Ohrläppchen, Smaragde, Diamanten und Türkise, die groß genug waren für eine *nouveau-riche*-Maharani.

Mrs. Hapgood trank das erste wohltuende Glas Wein und stellte sich vor, sie warte auf ihren Liebhaber, einen bösen, unwiderstehlichen Mann, für den sie nichts als Lust empfand. Liebhaberaufführungen, fand Mrs. Hapgood, waren eigentlich ganz unterhaltsam. Das Telefon klingelte. Das war bestimmt Philip Naisby. In diesem Narrenaufzug konnte sie nicht normal mit ihm reden. Es klingelte wieder. Mrs. Hapgood wischte mit einer Serviette schnell den Lippenstift ab und meldete sich mit gedämpfter Stimme. Es war nicht Philip Naisby, sondern ihr Mann.

Robert klang so nah, als befände er sich im Nebenzimmer.

»Faith, wo bist du gewesen? Ich habe fast den Verstand verloren. Wie konntest du so etwas tun? Du hättest einen Autounfall haben können, du könntest in irgendeinem lumpigen Krankenhaus in Frankreich liegen. Ich hatte keine Ahnung, wie ich dich erreichen soll. Wo bist du?«

»Hier«, sagte Mrs. Hapgood. »Du hast die Adresse und Telefonnummer. Mir geht es gut, und natürlich hatte ich keinen Unfall.«

»Ach, Faith.« Es war ein hilfloses Stöhnen. Was wirft ihn derart aus der Bahn, fragte sie sich, die gestörte Routine?

»Du kannst den Leuten sagen, es sei mir nicht gutge- gangen, der Arzt habe Sonne und Ruhe verordnet. Das ist eine einleuchtende Erklärung.« Könnten Schlangen spre- chen, dachte Mrs. Hapgood, so würden sie klingen.

»Die Leute sind mir völlig egal, Faith, wie kannst du nur? Es geht mir um dich, was ist mit dir?«

»Mir geht es gut.«

»Um Gottes willen, komm nach Hause. Schatz, Faith, mein Liebes. Oder laß mich zu dir kommen, ich flehe dich an.«

»Nein.«

»Faith, ich beschwöre dich.«

»Hör auf, Robert. Ich werde eine Weile hierbleiben. Du weißt, wo du mich im Notfall erreichen kannst, und ich will nicht mit dir reden.«

»Wirst du mir schreiben?« Seine Stimme war die eines alten Mannes, geschlagen und erschöpft. Was gab ihm das Recht, sich so zu fühlen? Wie konnte er es wagen, Mitleid zu erheischen?

»Nein«, sagte sie. »Gute Nacht.«

Zitternd vor Widerwillen legte sie sich auf die Bar- chentdecke. Sie haßte sich und ihn und die ganze banale Situation; die Vergangenheit. Was für ein Glück wäre es gewesen, zu sterben, bevor man das abscheuliche Ende erreichte, das nicht einmal die Würde besaß, ein Ende zu sein. Hätte er mich doch nur sehen können, dachte Mrs. Hapgood. Telefone mit Augen. Hätte er mich doch nur sehen können, angemalt und angezogen wie eine Hure, und gedacht, ich gehe mit Taxifahrern und schwarzen Schlagzeugern und wahllos von der Straße aufgegabelten Männern ins Bett, nehme Drogen, trinke und errege öffentliches Aufsehen. Wäre sein Stolz doch nur so mit Füßen getreten worden wie meiner.

Sie schwitzte und dachte, sie würde ohnmächtig oder müsse sich übergeben. Sie hatte große Angst. Es wurde schlimmer statt besser. Sie hatte sich vor dem Haß gehütet, rigoros hatte sie ihn sich vom Leib gehalten. Sie hatte sich eingeredet, sie würde nicht hassen, denn Haß sei sinnlos und ungerecht. Wenn es Schuld zu verteilen gebe, dann treffe sie nie eine einzige Person. Die einzige Hoffnung auf Genesung bestehe darin, zu begreifen, Ursache und Wirkung zu benennen, ein Heilmittel zu entdecken. Haß machte den Hassenden krank, nicht den Gehaßten. Vergib, hatte sie gedacht, vergib, was nicht zu ändern ist. Aber sie konnte sich selbst nicht vergeben, sie konnte Robert nicht vergeben. Wenn dieser Stein der Verdammnis in ihr blieb, so hart, daß sie ihn unter dem Brustbein spürte, waren Robert und sie bedeutungslos. Dann gab es nichts, wohin sie zurückkehren konnte.

Zieh dein albernes Kleid aus, sagte sich Mrs. Hapgood, trink noch einen Wein und versuche es noch mal. Die Müdigkeit half, sie wirkte beruhigend. Man konnte nichts dramatisieren, wenn man sich eigentlich nichts weiter wünschte, als daß jemand einem den Rücken massierte und das Licht löschte.

Die Frage, an welchem Punkt sie fehlgegangen war, stellte sich nicht; von Anfang an war sie fehlgegangen. Aber das war, ehrlich gesagt, nicht ihre Schuld, es sei denn, sie wollte sich für ihren Charakter geißeln. Jetzt konnte sie ihren Charakter verabscheuen, aber damals war er so schlicht gewesen wie Haferflocken. Sie kannte keinen anderen, also war ihr nicht vorzuwerfen, daß sie nicht wußte, wie unzureichend Haferflocken für einen Menschen sind.

Sie wurden in ihrem Elternhaus getraut. Die Kendalls waren Agnostiker, die allen Religionen mit Respekt begegneten. Robert gehörte der Kirche von England an und nahm diesen Glauben, über den er nie nachgedacht hatte, so hin. Sobald er Interesse an ihr zeigte, hatte Faith ihm von Mark erzählt und ihn gefragt, ob er es als unaufrichtig empfinde, wenn sie ein weißes Hochzeitskleid trug. Robert küßte sie, lächelte sie mit dieser wunderbaren Zärtlichkeit an und sagte, sie sei bezaubernd und werde hinreißend aussehen in Weiß.

Robert, so weise, so erfahren, fuhr mit ihr auf Hochzeitsreise nach Ravello. Seine gemütvolle Frau war in Paris, Rom, Venedig oder Madrid schlecht aufgehoben, man mußte sie an ein ruhiges, romantisches Plätzchen über dem Mittelmeer entführen, im April 1938. Wilde Freesien wuchsen an den Hängen. Robert brachte ihr bei, was sie von Mark nicht gelernt hatte. Sie verehrte ihn und glaubte, diese zarte Freude sei alles, glaubte, dies sei der ganze Zauber zwischen Mann und Frau, von dem sie so verständnislos gelesen hatte. Und da sie Robert so gern ansah, so gern umsorgte und nachts so gern in seinen Armen lag, wußte sie ohne den geringsten Zweifel, daß ihre Ehe vollkommen war, die Vereinigung von Leib und Seele. Flitterwochen sind eine besondere Zeit und sollen einzigartig sein. Sie ließ sich nicht davon entmutigen, daß der Alltag keine Freesien an Hängen zu bieten hatte, keine Vormittage im Bett und Spaziergänge im Mondschein, die in zärtlicher, erfüllender Umarmung endeten.

Sie waren nicht moralisch unzurechnungsfähig, sie wußten sehr wohl, daß die Welt mit jedem Monat schneller in Tod und Zerstörung schlitterte. Doch solange sie können, leben die Menschen ihr Leben, weil sie müssen, und Faith lief, entflammt für ihre friedvolle Liebe, durch London und richtete das Haus in Hanover Terrace ein, das Robert ihr zur Hochzeit geschenkt hatte. Sie war kaum damit fertig, noch nicht richtig fertig, als sie schwanger wurde. Drei Monate lang war ihr übel, sie war angewidert von ihrer Schwäche und weinte oft, und Robert war ein treusorgender Engel. Dann strotzte sie auf einmal vor Gesundheit und Stolz, als wäre sie die erste Frau, die je diese gewichtige Aufgabe bewältigt hatte, und Robert überhäufte sie mit Geschenken und Komplimenten.

Indessen hielt Robert mit ihrer wohlwollenden Zustimmung an einigen Junggesellenritualen fest: An bestimmten Nachmittagen spielte er bis spät in einem seiner Clubs Bridge, an bestimmten Abenden speiste er in einer Männerrunde. Sie wollte ihm nichts wegnehmen, sie wollte ihn nur bereichern und die Leerstellen füllen. Er fuhr auch auf Geschäftsreisen und kurze archäologische Exkursionen. Sie war weder einsam noch müßig, sie hatte das Haus, das sie so forderte, es war so groß, und es war so wichtig, jede Ecke und jeden Winkel perfekt auszufüllen, und sie hatte ihre Familie und ihre Freunde und im Sommer 1939 ihren Sohn Jonathan. Wenn sie auch nicht offen prahlte, so verströmte sie doch einen befremdlich prahlerischen Geruch; sie war die glücklichste, seligste verheiratete Frau, die sie kannte.

Der Krieg, der die halbe Menschheit entzweiriß, gestattete ihnen, im eigenen Haus zusammenzubleiben. Robert war vierzig, zu alt und zu wertvoll zum Schießen und Marschieren. Die Regierung brauchte ihn, er war mit der Beschaffung von allem betraut, was gerade benötigt wurde: Orangensaft für Kleinkinder, Frühstücksfleisch als Zugabe, Ersatzbrot für alle. Sie schloß sich auf der Stelle dem Women's Voluntary Service an, so konnte sie aufs beste ihre mitmenschlichen Pflichten mit der Fürsorge für ihr Kind und ihren überarbeiteten Mann verbinden.

Im großen Haus war niemand mehr, der aushelfen konnte, außer dem alten Kindermädchen, das zu hinfällig war für die Kriegsanstrengung, aber nicht zu hinfällig für Jonathan. Mrs. Hapgood verlegte sie alle ins Erdgeschoß und in den Keller. Dann übergab sie den ersten Stock mit Wohnzimmern und Schlafzimmern widerwillig und mit schlechtem Gewissen ob ihres Widerwillens drei jüdischen Flüchtlingsfamilien. Nicht lange, und die beiden oberen Stockwerke gingen an die Freien Franzosen, die dort in dichtgedrängtem Überfluß lebten. Und während der ganzen Zeit, über all die Jahre, alle Schrecken und Tragödien hinweg, litt sie, weil ihr Heim sich in ein heilloses Durcheinander verwandelt hatte. Das gestand sie niemandem.

Im Gegenteil, sie war unbeirrbar höflich und so freundlich, wie man Fremden gegenüber sein konnte, die Ordnung und Sauberkeit zerstörten, eine unheilbare Sehnsucht ihres Charakters oder aber eine unheilbare Verformung ihrer Seele. Tief innen jedoch verbarg sich ein engstirniger, engherziger Kern. Sie konnte es gar nicht erwarten, daß dieser Krieg endlich zu Ende ging, damit sie von diesen Belagerungshorden befreit würde, ihr Haus schrubben und herrichten und ihrem Leben das überschaubare Glück wiedergeben konnte. Sie wollte sich mit Robert und den Kindern einkuscheln, sie wollte das geliebte Zentrum eines privaten Kosmos sein. Als der Frieden kam, nahm sie natürlich die aushäusigen Pflichten privilegierter Frauen wie Waisenkomitee und Krankenhauskomitee auf sich, denn schließlich mußte sie ein Bild der Tapferkeit wahren. Sich selbst über ihre Motive im unklaren lassend, nahm sie an den Ausschußsitzungen teil und zollte so irgendeinem Gott, den es zu besänftigen galt, ihren kleinen Tribut. Es wäre gefährlich, die Bedürfnisse anderer zu mißachten, es könnte sich rächen, sie könnte damit ihre eigenen Bedürfnisse aufs Spiel setzen.

Ich glaube, ich bin einer der garstigsten Menschen, die ich kenne, sagte sich Mrs. Hapgood. Wie viele Frauen wohl so sind wie ich? In England muß es vor garstigen guten Frauen nur so wimmeln.

Sie hatten ihr zweites Kind im Blitz auf London gezeugt, in einer Nacht, da der Himmel herunterkrachte und es keinen Grund zu geben schien, ein Morgen zu erwarten. Es war ihr persönlicher und möglicherweise letzter Akt der Auflehnung gegen Grausamkeit, Haß und Wahnsinn. Sie konnten nichts tun, außer ihren Glauben an die Liebe zu bekräftigen, das jedenfalls war damals Mrs. Hapgoods Überzeugung. Welche Überzeugung Robert zu welchem Zeitpunkt auch immer gehabt hatte, vermochte sie nicht mehr zu sagen. Im Frühjahr 1941 platzte Mrs. Hapgoods Freiwilligenuniform aus allen Nähten, aber sie trug sie und arbeitete weiter, solange sie irgend konnte. Dann wurde Caroline geboren, und der Krieg ging weiter.

Der Krieg dämpfte die Liebe, aber darüber, das konnte sie wahrheitsgemäß behaupten, hatte sie sich nie beschwert. Gedämpft zu werden war das mindeste, was einem durch den Krieg widerfahren konnte. Sie begriff eine ganze Menge über die Greuel dieses Krieges, die Juden auf dem Stockwerk über ihnen wußten davon, die Freien Franzosen auf dem Dachboden hatten wieder andere Kenntnisse. Sie würde sich jetzt nicht für unmenschlich erklären. Vielleicht war sie eine garstige Frau, die sich in ihrer Tugendhaftigkeit verstiegen hatte, aber ein Ungeheuer war sie nicht. Die Dumpfheit war ihr nicht entgangen, nie jedoch hatte sie zwischen ihnen Langeweile aufkommen sehen. Wirkte Robert irgendwann in den vierundzwanzig Jahren ihrer Ehe gelangweilt, schrieb sie das seiner Arbeit zu. Nachdem er sich aus dem getäfelten Büro in der Wigmore Street zurückgezogen hatte, schrieb sie es der fehlenden Arbeit zu.

Der Frieden erreichte Europa natürlich nicht, wie die Geschichtsbücher behaupten, am 8. Mai 1945. Er kam langsam, schrittweise, Tag für Tag, über Jahre. Mrs. Hapgood bezweifelte, daß er überhaupt je angekommen war. Aber Faith Hapgood wollte nicht über die Natur des Menschen nachdenken, sie wollte ihr Heim wieder herrichten. Sie war so zielstrebig wie ein Vogel mit Geäst im Schnabel. Sie erschlich sich keine Farbe auf dem Schwarzmarkt oder kaufte den Armen Lebensmittelmarken ab, sie mühte sich innerhalb der gesetzlichen Möglichkeiten, ihrer Familie erneut den Rahmen für ein schönes Leben zu schaffen. Allerdings, dachte Mrs. Hapgood, als sie die Satindecke hochzog, um die Kälte abzuwehren, die keine Satindecke abhalten konnte, mag es für alles auch eine ganz einfache Erklärung geben. Vielleicht bin ich einfach nur dumm. Und komplizierter wird es nicht.

Niemand hätte sagen können, wann der Frieden, oder was man so Frieden nannte, endlich kam. Vielleicht, als die Fassaden eine nach der anderen wieder gestrichen wurden, so daß man erfrischt durch die Stadt lief, als wäre jedes Haus ein bunter Frühlingskrokus. Nach und nach mußte Mrs. Hapgood schwer erschüttert erkennen, daß Unmengen von Leuten im Krieg einen Heidenspaß gehabt hatten. Die kleine Insel war überschwemmt mit Legionen fescher, ungebundener, geiler Männer, auf die einsame Frauen warteten. Man hatte sich sinnlos besoffen, weil man ja morgen starb oder wieder in die scheußliche Pflicht mußte, und wenn man Geld ausgeben konnte, warum sollte man es nicht ausgeben? Ganz benommen sah Mrs. Hapgood im nachhinein eine verdunkelte Orgienkammer voll rammelnder Tiere vor sich, die sich amüsierten wie nie zuvor. Mrs. Hapgood fühlte sich flau, verstört und außen vor. Wären sie und Robert getrennt gewesen, sie hätten um die Sicherheit des anderen gebangt, für den Tag des Wiedersehens gebetet und treu gelebt. Anders ging es gar nicht.

Viele Paare fanden nach dem Krieg nicht mehr zueinander, zu viel Zeit und zu viele Leichen lagen zwischen ihnen. Doch mehr und mehr schien das Thema Untreue um sich zu greifen und wurde mit Witz und Würze bei Abendgesellschaften debattiert. In ihrem Elternhaus hatte sie nie derartige Unterhaltungen mitbekommen. Vor dem Krieg hatten ihre verheirateten Freunde, Männer wie Frauen, niemals auch nur angedeutet, daß sie ihre Freizeit mit außerehelichen Vergnügungen zubrachten. Mrs. Hapgood war nicht der Typ, ihrer Entrüstung öffentlich Luft zu machen, außerdem war sie unbeteiligt. Robert und sie ging das alles nichts an. Sie liebte Robert, Robert liebte sie, die Treue kostete sie keine Mühe, sie war so selbstverständlich wie Atmen. Sie konnte nur annehmen, daß sie auserwählt waren, besonders gesegnet, im Gegensatz zu schwächeren Sterblichen; ihre Ehe war im Himmel geschlossen worden. Robert und sie sahen sich einzig dem Problem gegenüber, das jedes Lebewesen betraf und das weder gefürchtet noch beklagt, sondern angenommen werden mußte: Einer von ihnen würde zuerst sterben, und der andere würde noch eine Weile allein weiterleben müssen.

Ach, gib's auf, sagte sich Mrs. Hapgood, reicht dir nicht ein gebrochenes Herz? Mußt du jetzt auch noch mit einem Hammer darauf herumhauen? Na, jedenfalls hatte sie sich aus dem Haß in ein endloses Meer der Traurigkeit gedacht. In der Traurigkeit würde sie vielleicht ertrinken, aber das war besser, als vor Haß den Verstand zu verlieren. Sie ging in den Salon, nahm die unberührten Tabletts und spülte das Essen in der Toilette hinunter. Die Hotelangestellten mußten ja nicht unbedingt den Eindruck gewinnen, bei ihr handle es sich um einen Sonderling oder eine Säuferin. Sie wankte vor Erschöpfung. Die weiche Decke hüllte sie ein.

Philip Naisby erschien nicht zum Mittagessen. Mrs. Hapgood nahm an, er mied sie, beklommen, wie sie war, und das machte sie nur um so beklommener. Aber der Himmel war immer noch so durchsichtig blau, die Bäume waren üppig grüne Bouquets, die Luft schmeckte nach Sonne und roch nach brennenden Blättern, und sie ging in den Wald und suchte nach dieser Freude, die schließlich über sie kam wie ein Gnadengeschenk. Philip Naisby stand an einen Baum gelehnt, trank aus einer Flasche, und die Reste eines Picknicks hingen an seinem Pullover.

»Ich habe Sie gesucht«, sagte er reglos. »Es ist zu schön draußen, um bei Tisch zu sitzen. Wo sind Sie gewesen?«

»In Tours.«

Er hatte immer noch die Angewohnheit, die sie zuvor erschreckt hätte, nun aber belustigte, lange wortlos zu starren.

»Beim Friseur«, sagte er. »Sie sehen appetitlich aus, genau so, französisch appetitlich. Setzen Sie sich.«

Während sie seiner Aufforderung Folge leistete, fragte sie sich, welch abrupte Intimität sich dieser unberechenbare Mann als nächstes ausdenken würde.

»Ich hatte eine Erleuchtung«, sagte er, »vor etwa einer halben Stunde. Sie kam über mich, wie sich das wohl für große Erleuchtungen gehört. Ich fühle mich wie einer, der plötzlich erkannt hat, wie man aus Elektronen eine Zahnpasta herstellen kann, die Tuberkulose heilt. Möchten Sie einen Schluck aus meiner Flasche?«

Sie trank unbeholfen, aber froh und kleckerte ein bißchen. Die Kendalls hatten nicht gelernt, aus der Flasche zu trinken.

»Möchten Sie meine Erleuchtung hören?«

»Unbedingt.«

»Folgendes: Warum nicht ein bißchen Spaß haben?«

Sie verschluckte sich vor Lachen und prustete Wein heraus wie ein Zerstäuber.

»Das ist nicht zum Lachen. Sie sind bestimmt noch nicht auf diese Idee gekommen. Sie ist furchtbar wichtig. Haben Sie viel Spaß? Das ist ein Talent oder eine Kunst oder ein Seelenzustand, den Leute wie wir beinahe verloren haben. Wir tun angenehme Dinge, nicht wahr? Wir genießen sie entweder gar nicht, oder wir tun nur so, als ob. Wir erzählen einander, das war aber wunderbar, was hatte ich für einen netten Abend und so weiter. Das ist kein Spaß, das ist routinierte Langeweile. Uns fällt nichts Besseres ein, also machen wir weiter das, was als angenehm gilt. Ich kann Theater nicht ausstehen und sehe mir ständig Vorstellungen an. Ich hasse Dinnerpartys, Golf, und den schrecklichen Urlaub, den ich jedes Jahr mache, finde ich auch fürchterlich. All die angenehmen Dinge, die ich dauernd tue, gehen mir gegen den Strich. Also kam mir diese Erleuchtung. Warum nicht mal ein bißchen Spaß haben?«

»Aber ja«, sagte Mrs. Hapgood, »warum nicht? Wenn es möglich ist.«

»Wonach ist Ihnen wirklich?«

Ihr war, als hätte er ihr den Atem verschlagen. In Wahrheit war ihr nach gar nichts, nicht so, wie er sich das vorstellte. Wozu lebte man dann? Nur um zu tun, was von einem erwartet wurde? Nur um bequem durch ein großes Nichts zu krabbeln?

»In letzter Zeit«, sagte sie, »erst seit ungefähr letzter Woche, kaufe ich mir gern Kleider und gehe zum Friseur.«

»Bravo.«

»Machen Sie sich nicht lustig über mich, ich weiß, daß das armselig ist.«

»Das ist nicht armselig, das ist schön. War Ihnen währenddessen bewußt, daß es Spaß macht?«

»Ja, nach der ersten Überwindung. Aber es macht bestimmt nicht ewig Spaß, wenn man sich erst mal daran gewöhnt hat oder wenn das alles war.«

»Nein. Als einer, der praktisch vergessen hat, was Spaß ist, glaube ich, daß es eine ganze Palette geben muß.«

»Ich habe heute jede Menge Farbtuben gekauft.«

»Dann sind Sie mir weit voraus. Macht es Ihnen Spaß, zu malen?«

»Ich male wie eine viktorianische Jungfer«, sagte Mrs. Hapgood schroff. »Das macht keinen Spaß, das ist gepflegter Zeitvertreib. Es muß Spaß machen, die Farbe auf eine riesige Leinwand zu schleudern und darauf Rollschuh zu fahren und mit einem Besen zu verstreichen, sich in Farbe und Verwirrung zu wälzen und sich keinen Deut darum zu scheren.«

»Das könnten wir mal ausprobieren, ich bin zu allem bereit. Schauen Sie sich gern Sehenswürdigkeiten an?«

»Kommt darauf an.«

»Ah, Sie haben stets getan, was sich gehört, stimmt's? Na, wir müssen es ausprobieren, schließlich sind wir Anfänger. Wir könnten die kleinen, kauzigeren Châteaux in der Gegend malen und uns dabei mit Weißwein betrinken.«

»Sind Sie Maler?«

»Nein, ich bin Architekt. Und ich würde Ihnen zu gern beim Kleiderkaufen zusehen. Ich war noch nie in meinem Leben mit einer Frau in einer Boutique, ich dachte, das machen nur Schwule und Franzosen.«

»Gut, dann machen wir beides. Gott, fühle ich mich leicht.«

»Es wird Sie freuen zu hören, daß ich noch eine Flasche Weißwein im Bach verstaut habe, kalt. Einen Moment.«

Er kehrte mit einer tropfnassen Flasche zurück, entkorkte sie fachmännisch, nahm wieder seinen Platz ein und sagte: »Hier, lehnen Sie den Kopf an meine Schulter, das ist bequemer, weil ich fast den ganzen Baum einnehme. Die Neige für mich, eine neue Flasche für Sie. Erst mal.«

Es ist so einfach, dachte Mrs. Hapgood, so wunderbar einfach, wenn es doch ewig so weitergehen könnte. Aber irgendwann wurde ihnen bestimmt kalt und klamm, es wurde dunkel, es gab immer ein Später, man mußte immer weiter.

»Ich war drei Wochen im Krankenhaus«, sagte Philip Naisby, als spräche er mit sich oder dem Buschwerk um sie herum. »Zum Glück haben sie mich nicht einkassiert, denn sie wußten nicht, daß mit meinem Kopf etwas nicht stimmt. Zum Glück war etwas mit meinem Körper, Gallensteine, eine Operation. Der Patient, der durch einen chirurgischen Eingriff vom Übel geheilt ist, durch das er grün anlief und sich übergeben mußte, wird nun für ganz und gesund erklärt, braucht jedoch Erholung. Ein sonniges ruhiges Plätzchen, leichtes Essen, eine Weile keinen Alkohol, mein Lieber. In ein paar Wochen bist du quietschfidel, putzmunter, bei der Arbeit. Es war sehr schlau von mir, sie nicht wissen zu lassen, daß man Gallensteine nicht aus dem Gehirn entfernen kann.«

Also, dachte Mrs. Hapgood, ich bin nicht allein, aber das habe ich auch nie angenommen. Viel eher bohrte die schmachvolle Erkenntnis, daß Millionen in genau derselben Krise gesteckt hatten, steckten und stecken würden. Man war ein Typus, keine Einzelperson, man konnte keinen Trost aus einer außergewöhnlichen Katastrophe ziehen, man schämte sich, weil der Typus so gewöhnlich war. Und doch blieb es die eigene Krise.

»Habe ich Sie richtig verstanden?« fragte Philip Naisby, »sagten Sie, Sie entdeckten gerade den Spaß an Kleidern und Haarschneidern?«

»Ja.«

»Aber wie interessant. Warum sollte etwas, das Sie immer getan haben, auf einmal Spaß machen?«

»Nicht immer. Nie. Wenn ich etwas zum Anziehen brauchte, habe ich es mir grundsätzlich im selben Geschäft gekauft, was ungefähr so aufregend war wie Kartoffeln zu kaufen oder Seife. Und zum Friseur bin ich gar nicht gegangen.«

»Das heißt, Sie haben sich innerhalb einer Woche neu erfunden?«

»Ja.« Und er hätte nicht im Traum daran gedacht, der anderen Mrs. Hapgood vorzuschlagen, sie solle doch den Kopf an seine Schulter lehnen und aus der Flasche trinken.

»Sie waren ganz sicher kein altes buckliges Weib, aber wie haben Sie ausgesehen? Ich kann Sie mir gar nicht anders vorstellen.«

»Ich sah sauber und anständig aus.«

»Sie sind mir eine. Meinen Sie, jetzt sehen sie ungewaschen und kriminell aus? Appetitlich, das sagte ich bereits. Fühlen Sie sich denn auch anders? Ich meine, das Äußere zu verändern, hilft das innen?«

»Manchmal.«

»Inwiefern?«

»Manchmal«, sagte Mrs. Hapgood scheu, entsetzt über die Art, wie sie mit diesem Mann sprach, aber was machte es schon, was sie sagte, »fühle ich mich wie ein loses Mädchen in Ausbildung.«

Er lachte laut auf und nahm sie mitsamt der Flasche in den Arm.

»Ach, ich mag Sie, wirklich ehrlich. Das mit der Ausbildung ist so charmant.«

Er ließ sie los. Sie fühlte sich herrlich, leicht beschwipst, jung, zierlich und ansprechend.

»Ich war zehn Jahre mit einem echten, geübten, man könnte sogar sagen, fertig ausgebildeten losen Mädchen verheiratet«, verkündete Philip Naisby. »Und ich versichere Ihnen, die Profiversion ist das Langweiligste, was es gibt.«

Mrs. Hapgood wurde auf einen Schlag nüchtern. Das sah allmählich nach einer irrsinnigen Variante der Reise nach Jerusalem aus.

»Tat es weh«, fragte sie, »als Sie es herausfanden?«

»So lange her, und ich habe es gleich herausgefunden. Ja. Hat es wohl – den niederen Instinkten, um ehrlich zu sein. Daß die Eitelkeit und die sogenannten Ideale und was weiß ich eins draufkriegen. Danach nicht mehr. Ich habe zu spät geheiratet, erst nach dem Krieg. Sie war achtzehn Jahre jünger, man muß rechtschaffen wahnsinnig sein, um so anzufangen. Sehr hübsch, hilflos, ich sah mich als ihren starken Beschützer. Mir wird ganz schlecht bei der Erinnerung an mich selbst, ich muß ziemlich albern ausgesehen haben.«

»Sie müssen es nicht erzählen, wenn Ihnen davon schlecht wird.«

»Nein, es gefällt mir, ich habe noch nie jemandem davon erzählt. Man heult den Menschen ja nicht so gern die Ohren voll, weil die eigene Frau in jeder freien Minute mit jedem ins Bett geht. Hätte ich genug Verstand und genug Mumm gehabt, wäre ich gleich zu Anfang weggelaufen. Aber das Komische ist, Molly war tatsächlich hilflos, ihre Techtelmechtel brachten sie nie weiter, sie wurde immer fallengelassen, sie versaute es, kriegte es mit der Angst, und ich mußte hinter ihr aufwischen. Aber irgendwann hat sie es dann doch geschafft und sich einen an Land gezogen, der viermal so reich war wie ich, und weg war sie.«

»Eine Erleichterung?« fragte Mrs. Hapgood leise. Er sah wirklich krank und bleich aus, und obwohl seine Arme, die sie in der unerwarteten Umarmung umfangen hatten, kräftig waren, fühlten sie sich an wie dünne Taue.

»Allerdings, obwohl das Ende der Gipfel an Schäbigkeit war. Anwälte mit Listen: Dieser Stuhl gehört mir, der Tisch gehört dir. Ich habe ihr selbstverständlich alles überlassen, das hatte ich sowieso vorgehabt, sonst hätte ich alles auf die Straße geworfen. Können Sie sich vorstellen, daß Menschen sich um Kleinkram rangeln, wenn sie sich scheiden lassen? Als wollten sie sich am Leichengeruch festhalten. Ich zog ins Connaught. Sie kam nicht einmal in die Nähe, das Connaught ist für sie so etwas wie eine Seniorenherberge. Herrlich, in einem Hotelzimmer zu wohnen, das einem nichts bedeutet, einem nicht ähnelt, niemand anders ähnelt. Dann ging ich ins Krankenhaus. Zurück ins Hotel. Dann hierher. Sauber wie der Blitz, frei wie ein Vogel.«

»Da kommen die Gallensteine her, nicht wahr, die sich nicht entfernen lassen?« fragte Mrs. Hapgood. Jede Frage war indiskret und, schlimmer vielleicht, unfreundlich. Aber sie mußte es wissen, für sich.

»Was? Von meiner Frau? Von meinen zehn Jahren mit einer wohlerzogenen Nymphomanin? Der schicken kommerziellen Scheidung? Vielleicht. Teilweise. Obwohl mich nur der Stil dieser Scheidung getroffen hat, sie selbst habe ich gewiß nicht bedauert. Nein, es muß viel mehr sein als Molly und älter und wichtiger für mich. Sonst hätten sie sich doch inzwischen aufgelöst?«

»Ich weiß nicht. Ich weiß gar nichts.«

»Schon gut, ich auch nicht. Ich mißbrauche Sie, Faith, das ist so abstoßend, als würde man sich in jemandes Schoß übergeben.«

»Aber nein«, rief Mrs. Hapgood, »reden Sie nicht so, das haben wir doch bisher auch nicht getan. Fangen wir gar nicht erst damit an.«

»Gut.« Er nahm ihr die Flasche ab, sah genau auf ihre Hand und küßte sie. »Gut. Einverstanden. Bekommen Sie einen kalten Hintern? Sollen wir zum Tee nach Azay-le-Rideau fahren? Das Château ist ein Traum. Eigentlich das Werk einer Frau, obwohl es offiziell ihrem Mann zugeschrieben wird. Ich habe nie herausfinden können, ob sie darin glücklich war, aber die Geschichte läßt ja auch immer das Wichtigste aus.«

Er war nach Paris geflogen und hatte die Bahn nach Tours genommen, sie würden also mit Mrs. Hapgoods Lancia fahren. Er bestand darauf zu fahren, da es seinen männlichen Stolz verletzt hätte, von einer Frau chauffiert zu werden, und außerdem führen neun von zehn Männern besser als Frauen. Mrs. Hapgood fand es köstlich, so behandelt zu werden, sie war nur zu bereit, Kompetenz und

Steuer abzugeben. Robert fuhr nicht gern, also fuhr sie ihn, wie üblich stolz auf ihre Tüchtigkeit.

Sie sprachen nicht auf der schmalen Landstraße, sie betrachteten die grüne Welt, und Mrs. Hapgood staunte über dieses entspannte Schweigen. Selbst allein mit Robert hatte es auf ihren gelegentlichen Ausflügen Gespräche gegeben oder besser kleine Redeblasen. »Sieh dir das an! Ach, wie hübsch! Ich glaube, es ist die nächste rechts. Nein, jetzt noch über dreißig Kilometer. Meine Güte, wie die fahren, diese Ausländer ...« Kontaktgeplauder, mühelos, aber unentwegt, um was abzuwehren? Stille, entspannt, aber leer? Sie war die Hauptquelle des Geplauders. Hatte sie mit ihren kleinen Schwätzchen, mit denen sie Robert Antworten abluchste, jede Fahrt verdorben, Glanz mit Banalitäten weggewischt, Ruhe verhindert, Gefühlen die Chance zum Wachsen verwehrt? Sie trug immer die Verantwortung, das war es, sie hielt immer irgend etwas am Laufen. Was für eine schreckliche Frau, sie hätte sich verachtet, wenn sie sich begegnet wäre. Roberts Höflichkeit war wohl wie Betonstahl, etwas, das er als Rüstung benutzte. Er war bestimmt oft halb verrückt geworden vor Langeweile. Er hätte sie anschreien sollen, sie schlagen sollen, ihr befehlen sollen, nicht immer die perfekte Ehefrau zu sein, sondern eine Frau zu werden.

Mrs. Hapgood schauderte.

»Was ist?« fragte Philip Naisby, ohne den Blick von der Straße zu wenden.

»Ich habe über mich nachgedacht.«

»So abscheulich können Sie unmöglich sein.«

»Sie wissen ja gar nichts über mich.«

»Nicht über Ihr Leben, das will ich, glaube ich, auch nicht. Ich weiß, das ist idiotisch, aber ich könnte einfach nicht umhin, auf den Mann eifersüchtig zu sein, der Sie unglücklich gemacht hat.«

»Woher wissen Sie, daß es sich um einen Mann handelt?«

Schnell wandte er den Kopf und lächelte sie an. »Sie überraschen mich wirklich. Was Sie so von sich geben. Sie glauben doch nicht im Ernst, ich würde annehmen, daß Sie über den Kalten Krieg verzweifeln? Woher ich weiß, daß es sich um einen Mann handelt? Weil Sie ausgesprochen Frau sind. Was sollte es sonst sein?«

»Sie wissen nichts über mich«, wiederholte sie.

»Einspruch. Ich weiß, wie Sie jetzt sind, und auch wenn Sie, wie Sie sagen, Ihr Äußeres innerhalb einer Woche verändert haben, ist das mit dem Inneren niemals so zu schaffen. Und Sie sind nicht abscheulich.«

»Jetzt?« fragte sie dumpf. »Aber wie bin ich denn?« Sie wußte es nicht. Ihr ging erst allmählich auf, wie sie gewesen war und offenbar immer noch war, denn die Seele konnte man doch in der Tat nicht wie Haare färben.

»Rührend sind Sie. Und fürchterlich verletzt und einsam, und die Ausbildung zum losen Mädchen werden Sie nie abschließen, und Sie haben keine Ahnung, was für ein faszinierendes Gesicht Sie haben. Dieses wunderbare französische Make-up, so weich und verführerisch und abgeklärt, über das alles, was Sie denken und fühlen, wie der Blitz herüberhuscht, als wären Sie fünfzehn und zum ersten Mal allein unterwegs.«

Mrs. Hapgood wandte sich ab und starrte auf die tiefgrüne Schleife des Indre. Er hatte Mitleid mit ihr. Zu mehr brachte sie es nicht, trotz Lidschatten, Push-up-BH und kastanienbrauner Mähne.

»Hören Sie, Faith. Wenn es nach mir ginge, würde ich auf die Bremse treten, die Straße blockieren und Sie küssen. Das tue ich bloß nicht, weil es zu früh ist. Sie würden mir nicht glauben.«

»Nein.«

»Gut, abwarten. Und schaudern Sie nicht wieder und hören Sie auf, sich so zuzusetzen. Wir sind fast da.«

Arm in Arm liefen sie über die kleine Holzbrücke, und vor ihnen tauchte das Château auf, sonnenwarmer Stein, fragil, feminin, für die Ewigkeit gebaut und ein heiteres Gemüt. Nahebei lauschte ein deutsches Pärchen andächtig einer kastenförmigen Maschine, die sie über die Geschichte des Schlosses aufklärte.

»Für hundert Francs«, sagte Philip Naisby, »alle wesentlichen Fakten in allen Sprachen außer Japanisch. Und ohne einen Führer, ohne die Meute, kommt man nicht hinein, also kommen wir nicht hinein. Aber das beste sind sowieso die Schmuckfenster und die Treppen dahinter. Und der Blick von überall her.«

Er führte sie an der Hand über den Kiesweg zu einer Bank unter einer gewaltigen Rotbuche. Mrs. Hapgood seufzte, sie fand keine Worte für diese Wonne. Das Château sah von jeder Seite anders aus, und drumherum floß ein schmaler, sanft mit Gras bedeckter Fluß. Die große Edelfrau, die diese Schönheit erschaffen hatte, mußte auch die Bäume gepflanzt haben, so alt waren sie, so behutsam plaziert. Aber dies ist Frieden, dachte Mrs. Hapgood, von Dankbarkeit erfüllt zu sein, vollkommen ausgefüllt, ohne Raum für irgend etwas anderes.

»Philip«, sagte sie, »danke.« Und da sah sie sein Gesicht, starr vor Traurigkeit.

»Es will mir einfach nicht in den Kopf«, sagte er. »Man kann hinfahren, wo man will in Europa, und wunderschöne Häuser finden, es würde ein ganzes Leben kosten, sie alle zu sehen, keins ist wie das andere, alle haben ihre eigene Aura. Und was machen wir? Heutzutage ist man ein Genie, wenn man eine neue Methode erfindet, Chrom oder Bronze auf einen der endlosen Beton-Glas-Blöcke zu pfropfen. Ich bin ein erfolgreicher Architekt, Faith. Wir ruinieren das Antlitz der Welt, und die Welt sieht allmählich überall gleich aus, und die Menschen sind zufrieden mit unserer Arbeit und zahlen uns hohe Summen, statt uns an Laternenpfählen aufzuknüpfen. Unser Verstand besteht bestimmt aus kleinen Plastikschnecken.«

Sie konnte ihn nicht aufheitern, denn auch sie verabscheute diese hoch aufragenden Wabentürme, die sich über der Londoner Skyline erhoben.

»Das ist unsere Zeit«, sagte Mrs. Hapgood. »Zu viele Menschen, alles kostet so viel, wird schneller, automatischer.«

»Meine einzige Hoffnung ist, daß alles, was wir bauen, in sich zusammenfällt, was wahrscheinlich auch geschehen wird, einfach weil es so schäbig ist. Und daß es irgendwann wieder eine Menschheit mit echtem Verstand gibt, deren Bauten schön und langlebig sind.«

»Hassen Sie Ihre Arbeit, Philip?«

»Ich war sehr ehrgeizig in jungen Jahren. Ich habe in meinem Leben nur gearbeitet und im Krieg eine Reihe höllisch lauter Maschinengewehre befehligt. Ich bin fast neunundvierzig. Wenn ich nicht einem nuklearen Holocaust zum Opfer falle oder von einem Bus überfahren werde, lebe ich voraussichtlich noch zwanzig Jahre. Irgend etwas muß ich machen, und etwas anderes fällt mir nicht ein. Die Meisterwerke der Toten zu kopieren würde mir gefallen, wenn irgend jemand das wünschte oder gebrauchen könnte. Aber Sie wissen, auch das haut nicht hin. All unseren Mitteln und Methoden zum Trotz sehen auch die Kopien schäbig aus. Das muß von innen kommen.«

Ich bin älter als er, dachte Mrs. Hapgood und spürte, wie es ihr heiß den Nacken hinauflief, als hätte man sie bei einem beschämenden Diebstahl erwischt. Es war fürchterlich, sie hatte darüber gelesen: die ungebundene Frau, die auf Beutezug den jüngeren Mann erjagt. Sie hatte nicht gejagt, das traf nicht zu.

»Es muß eine Lösung geben«, murmelte Mrs. Hapgood und wußte nicht recht, ob für sie beide oder die moderne Architektur.

»Ja, vielleicht. Nur, wenn es eine gäbe, wäre doch wohl inzwischen jemand darauf gekommen, oder? Kommen Sie, meine Schöne, wir gehen ums andere Ende herum und dann zum Tee.«

Als sie nach Varincourt zurückkehrten, hatte der Himmel die Farbe von Wassersaphiren und war von einigen frischen Diamantsternen besetzt. »Philip, das war ein schöner Tag«, sagte Mrs. Hapgood an der Tür. »Wirklich. Es war tatsächlich eine Erleuchtung.«

»Wann kommen Sie zum Essen herunter?«

»Gar nicht. Ich esse oben in meinem Salon.«

»Ach«, sagte er gekränkt, »zuviel des Guten? Angst, es könnte sich zu lange hinziehen?«

»Nein. Bitte machen Sie nicht so ein Gesicht. Es ist nur so, daß ich Spaß ernst nehme, ich will üben. Verstehen Sie, mein Salon ist absurd, ich habe noch nie in einem solchen

Ambiente gewohnt, Brokat und Satin und Rosenholz, Gold, Mahagoni und weiß der Himmel was noch alles. Und ich habe mich vor einigen Tagen mit Negligés eingedeckt: fünf Stück. Ich dachte mir, es wäre bestimmt ein Spaß, eins anzuziehen, in diesem verrückten Zimmer zu speisen und mir den Tag zu vergegenwärtigen.«

»Meine liebe Faith«, sagte er. »Tun Sie das. Gönnen Sie sich den Spaß. Welche Farbe hat das Negligé?«

»Heute abend Gelb. Passend zu den Vorhängen.«

Er lachte. »Sehen wir uns dann morgen früh? Um zehn auf der Terrasse? Wenn es nicht zu früh ist.«

»Um zehn. Schlafen Sie gut, Philip.«

Das gelbe Negligé sah nicht nach einer ausgehaltenen Wasserstoffblondine aus. Es war appetitlich, wie Philip sagen würde. Mrs. Hapgood trank einen großen Martini, machte es sich auf der Chaiselongue bequem und las *Le Retour de Chéri*. Colettes Romane könnten, umgeschrieben und übersetzt für den privaten Gebrauch, als Lehrbücher durchgehen. Das Essen schmeckte Mrs. Hapgood, und sie war erleichtert über dieses Signal der Genesung. Sie nahm ihr Weinglas mit zur Chaiselongue und zählte sich den Tag noch einmal auf, als würde sie den Rosenkranz beten. Sie war sogar müde, ging ohne Schlafmittel ins Bett mit dem Gefühl, begehrenswert zu sein, und würde sich nun einrollen und schlummern wie ein Baby.

Sie mußte eingeschlafen sein und wurde von einem Traum geweckt, der aber nicht wie ein Traum wirkte, sondern eher an jenen schrecklichen Augenblick in einem Weihnachtsspiel erinnerte, in dem das Ungeheuer oder die Hexe grinsend aus dem schwefelgelben Nebel taucht. »Nein!« sagte sie laut, »nein!« Sie machte das Licht an und rannte ins Bad, wo das Fläschchen mit den roten Pillen neben dem anderen Fläschchen mit schwarzen und grünen Pillen stand. Sie hatte keine Ahnung, ob die sich vertrugen oder wie viele gefährlich waren, und es war ihr egal. Sie mußte schlafen, und zwar schnell. Hätte sie einen Arzt um eine Spritze bitten können, die sie wie einen Stier fällte, sie hätte es getan. Noch einmal hielt sie das nicht aus.

Die Hände in die Seite gegraben, dachte sie, es kann nicht lange dauern, die Tabletten wirken gleich.

Es war später Nachmittag, halb sechs vielleicht, als das Dienstmädchen Gertrude ihr mit erschrockener Miene mitteilte, da sei ein Gespräch für Madam aus Connecticut. Über den großen Teich wandte sich Caroline mit von Schluckauf unterbrochener, tränenerstickter Stimme in größter Not an Mummy. Baby Jimmy habe unfaßbares Fieber, irgend etwas Unaussprechliches, sie wisse nicht genau, 103 oder 104, sie hätten ihn ins Krankenhaus gebracht, und da liege er jetzt ganz allein in einem Gitterbettchen, klein und dunkelrot und so schwer atmend, daß man gar nicht hinhören könne, und vielleicht sei es Kinderlähmung. Die Ärzte wüßten es nicht. »Mummy, Mummy«, hatte die entsetzte Stimme über die unendliche Entfernung gefleht. Mummy machte alles wieder gut, Mummy kümmerte sich drum, auf Mummy konnte man sich verlassen, aber einem neun Monate alten, Tausende von Meilen entfernten Säugling das Leben retten konnte sie nun doch nicht.

Mrs. Hapgood kontrollierte ihre Stimme mit eiserner Disziplin, sie beschwichtigte, sie erklärte, Säuglinge bekämen häufig unerwartet bedeutungsloses Fieber, auch Caroline habe das gehabt, auch Jonathan. Caroline solle den Ärzten vertrauen, die seien in Amerika doch bekanntermaßen hervorragend, Bill sei bei ihr, sie solle etwas trinken – ein bißchen Brandy – und etwas essen und sich dann ausruhen, Bill werde bei ihr bleiben, die Oberin finde schon ein Plätzchen, sie dürfe sich jetzt nicht Panik und Verzweiflung überlassen, es werde bestimmt alles wieder gut, da sei sich Mummy sicher. Die weinende junge Frau beruhigte sich tatsächlich, sie dankte ihrer Mutter, Mrs. Hapgood fragte nach der Telefonnummer des Krankenhauses und sagte, sie werde in ein paar Stunden noch einmal anrufen und dann hoffentlich gute Nachrichten empfangen. Mit zitternden Händen legte Mrs. Hapgood auf. Sie mußte Robert sprechen, sie brauchte Robert, er würde ihr sagen, was zu tun war. Vielleicht sollte sie noch heute abend nach New York fliegen.

Es war Roberts Bridge-Nachmittag im Club. Mrs. Hapgood hatte ihn dort noch nie gestört. Männer gingen in Clubs, damit sie von ihren Frauen nicht gestört wurden. Sie rief im Club an. Der Portier sagte, Mr. Hapgood sei nicht da. Ob er schon wieder gegangen sei? Nein, er sei überhaupt nicht dagewesen. Robert hatte ein kleines Büro in der Nähe des Britischen Museums, mehr als Vorwand, wie sie beide wußten, um nicht zu Hause sein zu müssen. Ein Mann, der sein ganzes Leben zur Arbeit gegangen war, fühlte sich verloren und alt und einsam, wenn er den ganzen Tag zu Hause hockte. Robert schrieb eine Monographie über römische Ruinen, im Büro hatte er seine Unterlagen. Sie rief dort an, ohne Erfolg. Aufgelöst telefonierte sie seine Freunde ab, er könnte ja aus irgendeinem Grund von seiner Gewohnheit abgewichen sein, war bei einem von ihnen, oder sie wußten, wo er zu finden war. Sie versuchte es bei vieren, keiner von ihnen hatte ihn gesehen, keiner hatte eine Ahnung, wo er sein könnte. Sie antworteten seltsam, verwirrt und beharrten gegen alle Vernunft, Robert sei in seinem Club, der Portier sei ein ausgemachter Trottel.

Sie fühlte sich heiß und klebrig. Sie nahm ein Bad und zog sich schon mal zum Essen um – sie zogen sich jeden Abend um, eine Reaktion auf die maroden Kriegsjahre. Sie konnte weder lesen noch denken, sie rauchte, und schließlich kam Robert pünktlich, er war immer auf die Minute pünktlich, um Viertel nach sieben nach Hause.

Sie lief die Treppe vom Wohnzimmer herunter.

»Robert! Ach Robert, wo warst du? Ich habe im Club …«

»Mein Schatz, was ist los? Ich hätte es dir sagen sollen, ich habe es einfach vergessen. Ich habe dem alten John Withers versprochen, heute nachmittag vorbeizuschauen, es geht ihm nicht gut, der Arme, und er ist ziemlich niedergeschlagen.«

Sie hatte John Withers angerufen, sie hatte mit ihm gesprochen, es ging ihm blendend, und er hatte ihren Mann weder gesehen noch erwartet. So schnell ging es, so schnell, als hätte Robert ihr mit einer Kleinkaliberpistole zwischen die Augen geschossen und ein kaum sichtbares Loch hinterlassen, ohne Blut; die Kugel steckte im Gehirn. Sie wurde bleich und stolperte gegen den Flurtisch.

Robert fing sie auf. »Faith, was ist? Was ist passiert?«

»Caroline«, sagte sie. Sie fühlte sich ruhig und ziemlich tot. »Sie hat aus Greenwich angerufen, der Kleine ist furchtbar krank, man vermutet Kinderlähmung, sie war ganz außer sich. Meinst du, ich sollte heute nacht nach New York fliegen?«

»Ach, mein Liebes«, sagte Robert. »Wie furchtbar für dich, wann hast du das erfahren? Halb sechs? Und die ganze Zeit allein, ohne zu wissen, wo du mich erreichen kannst. Die arme kleine Caroline. Nein, nicht heute nacht, wir rufen in etwa einer Stunde an, hören, was passiert ist, und entscheiden dann. Wenn du morgen früh fliegst, bist du immer noch am Morgen da, wegen der Zeitverschiebung. Komm mit nach oben und trink was. Du siehst ja schon selber ganz krank aus.«

Er machte ihr einen ordentlichen Martini, küßte sie auf die Stirn, sagte, es könne keine Kinderlähmung sein, ganz unmöglich, das Kind sei doch wohl geimpft. Es sei einfach so ein entsetzliches Fieber, wie Säuglinge es zuweilen bekamen. Weißt du noch, Jonathan? Und Caroline? Ob sie ihn einen Augenblick entschuldigen könne, er wolle sich rasch umziehen. Er war immer in einer Viertelstunde umgezogen, alles tat er effizient und gewissenhaft. Er war gut organisiert.

Als er zurückkam, starrte seine Frau ins Kaminfeuer, so hatte er sie noch nie gesehen. Solange er sich erinnern konnte, war sie unerschütterlich gewesen, privat wie in der Öffentlichkeit. Vielleicht war sie jetzt so aufgewühlt, weil sie nichts tun konnte. Faith war eine, die stets zur Tat schritt.

Beim Abendessen sprachen sie kaum, Robert hatte das Gefühl, Plauderei würde nur an ihren Nerven zerren, und es sei müßig, sich weiter über die Salk-Impfung auszulassen, und wie überängstlich Caroline bekanntlich sei. Mrs. Hapgood entschuldigte sich, sie werde im Wohnzimmer auf den Kaffee warten, der Essensgeruch bekomme ihr gar nicht. Robert stand auf und öffnete ihr die Tür; nie blieb er die geringste Höflichkeitsgeste schuldig. Es war wohl das beste, ihr ein wenig Zeit zu geben, so aufgelöst wollte sie bestimmt nicht gesehen werden, sie hatte ihren Stolz. Welch ärgerlicher Zufall, daß dies ausgerechnet am Dienstag passieren mußte, wo er wie immer bei Paula gewesen war. Wie schrecklich für Faith, so lange mit dieser Sorge allein zu sein.

Er dankte Gott dafür, daß nicht Faith so beängstigend, ja vielleicht todkrank war. Faith war sein Fundament, allerdings hatte er nie ganz begriffen, was er ihr dafür bot. Einer gewöhnlichen Frau wäre mit der üblichen Gegenleistung gedient: einem schönen Haus, viel Geld, netten Kindern, einem freundlichen Ehemann. Faith wäre in einem Slum dieselbe gewesen wie jetzt, sie brauchte das Geld nur, um ihm das Leben angenehmer zu machen. Sie liebte ihre Kinder, aber er wußte, er kam an erster Stelle. Sollte er hier unten auf einem Chippendale-Stuhl ausharren oder nach oben laufen und sie in die Arme nehmen? Was sollte er seiner Frau geben, die jetzt doch einmal Hilfe brauchte?

Sie saß wieder vor dem Kamin. Gertrude brachte das Kaffeetablett, murmelte gute Nacht und zog sich über knarzende Dielen in den Keller zurück. Das Dienstmädchen Gertrude und die Köchin Sarah waren als einzige vom Krieg übriggeblieben, aber mit diesem beschränkten Personal hielt Faith nach Umschichtung der Aufgaben das große Haus in ungetrübter Ordnung und dirigierte den Alltag so, daß er ebenso geregelt verlief wie in seiner Jugend. Paula hatte am laufenden Band zermürbenden Ärger mit Bediensteten, mit Händlern, mit ihrer Bank und ihrem Auto; sie befand sich in der Dauerkrise. Für Faith tat er nichts, weil Faith für sie beide handelte, aber Paulas Probleme packte er an, und er beschwichtigte die süße Klette, bei ihr war er der Mann, der alles im Griff hatte. Faith war zu klug für diesen weiblichen Unsinn.

Erschrockener, als er sich eingestehen mochte, von der prekären Atmosphäre in diesem Haus, in dem sonst alles nach Plan lief, sagte er: »Gott sei Dank geht es dir gut.«

Faith löste ihren Blick von den kleinen Holzscheiten im Kamin. Langsam wandte sie den Kopf und sah ihn an. Ihre Augen machten ihm angst, sie waren fast schwarz und eisesstarr. Vierundzwanzig Jahre lang hatte sie ihn mit unbeirrbarer Zuneigung angesehen.

»Du gehst dienstags nie in deinen Club«, sagte Faith.

Er setzte sich schnell in den tiefen Sessel ihr gegenüber.

»Und donnerstags hast du auch keinen Männerabend, und du fährst auch nicht allein auf Geschäftsreise oder Exkursionen.«

Ihre Stimme war so kalt und unpersönlich wie die eines Richters bei der Verkündung: Das Urteil lautete einstimmig auf Todesstrafe.

»Und das geht so seit Beginn unserer Ehe, die ganze Zeit ist es so gewesen.«

»Faith«, hob er an. Es war sinnlos, sie zu belügen, außerdem hatte er darin keine Übung. Da sie nicht log, konnte er darauf zählen, daß sie ihm keine Unwahrheiten unterstellte. Was konnte er sagen, das sie verstehen und sie nicht unerträglich verletzen würde? Die Wahrheit war ziemlich einfach: Er war ein sinnenfroher Mann mit

Appetit auf kleine, triebhafte Frauen. Sieben Tage die Woche, Jahr für Jahr wären sie die Hölle, durch diese Hölle war er einmal gegangen. Er war nicht aus einem Guß, wenige Männer waren das. Vielleicht war er ordentlicher als die meisten Männer, die sich ihr Vergnügen holten, wie es sich gerade bot. Er konnte nicht zu Faith sagen, ich liebe dich mehr als alle Frauen auf der Welt, Sex interessiert dich jedoch nicht besonders, mich aber, und ob das nun eine schmutzige Krankheit ist oder ein normaler Drang, ich kenne mich und habe mich damit ausgesöhnt. Diskrete, regelmäßige Untreue, das brauche ich. Bäumchen wechsel dich war nicht sein Fall, schon gar nicht mit dem Risiko, daß eine verprellte Frau einen Skandal verursachte. Paula gab es seit sieben Jahren, inzwischen eher als wirre Widrigkeit einer Zweitfrau denn als Geliebte, aber sie war leidenschaftlich und ihm zur Fleischesgewohnheit geworden. Wie konnte er Faith so etwas erklären? Wenn er doch wußte, daß Faith sein ganzes Leben war, wie konnte er dann sagen, das reiche nicht aus?

Es gab keine anständige Entschuldigung, und es war grotesk, sich zu entschuldigen oder um Verzeihung zu bitten. Nach vierundzwanzig Jahren um eine zweite Chance zu bitten ist erbärmlich. Und hätte Gott nicht interveniert, indem er Carolines Baby am Dienstag mit Fieber heimsuchte, Faith hätte es nie erfahren. Sie wären bis zum Tod zusammengeblieben, zur beiderseitigen vollkommenen Zufriedenheit, wenn auch auf unterschiedliche Weise und aus unterschiedlichen Gründen.

Er konnte nicht aufblicken. Schweigend betrachtete er seine Hände, die sich öffneten und wieder schlossen.

»Würdest du jetzt bitte den Anruf nach Greenwich anmelden?« sagte Mrs. Hapgood.

Er war froh, sich mit dem Rücken zu ihr an den Ecktisch setzen zu können. Er war zu erschüttert von der plötzlichen Katastrophe, um nachdenken zu können; an Plötzlichkeit war er nicht gewöhnt. Binnen Minuten wurde er verbunden. Er sprach mit Caroline, die noch immer weinte, diesmal jedoch vor Erleichterung. Mrs. Hapgood sprach mit Caroline. Das Fieber war gesunken, die Ärzte waren überzeugt, es handle sich nicht um Kinderlähmung, sondern um einen Virus, es gab so viele Viren. Bill war ein Engel, ohne Bill hätte sie das Ganze nicht durchgestanden. Mrs. Hapgood wünschte den dreien alles Gute und noch mehr Zuversicht und versprach, am nächsten Morgen wieder anzurufen, dann wolle sie hören, daß Caroline ein bißchen Schlaf gefunden hatte.

Mrs. Hapgood legte auf, erhob sich und verließ das Zimmer. Robert Hapgood blieb niedergeschmettert am Kamin zurück. Er schenkte sich einen Kaffee ein, inzwischen lauwarm. Es muß sich wieder einrenken, dachte er dumpf, es muß einfach, morgen früh rede ich mit ihr. Er hatte die ganze Nacht, um die Worte zu finden, die Faith zum Bleiben bewegen würden. Er durfte sie nicht verlieren. Er war nicht imstande gewesen, nur mit ihr zu leben, aber ohne sie konnte er gar nicht leben. Das mußte sie verstehen, Frauen verstanden so etwas. Es ist doch nur Sex, dachte er, das muß ich ihr begreiflich machen. Es hat doch nichts mit ihr zu tun.

Hinter der verschlossenen Tür ihres Schlafzimmers blickte Mrs. Hapgood auf die Trümmer ihres Lebens. Lügen, dachte sie, auf einer Lüge gebaut, eine Lüge gelebt, der einzige Mann, den ich je geliebt habe, ist ein Lügner, und ich habe mich mein ganzes Erwachsenenleben lang vorführen lassen. Die Vergangenheit ausgelöscht, es gab nichts mehr, an das man glauben konnte. Ihr Lebenssinn hatte nie existiert. Robert mußte sie als Dummkopf erschienen sein, allen anderen als Witz. Sie hatte sich eingebildet, auf einzigartige Weise geliebt zu werden und von Freunden umgeben zu sein. Sie war als Haushaltsesel benutzt worden und von Verschwörern umgeben gewesen.

Die Kugel in ihrem Kopf löste sich oder fing an zu wandern, Schock verwandelte sich in brennenden Schmerz. Jahr um Jahr und das von Anfang an, gleich nach den Flitterwochen, hatte er anderen Frauen gegeben, was er ihr allein versprochen hatte. Nichts war allein ihrs gewesen. Sie hatte in einem isolierten, selbstgemachten Traum gelebt, während Robert seine Geheimnisse für sich behielt, ihre kindischen Phantasien schürte und log und log und log. Was für ein Mann konnte eine Frau so behandeln? Den Blinden zu berauben, ist das niederste Verbrechen.

Zweimal die Woche und noch all die anderen Gelegenheiten, die Geschäftsreisen, die Archäologie – aber natürlich, Archäologie! Führt man reizende Damen an staubige Plätze und bittet sie, auf einer Schubkarre zu verweilen, solange man Dreck sieht? Man führt sie in Luxushotels und schickt der Ehefrau eine Postkarte oder Nachricht, man mache gerade Zwischenstation in Rom, Athen oder Istanbul, und wundere dich nicht, wenn ich nicht schreibe, in der Wildnis gibt es keine Post. Ging er an seinen Dienstagen und Donnerstagen zu ihnen und keuchte vor Verlangen, und war er in den Tagen dazwischen so ruhig, so zuvorkommend, so freundlich, weil sie ihm gleichgültig war?

Sie störte ihn ja kaum, sie zählte nicht. Wer zweimal wöchentlich der Leidenschaft des Körpers und des Herzens nachgeht, freut sich zwischendurch über ein bißchen Ruhe. Was machten sie miteinander, wie redeten sie, wie sahen die Frauen aus, und wie war Robert mit ihnen, dieser Fremde, den sie zu kennen geglaubt hatte wie sich selbst, in wen verwandelte er sich, was gab er ihnen, das er ihr gestohlen hatte?

Aber er hat mit mir geschlafen, auch mit mir, all die Jahre. Sie lief im Kreis und stieß dabei an Möbel, denn jetzt sah sie sich in seinen Armen, dankbar, still, befriedigt, und er so sanft. Gelangweilt, vielleicht angewidert bei der Pflichterfüllung. Die Niedertracht, die Verkommenheit. Wie konnte er, warum hatte er nicht besser gelogen, damit er sie gar nicht mehr anzufassen brauchte? Das hätte er ihr ersparen können. Er wollte sie nicht und gab ihr nur, was er für unbedingt nötig hielt, er wollte die anderen Leiber, ihnen gab er sich hin. Seine Pflicht, und ja, mit den Jahren mußte sie ihn immer mehr ermüdet und abgestoßen haben, denn er hatte gesagt – und sie hatte ihn liebevoll ausgelacht –, er werde älter. Die gemeinsamen Nächte waren immer seltener geworden.

Sie riß sich jetzt die Kleider herunter, ihre Haut war verpilzt, sie wurde von einem üblen Geruch erstickt, all die Leiber hatten sich an ihr abgerieben, die Geschmäcker und Gerüche, die Hände, die Lippen, die Schreie. Sie stürzte ins Bad, aber die Wanne zu füllen dauerte zu lange. Sie stand im Dampf und schrubbte sich grimmig mit der harten, langstieligen Bürste. Sie wusch sich die Haare mit Klauenhänden, Seife war in ihren Augen, ihrem Mund, es konnte gar nicht genug Seife sein. Tropfend und wild machte sie sich an die Zähne, putzte sie wieder und wieder. Im Badezimmerspiegel erblickte sie eine nackte Verrückte, die um Hals und Brust zerschrammt war. Sie drückte sich gegen das Porzellanbecken und weinte, es klang wie Würgen, und sie konnte nicht aufhören.

Sie war in ihrem Zimmer, zitternd in ein Handtuch gewickelt. Sie mußte Ruhe bewahren, denn irgendwo lauerten Gedanken, die sie als das Ende der Zurechnungsfähigkeit erkannte: Robert umbringen, sich selbst umbringen. Ruhig, sagte sie sich mit angehaltenem Atem. In dieser Stille hörte sie Geflüster, es kam vom Gesims, aus dem Schornstein, hinter der Kommode hervor. Sie fuhr herum, versuchte, die Laute zu sehen, kein Geflüster, keine Worte: Licht, eiszeitliches Gelächter. Mrs. Hapgood hielt sich die Ohren zu. Seit Jahren lachten sie sie aus, seit Jahren, und jetzt war es ihnen egal, sollte sie sie doch hören, sollte sie es ruhig wissen, Roberts Lachen war auch darunter, unter all den anderen.

Sie mußte das Bewußtsein verloren haben, ihr fehlte ein Stück Zeit. Nackt und durchgefroren lag sie auf dem Ehebett. Sie wälzte sich herunter, sie haßte das Bett, haßte alle Erinnerung, und sie wußte, was zu tun war. Weg. Weg hier, sofort. Robert nie wiedersehen, nie mehr seinen Lügen lauschen. Deutlich hörte sie Robert wie schon Tausende Male zuvor: Ich liebe dich. Die schamloseste aller Lügen. Obwohl sie klamm war vor Kälte, schaffte sie es, sich anzuziehen und Kleidung in einen Koffer zu werfen. Ihrem penibel geordneten Schreibtisch entnahm sie ihren Paß, die Wagenpapiere, Reiseschecks und den Barvorrat, der stets für Notfälle bereitlag, die bisher noch nicht eingetreten waren. Sie hatte sich an die Ordnung verschwendet, die sie für notwendig und erwünscht gehalten hatte. Diese Ordnung erleichterte ihr nun die Flucht.

Mrs. Hapgood öffnete die langen Chintzvorhänge und sah ein schwaches, graues Morgenlicht über dem Regent's Park. Die ganze Welt war schmutzig.

Philip Naisby lag bequem auf dem Rücken, Füße auf der Balustrade und sonnte sich. Als er Mrs. Hapgoods Schritte auf dem Marmorweg hörte, stand er auf. Mit ihren beiden Händen in seinen sah er zu ihr herunter. »Schlechte Nacht?«

Mrs. Hapgood nickte.

»Ja, verstehe. Sehr schlecht. Ich muß Sie irgendwie davon abbringen.«

»Wovon?«

»Sich selbst so zu zermartern. Nun, an diesem wunderschönen Tag heißt es: hinaus in die gesunde Natur. Wo sind Ihre Farben?«

»In meinem Zimmer.«

»Dann holen Sie sie schnell. Haben Sie genug Papier für uns beide? Ich besorge den Rest. Vielleicht sollten Sie sich noch etwas robuster anziehen, wir werden die meiste Zeit im Gras sitzen. In einer Viertelstunde am Auto.«

Eine Verkäuferin in Tours hatte sie überredet, eine enge grüne Hose anzuprobieren, Mrs. Hapgood war verblüfft gewesen, wie gut ihre Beine darin aussahen. Die frühere Mrs. Hapgood hatte nie Hosen getragen, das war ein bestechender Grund, es jetzt zu tun. Sie holte Farben, Pinsel und Zeichenblock und eilte unsicher zu Philip zurück. Sie mochte für ihn ja alles mögliche darstellen, nur einen Eindruck wollte sie nicht vermitteln, nämlich den einer alternden Frau, die versucht, jung aussehen.

Philip Naisby hatte gerade die Utensilien im Kofferraum verstaut, als er sich umdrehte und übers ganze Gesicht strahlte. »Sie haben ja keine Ahnung, was Sie sind. Eine Überraschung nach der anderen. Jetzt haben Sie sich in eine perfekte Beatnik-Dame verwandelt. Haben Sie davon auch fünf Stück?«

»Nein.«

»Dann holen wir sie. Steigen Sie ein, meine Liebe. Unsere Ausrüstung ist ziemlich improvisiert: Teller als Paletten, ein Milchkrug für das Wasser, Buttermesser als Palettenmesser und zwei Tabletts für unser Papier. Wir werden schon zurechtkommen. Sollen wir wieder nach Azay-le-Rideau fahren?«

Sie waren sich einig, daß man unter ihrer Rotbuche den besten Blick aufs Schloß hatte, zwei Blickwinkel und den Bach, außerdem war es dort geschützter. Sie breiteten sich auf dem Gras aus. Gouache-Tuben wurden aufgeschraubt, ausgedrückt, verlegt, gesucht, wo ist das Zitronengelb, haben Sie das Veronesegrün? Sie waren vollkommen vertieft. Sie vergaßen, daß sie spielten, zwei Erwachsene, die mit Pinseln Zeit füllten, um die gefürchtete Frage abzuwehren, was sie mit sich oder ihrem Leben anfangen sollten. Das Licht schwand, und die Luft kühlte bereits ab, als sie ihre Entwürfe austauschten, ohne sich darum zu scheren, wie schlecht sie waren; sie konnten den schönen Tag als klaren Gewinn verbuchen.

Auf dem Weg zurück nach Varincourt sagte Philip: »Ich möchte den Tag nicht wie gestern beenden. Ich möchte, daß Sie ein Negligé anziehen und mich zum Essen in ihren Salon einladen. Ich möchte Ihnen, wenn ich kann, eine weitere schlechte Nacht ersparen.«

Mrs. Hapgood dachte langsam darüber nach. Ohne ihn anzusehen, sagte sie: »Sie wollen also mit mir schlafen?«

»Ja, Faith, und wie. Ganz schrecklich.«

»Darin bin ich nicht gut«, sagte Mrs. Hapgood mit flacher, entschiedener Stimme.

»Woher wollen Sie das wissen?«

»Das hat man mir über einen langen Zeitraum klargemacht.«

»Ich möchte mich nicht als Autorität bezeichnen, weit gefehlt, aber mal rein theoretisch würde ich sagen, Menschen sind gut oder nicht gut darin, je nachdem, wie interessiert sie aneinander sind. Ich spreche nicht von Sportlern oder eingefleischten Exhibitionisten.«

»Ich weiß gar nichts, außer dem, was ich Ihnen gesagt habe. Ich bin« – Mrs. Hapgood holte tief Luft, um ihre Stimme zu festigen – »eine Niete im Bett.«

»Faith, erlauben Sie mir, zu Ihnen zu kommen. Sie können mich nach dem Essen rausschmeißen, wenn Sie wollen, ich werde kein Aufhebens machen. Ich habe nur noch ein Minimum an Eitelkeit übrig.«

Sie wollte ihn nicht abweisen, sie hätte ihm jede nur erdenkliche Freude gemacht. Aber dies war eine Frage des Mutes, und ihren hatte sie für immer verloren.

»Was trinken Sie vor dem Essen?« fragte Philip Naisby.

»Martini.«

»Ich bestelle ein Viertel auf ihr Zimmer und bin um acht da.«

So war es also, es sei denn, sie wollte ihm weh tun, und dieser Mann hielt ganz bestimmt Wort.

»Sie sind schön«, sagte Philip Naisby, als wäre er um eine Grundsatzentscheidung gebeten worden und habe sie hiermit gefällt. Das Geplauder der patenten Gastgeberin stand ihr nicht zur Verfügung, wütend mußte sie sich eingestehen, daß sie sich wie eine sechzehnjährige Jungfrau benahm, die demnächst verführt werden sollte.

»Ich verstehe, was Sie meinen mit dem Zimmer. Ein Nest, nicht wahr? Meins ist gravitätischer, Empire, mit viel kirschrotem Satin und Goldbienen. Bekomme ich etwas zu trinken?«

Mrs. Hapgood war erleichtert, sie hatte etwas zu tun, konnte ihre Hände gebrauchen und danach, wenn ihre Stimmbänder nicht gelähmt waren, fragen, ob der Martini kalt oder trocken genug sei.

»Sehen Sie mal, was ich mitgebracht habe.« Philip zeigte ihr ein kleines Transistorradio. »Wir können den Nachrichten aus der lustigen, verrückten Welt lauschen, um über Ihre Nervosität hinwegzukommen. Falls es hilft, bin ich auch gern bereit, Schnippschnapp oder Mau-Mau zu spielen.«

Mrs. Hapgood wurde bewußt, daß sie seit dem Abend in Hanover Terrace nicht an die weite Welt und ihre unermeßlichen Sorgen gedacht und nur einmal die Zeitung gelesen hatte, ohne das Gelesene in sich aufzunehmen. Ihr Zustand konnte nur mit Egomanie umschrieben werden. Lieber Gott im Himmel, dachte sie, man sollte meinen, ich befinde mich in einer Gefahr, die das Leben allgemein bedroht, oder sterbe an einer Krankheit, die sich ausbreiten und Tausende umbringen könnte. Für wen halte ich mich eigentlich? Einen Sonderfall, den ersten Sonderfall mit der Spezialermächtigung, Leiden als eigenes Metier zu beanspruchen?

»Schalten Sie es ein, Philip.«

Mit dem Rücken zu ihr drehte er emsig an den Knöpfen. Er mußte sein Gesicht verbergen, konnte aber nicht aufhören zu lächeln, vor Freude und Zärtlichkeit. Faith, die er auf etwas über vierzig schätzte, war jetzt so schüchtern, daß sie beinahe in Ohnmacht fiel, schreckstarr, beschämt ob dieser mädchenhaften Anwandlungen und gerade deswegen zutiefst anziehend. Vielleicht auch nur für ihn. Vielleicht mußte man von einem Flittchen geprägt sein, um von einer keuschen Frau derart gerührt zu sein.

Der Kellner klopfte, schob einen mit Silberhauben gespickten Tisch herein, verweilte, hüpfte herum wie im Kasperletheater und grinste die beiden anzüglich an. Wenn er könnte, dachte Philip gereizt, würde der Kerl noch das Brautbett segnen. Er wollte Faith nicht ins Bett locken, weil er Nachholbedarf hatte oder weil es lächerlich war, sich mit einer attraktiven Frau in Frankreich aufzuhalten und nicht mit ihr ins Bett zu gehen. Er wollte etwas zutiefst Bedeutendes, das er schon vor langer Zeit als für ihn unerreichbar abgeschrieben hatte.

»Sollen wir diesen Ivor Novello bitten, sich aus dem Staub zu machen, Faith?«

»Ja.«

Sie waren allein. Mrs. Hapgood hantierte mit der Kaffeekanne, und Philip Naisby fand – wofür er Gott dankte – im Radio Chopin. Wenn Chopin nicht weiterhalf, dann half gar nichts mehr. Worte waren in diesem Augenblick so gefährlich wie jede Regung eines Menschen mit gebrochenen Knochen.

Die wunderschöne Musik, die herabperlte wie einzelne Wassertropfen, bot einen Vorwand, sich zu verstecken; sie konte ihre Augen schließen. Leise löschte Philip Naisby das Licht, bis das Zimmer im Dämmer lag. Was ist nur mit mir, fragte sich Mrs. Hapgood. So scheu zu sein war neurotisch oder vielleicht die unvermeidliche Folge der Treue. Sie konnte sich den Liebesakt mit jemand anders als Robert nicht vorstellen, es versetzte sie schlicht in Panik. Philip fand sie bestimmt unzulänglich, er wäre enttäuscht, wenn auch gewiß nett und höflich. In ein, zwei Tagen würde er, um die Niederlage nicht zu wiederholen und der peinlichen Situation auszuweichen, weggehen. Das konnte man nicht unbedingt mit einem Sprung vom Matterhorn vergleichen, aber so fühlte sie sich. Aber warum? Angst war unerträglich, und die Gründe dafür nicht zu begreifen machte sie noch mal so stark. Möglicherweise war sie nicht ganz richtig im Kopf. Nicht wie andere Frauen. Anomal. Da konnte man gleich vom Matterhorn springen.

»Philip, gehen wir ins Bett?«

»Nein, mein Schatz. Du hast deinen Brandy noch nicht ausgetrunken. Komm her.« Er machte ihr Platz auf der Chaiselongue. »Rubinstein spielt, es wäre flegelhaft, einfach wegzulaufen.«

Sie tat wie geheißen und entspannte sich, als er den Arm um sie legte.

Eine Französin verkündete mit hoher Stimme: »*Vous avez écouté …*« Philip machte das Radio aus.

»Du schläfst ja halb, mein Schatz«, sagte er. »Geh ins Bett, ich komme dich zudecken.«

Er würde sie nicht nötigen, sich zu erklären oder unmögliche Entscheidungen zu fällen, er würde von sich aus gehen. Mrs. Hapgood zog sich schnell aus, kuschelte sich bis zum Kinn unter die sichere Decke und rief nach ihm.

Er kam sofort und setzte sich zu ihr. Etwas an seiner Miene bewog sie, seine Hand zu nehmen. Sie war kalt. Er zitterte. Konnte ein Mann genauso schüchtern sein wie sie, genauso unsicher? Sie kannte nur den forschen Jungen Mark und den versierten Mann Robert. Einen schüchternen Mann konnte sie mit ihrer Vorstellung von Sex nicht in Einklang bringen, und sofort deutete sie die kalte Hand und das Zittern als etwas anderes: Philip wollte sie nicht, er hatte sich in eine verhängnisvolle Lage manövriert und war jetzt völlig aufgeschmissen; er wollte sie dringend auf die Stirn küssen und verschwinden.

Der Zorn, der, wie sie geglaubt hatte, verraucht war, flammte gegen ihn auf, gegen Robert, gegen alle Männer. Sie würde sich nicht wie ein armseliges Wesen behandeln lassen, das gerade mal Zuneigung hervorrief. Überall auf der Welt lechzten Männer nach Frauen, sie war ebensogut wie andere Frauen, also sollten sie nach ihr lechzen. Auch sie hatte Bedürfnisse, Männer waren nicht die einzigen mit ihrem ewigen körperlichen Verlangen. Sie hatte eine andere Sehnsucht, und die würde man ihr nicht ausschlagen. Sie würde sie lehren, ihn und Robert und das ganze grausame Geschlecht. Sie würde bekommen, was sie wollte.

Sie streckte die Arme aus und zog Philip zu sich herab. Schnell schaffte sie es aus ihrem Nachthemd heraus. Er japste vor Verblüffung, vielleicht erst mal nur Verblüffung, aber sie hatte andere Pläne. *Vénus toute entière* – ihre Beute würde lernen. Der Zorn trieb sie an, nichts sonst zählte. Unbekannte und unerprobte Waffen wurden ihr von irgendwoher gegeben, und sie nutzte sie, hemmungslos. Sie wollte von einem Mann verschlungen werden, den sie zur Ekstase getrieben hatte. Und genau das geschah.

Sie lag ruhig da und weidete sich an ihrer Macht, während Philip wie von Drogen betäubt schlief. Ihre Wut war verschwunden, sie erinnerte sich kaum mehr an sie, denn sie hatte gewonnen. Robert war widerlegt worden. Sie war befreit von der tödlichen Vision ihrer selbst, von Roberts Vision: der tugendhaften Frau, einer Rolle, keiner Frau. Robert hatte eindeutig alles falsch verstanden, und er war ihr Lehrer gewesen, er hatte sie im Kindergarten gehalten, denn genau da wollte er sie haben, und sie war, feige oder selbstzufrieden, klaglos auf ewig in ihrer Vorschulklasse geblieben und hatte ihre wenigen Lektionen auswendig gelernt. Zu denen gehörte, daß sie sich jetzt vor Scham winden sollte, da sie sich derart liederlich aufgeführt hatte, und daß dieser schlafende Mann sie nicht mehr respektieren durfte. Wo kamen diese Anschauungen her? Sie hatte sie nicht erfunden. Sie wurden zweifellos von Kindergarten zu Kindergarten weitergereicht; wie viel freundlicher war es, Füße zu binden als Gefühle. Es war so unglaublich egal, ob Philip Naisby sie respektierte oder nicht. Menschen wie sie wurden mit Respekt, ihrem eigenen und dem anderer, zu Tode gewürgt. Und was die Scham anging, schämen tat sie sich für die frühere Mrs. Hapgood, eine blinde Kuh. Sie freundete sich allmählich mit der neuen Mrs. Hapgood an, die wie ein gesundes Tier ums Überleben kämpfte.

Ich muß schlafen, dachte Mrs. Hapgood. Ich muß morgen gut aussehen. Morgen würde sie wieder begehrt werden und morgen und morgen, wenn es nach ihr ging. Sie beabsichtigte, den Kindergarten zu verlassen und sich zumindest in die Grundschule versetzen zu lassen. Ich bin so gut wie andere Frauen, sagte sich Mrs. Hapgood, und der Triumph schmeckte sahnig.

Vor Morgengrauen weckte Philip sie. Später öffnete er die Vorhänge, ließ das erste Licht herein, kam wieder ins Bett und musterte ihr Gesicht.

»Wie konntest du behaupten, du wärst eine Niete im Bett? Du mußt deinen Mann verabscheut haben.«

Mrs. Hapgood schwieg.

»Vor bestimmten Wörtern habe ich Angst«, fuhr Philip fort. »Besonders vor dem Wort ›Liebe‹. So wie damit gespielt wird, ist es ziemlich verbraucht.«

»Genau, für mich auch.«

»Dann werde ich es also nicht sagen, mein Schatz. Ich werde es beweisen, wenn du mich läßt.«

Er wollte sich anziehen und in sein Zimmer huschen, bevor die Dienstmädchen kamen.

»Du möchtest doch nicht, daß das Gesinde dich heute morgen angrinst, oder? Und wenn ich bleibe, kann ich dich vielleicht nicht in Ruhe lassen.«

Sie schlief, als Philip die Tür zum Wohnzimmer schloß.

Das Telefon riß Mrs. Hapgood aus dem Schlaf, der jähe Laut bohrte sich in ihren Kopf wie Zahnschmerzen. Schon wieder Robert. Sie konnte nicht mit ihm sprechen. Es klingelte weiter. Verflucht und hinweg mit Robert, was wollte er von ihr? Die Klingel schrillte und schrillte. Sei's drum, Robert konnte ihr nichts mehr anhaben. Aus dem Hörer drang eine Stimme, die sie kaum wiedererkannte, Philips, vollkommen verändert. Aus ihm war ein aufdringlicher, junger verliebter Mann geworden.

»Faith, ich habe einen Plan. Kann ich zu dir kommen?«

»Noch nicht, mein Schatz, bitte. In einer halben Stunde.«

»Wie soll ich so lange warten? Na gut.«

Sie hatte es getan, Faith, die gute graue Stute, die verläßliche Ehefrau und Mutter, das Ausschußmitglied, sie hatte einen Mann in einer Nacht so verwandelt, daß er ganz neu klang.

Philip nahm sie in die Arme. »Schatz, sag ja. Versprich mir, daß du ja sagst.«

»Wozu denn, Philip?«

»Zu meinem Plan. Ich will, daß wir nach Tours fahren und den ganzen Tag Kleider kaufen. Noch viel mehr von deinen eleganten Beatnik-Sachen und mindestens ein Kleid, das du mit mir aussuchst und nur für mich trägst. Du kannst dir nicht vorstellen, wieviel mir das bedeutet. Als ich jung war, war ich zu arm und zu beschäftigt, um romantisch zu sein, jetzt mußt du mir das zugestehen. Und morgen fahren wir weg.«

»Warum? Wohin?«

»Damit wir in einem Zimmer wohnen können, darum. Ich will dich immer im Blick haben. Und wohin, zum Gorges du Tarn. In dem Teil Frankreichs war ich noch nie – du?«

»Nein.«

»Siehst du. Alles ein erstes Mal für uns beide. Ich habe nachgeguckt, es gibt dort ein Château mit noch einem Stern mehr als hier. Wir können es als Ausgangspunkt benutzen und von dort Ausflüge machen, es muß eine phantastische Landschaft sein.«

Sie dachte schnell nach. Ein einziges Zimmer war ein großes Risiko. Ihre Gedanken kreisten in gewohnten Bahnen: Mittel und Wege. Sie könnte vor ihm aufstehen und ins Bad schleichen, die gestrige Maske abschrubben und eine neue auftragen, wieder ins Bett schlüpfen und sich als künstliche Blume entdecken lassen. Während Philip sich rasierte, könnte sie sich in ihre formende Miederware zwängen. Zauber beruhte natürlich auf Abwesenheit, keine Wundergeliebte wußte die mehr zu schätzen als Ehefrauen. Man konnte nicht unendlich spielen, lügen, planen, irgendwann setzte der Überdruß ein. Aber ein paar Wochen …

»Ist gut.«

»Mein Schatz.«

»Gib mir Zeit fürs Frühstück.«

»Ich sag dem Hotel Bescheid.«

Philip bestand darauf, alle engen Hosen und weiten Pullover und das Kleid, das er ausgesucht hatte, zu bezahlen. Er sagte, sie sehe aus wie die *châtelaine* von Azay-le-Rideau; es war ein mittelalterliches Gewand. Mrs. Hapgood protestierte, sie war konsterniert, man nahm keine Geschenke von Männern an. Sofort sah sie ihren Irrtum ein und nahm ihren Protest zurück. Natürlich mußte Philip bezahlen, er mußte das Gefühl haben, daß sie von ihm abhängig war und ihm gewissermaßen gehörte, das wollte er. Einer Frau Kleidung zu kaufen bedeutete, sie zu einem Teil zu kaufen, aber ein Mann achtete doch auf seinen Besitz, oder nicht? Rechtschaffen und genau, hatte sie ihre Kleidung stets von ihrem geringen Einkommen bezahlt, es wäre doch unredlich gewesen, Roberts Geld für ihre persönlichen Bedürfnisse zu verschwenden. Sie beanstandete immer, wenn Robert zuviel für Weihnachts- oder Geburtstagsgeschenke ausgab. Ganz bestimmt überhäufte er andere Frauen mit Geschenken und suhlte sich in seiner Großzügigkeit, ihrer Sympathie, seinem Besitzanspruch.

Als sie sich in der Kabine des letzten Geschäfts umzog, staunte Mrs. Hapgood über sich selbst. Je betrügerischer sie wurde und je mehr sie es genoß, desto besser verstand sie Robert. Am Ende würde sie sich ganz und gar die Schuld an Roberts Untreue geben. Von wem konnte man verlangen, sein Leben ohne Einkehr oder Erholung mit einer Pfadfinderin zu teilen? Andererseits, dachte Mrs. Hapgood beim Haarekämmen, mochte sie Robert verstehen und daher vielleicht verzeihen, aber bestimmt nie wieder anfassen.

Dieses Château, hoch und bewehrt wie eine Festung, hatte die Farbe von gebranntem Lehm. Am Grund der Schlucht erbaut, bewachte es den schäumenden Fluß. Drinnen hatte es exquisite fünf Sterne. Philip hatte eine Suite gebucht, sie würden häufig allein zu Abend essen. Es gab ein Doppelbett. Philip erklärte, er habe schon immer die ganze Nacht mit einer geliebten Frau verbringen wollen, was wohl auch heißen sollte, daß Molly an einem solchen Arrangement nicht gelegen gewesen war. Mrs. Hapgood erwähnte nicht, daß Robert und sie, von Kriegszeiten abgesehen, in denen es nicht anders ging, getrennte Schlafzimmer gehabt hatten.

Sie grasten die Landschaft von Avignon bis Lascaux ab. Sie wurde auf Händen getragen und fragte sich, warum sie sich stets verpflichtet gefühlt hatte, alle Menschen zu schultern. Sie fühlte sich verhätschelt und verantwortungslos und wollte es gar nicht anders haben. Philip beanspruchte sie den ganzen Tag, die ganze Nacht. Sie brauchte nur in ihrem Körper zu leben, und sie wußte, nie mehr würde sie mit dem Bild ihres Körpers leben können, das

Robert ihr aufgezwungen hatte: unerwünscht, alternd, geschlechtslos, eine eheliche Last. Robert hatte sie nicht nur um Liebe und Zeit betrogen, er hatte ihre Identität zerstört. Jetzt gab Philip sie ihr zurück. Trotz Schminke und Schein – sie existierte als Frau in den Augen eines Mannes.

Es gab auch Schwierigkeiten: Nie im ungeschminkten Zustand gesehen zu werden erforderte eine Menge Konzentration und schnelle Schritte. Und Philip war unordentlich, sie verfluchte sich dafür, sich am wüsten Badezimmer zu stören, den in die Ecke geworfenen Kleidern, den außergewöhnlichen Fundorten ausgedrückter Zigaretten. Mrs. Hapgood fand schließlich zwei Wochen dieser Glückseligkeit das höchste der Gefühle. Danach brauchte sie wieder mehr Schlaf und mehr Zeit für sich mit einem gewaschenen Gesicht und einem ordentlichen Zimmer.

»Der erste graue Tag«, sagte Philip. Sie gingen eine Straße nahe Uzès hinunter. »Wir müssen darüber reden, was wird, Faith.«

Sie wartete.

»Ich möchte, daß du mich heiratest.«

Sie blieb stehen und küßte ihn. Vor ein paar Wochen hätte sie die Wahrheit gesagt, die ganze Wahrheit und nichts als die Wahrheit. Die Wahrheit war, daß sie genug Ehe für ein Leben hinter sich hatte. Ehefrau war ein Seelenzustand, eine Geistesverfassung, unabhängig von dem Mann, mit dem man verheiratet war. Philips Frau hätte ein anderes Leben als Roberts Frau, aber Ehefrau würde sie bleiben – wie das Maultier Friedrichs des Großen, das alle

Kriege mitmachte und doch ein Maultier blieb. Sie war es herzlich leid, Ehefrau zu sein. Philip sollte von der Wahrheit nicht gekränkt werden; sie hatte außerdem gelernt, daß Lügen gnädig sein konnten.

»Mein liebster Philip, wenn ich keine Kinder hätte.«

»Das habe ich schon befürchtet.« Er hatte gewußt, daß sie selbstlos als erstes an ihre Kinder denken würde. Auch wollte er ihr keine englische Scheidung aufzwingen, die ihm noch immer wie Dreck auf dem Gemüt lag. Wäre er jünger gewesen, er hätte für seinen Herzenswunsch gekämpft, so aber beugte er sich den Erfordernissen der Pflicht und des Alters. Eine andere Möglichkeit gab es nicht. Warum sollte er sie durch nutzloses Flehen unglücklich machen?

»Der Winter kommt, Philip. Du hast deine Arbeit, und ich kann nicht ewig in Châteaux wohnen. Wir müssen zurück.«

»Aber Faith, nicht wirklich, ich meine, wir trennen uns doch nicht? Das geht nicht. Das willst du doch nicht, oder?«

»Nein.«

»Na gut. Ich finde mich damit ab. Erzähle es deinem Mann oder auch nicht, wie du meinst, aber wir verbringen so viel Zeit miteinander, wie du uns einräumst.«

»Natürlich werde ich ihm von uns erzählen.«

Er würde sich in London eine Wohnung suchen, sie würde offiziell mit ihrem Mann zusammenleben, der Schein bliebe gewahrt. Da das alles war, was er kriegen konnte, würde er sich damit zufriedengeben und dankbar sein. Er wußte, Faith konnte er trauen. Wenn sie ihn liebte, würde sie sich niemals mit einem anderen teilen.

Mrs. Hapgood zählte nun die Stunden und wurde mit jeder Meile trauriger. Von dem Augenblick an, so rechnete sie schließlich aus, da er sich ihr im Garten an der Loire in die Sonne gestellt hatte, bis zu diesem Moment, in dem er ihr Gepäck vor die Haustür in Hanover Terrace stellte, kannte sie Philip Naisby siebzehn Tage und viereinhalb Stunden. Er winkte ein Taxi herbei, nahm die Koffer aus dem Lancia und fuhr davon. Sie drehte sich um, wollte hinterherlaufen und rufen: »Halt. Warte. Laß uns nach Frankreich zurückfahren. Es reicht noch nicht. Es reicht überhaupt noch nicht.«

Mrs. Hapgood klingelte. Robert war telegraphisch von ihrer Ankunft unterrichtet worden. Sie hatte ihre Hausschlüssel vor knapp einem Monat in ihrem Zimmer liegenlassen, weil sie sie nie wieder hatte benutzen wollen.

Im Telegramm stand: »Donnerstag nachmittag zurück.« Nachmittage waren lang und unbestimmt, irgendwo zwischen zwei und sechs. Mr. Hapgood war um zwei bereit, von Beruhigungsmitteln gestärkt. Er fürchtete sich vor den frostigen schwarzen Augen und der Richterstimme. Aber das war kindische Feigheit. Er verdiente seine Strafe, und obwohl sie die Hölle werden würde, nahm er sie jetzt schon an, genau das Maß und die Dauer, die Faith verhängte. Er würde es überleben, Hauptsache, er bekam Faith zurück.

Um halb drei begann er, in seinem Arbeitszimmer Patiencen zu legen. Wie eine Maschine legte er die Karten, spielte die richtigen Züge, gewann. Die Beruhigungsmittel ließen nach. Er wußte, daß er nicht mehr nachdachte, Nachdenken wäre ein Fortschritt gewesen, ein Plan für die

Zukunft. Er spulte lediglich im Kopf vergangene Szenen ab, jammerte, rechtfertigte sich, kasteite sich und duckte sich mit aller Macht vor den Tatsachen.

Als Faith an jenem verhängnisvollen Mittwoch nicht zum Frühstück herunterkam, hatte ihn Panik ergriffen. Sie kam nie zu spät und war kaum je krank, und wenn, dann verbarg sie es so lange wie möglich, warnte ihn rechtzeitig, damit er sich keine Sorgen machte, und bewahrte die ganze Zeit hindurch Haltung. An diesem Morgen hatte er Visionen von derartiger Schrecklichkeit, daß er sich nicht vom Tisch erheben konnte: Er sah Faith tot von eigener Hand auf dem Boden ihres Zimmers liegen. Er schaffte es schließlich die Treppe hinauf, obwohl die Beine ihn nicht zu tragen schienen und er sich am Geländer hochziehen mußte. Er erwartete eine verschlossene Tür. Sie war offen, und Faith war weg. Es gab keine Nachricht, und das Zimmer wirkte so ordentlich wie eh und je. Immer abwegiger durchsuchte er das Haus, sah sogar in der Flurgarderobe nach. Er sprach nicht, die Stille war Teil des Albtraums. Schließlich sah er in der Garage nach. Faith hatte ihr Auto mitgenommen. Neue Panik setzte ein: Sie würde fahren wie eine Irre, sie würde sich auf der Straße umbringen.

Er wartete den ganzen Tag und die ganze Nacht neben dem Telefon. Er hörte bereits eine offizielle Stimme, die ihn fragte, ob er Mr. Robert Hapgood sei, und die tonlosen offiziellen Worte, die ihren Tod verkündeten. Langsam und halbherzig betrank er sich. Zwischendurch gestattete er sich ein Fünkchen Hoffnung – das Telefon klingelte, und Faith wäre dran. Für das Personal hatte er eine Geschichte erfunden: Mrs. Hapgood sei zu einer kranken Freundin gefahren. Wenn sie es glaubten, schön, wenn nicht, auch egal. Die Geschichte hatte er nur für sich erfunden, um keine Erklärungen abgeben zu müssen.

Am nächsten Tag ging er zu Paula. Er ertrug das Haus nicht und die Stille und die Angst. Er brabbelte wie ein verlorenes Kind. Die Unterhaltung, wenn dieses unzusammenhängende Gewimmer den Namen verdiente, mußte für Paula eine Offenbarung gewesen sein. Er hatte sie mit den Jahren glauben lassen, Faith und er führten eine freundschaftliche Ehe, ganz so wie Pensionäre, die sich in Chelsea ein Haus teilten und zu erwachsen, zu verantwortungsbewußt und konventionell waren, um diese Bindung zu lösen. Paula hatte sich als Hauptfrau betrachten dürfen, die Quelle der Freude.

Paula war lieb, sie behielt ihn bei sich, sie schliefen miteinander. Er rief zu Hause an, um Paulas Nummer zu hinterlassen, wenn es Neuigkeiten gebe, solle man ihn verständigen. Er trank viel. Paula behandelte ihn wie einen Invaliden und wandte Sex als Basismedizin an. Er mußte in einen Stupor verfallen sein und war froh darüber – jede Flucht vor Gedanken war willkommen. Das hielt zwei Tage und zwei Nächte an.

Allmählich begriff er, daß Paula, die ihm unentwegt versicherte, Faith sei unversehrt, fest daran glaubte, seine Frau habe ihn endgültig verlassen. Paula wußte sehr wohl, daß Robert nicht allein leben konnte. Wenn er zu der Erkenntnis gelangt war, daß Faith nicht zurückkehrte, würde Robert, der Mann, der Frauen brauchte, sie heiraten. Faiths Verschwinden hatte Paula auf diesen Gedanken gebracht, vielleicht sehnte sich Paula, die keine junge Frau mehr war – dreiundvierzig – und das knappe Haushalten satt hatte, aber auch nach der ständigen Verfügbarkeit zweier starker Arme und eines Bankkontos. Vielleicht hatte sie diesen Plan schon von Anfang an gehegt und die ganze Zeit nur auf ihre Chance gewartet. Er spürte, wie eine Falle, an der er sieben Jahre lang gebastelt hatte, langsam zuschnappte. Er dachte an Clarissa und ein Dasein, das er nur knapp überlebt hatte.

Er war bei nüchternem Verstand, als er aus dem Sanatorium kam, aber angeschlagen. In den Jahren nach Clarissas Tod klammerte er sich stur an eine feste Ordnung. Mit wachsender Selbstsicherheit genehmigte er sich geringe Dosen seiner benötigten Medizin: der Art Frau, die seine Art Lust befriedigte. Sobald eine Frau Forderungen stellte und die von ihm festgelegte Dosis erhöhte, trennte er sich, floh, zog in seinen Club, das Bild des genügsamen Zölibatärs, bis er das nächste Risiko eingehen konnte. Es war ein schwieriges Leben, ständig bedroht, weil er sah, daß er sich nicht trauen konnte. Er brauchte jemand anders, dem er trauen konnte, einen Menschen, der so verläßlich und so intakt war, daß er sich beschützt fühlte. Er betrachtete seinen Fall nicht als einzigartig oder auch nur interessant; unbedeutend, aber seins. Er scheute sich nicht, sich selbst einzugestehen, daß er Hilfe brauchte.

Es herrschte kein Mangel an vertrauenswürdigen Frauen, er lernte sie als Gattinnen seiner Freunde kennen, auf Dinnerpartys, wohin auch immer er sich wandte. Jedenfalls sahen sie vertrauenswürdig aus und klangen so. Der Fehler lag bei ihm. Obwohl die kleinen, nimmersatten Sirenen ein Verhängnis waren, konnte er sich das Leben mit ihrem Gegenteil nicht vorstellen; ihm graute vor Langeweile. Bis zu dem Tag, als er Faith sah, eine großgewachsene schöne Frau mit dem Gesicht eines intelligenten Kindes. Sie war so arglos, daß es ihm den Atem verschlug, sie sagte, was sie dachte, und sie dachte selbständig; sie war durch und durch vertrauenswürdig und durch und durch vertrauensvoll. Als er sie heiratete, wußte er nicht, ob er Liebe oder Ehrfurcht empfand. Aber vom ersten Augenblick an wußte er, daß er sie brauchte.

Ohne es auch nur zu ahnen, verscheuchte Faith Gefahr und Angst, einfach indem sie da war. Er mußte sich nicht auf sich selbst verlassen, er konnte sich auf Faith verlassen. Er lernte sich schätzen, weil sie ihn liebte, sie würde niemanden lieben, der es nicht wert war. Sie gab ihm ein derartiges Gefühl von Ganzheit, daß er wagte, ganz er selbst zu sein. Faith bezeugte einen anständigen, brauchbaren Mann, und darauf zählte er mit Dankbarkeit und Liebe. In ihm jedoch lebte, unverwüstlich, ein kleines gieriges Tier, das sich dienstags und donnerstags ein paar Stunden mit gleichgesinnten Tieren vergnügte. Mit Faith zu schlafen hatte ihm echte Freude bereitet, Freude, wie man sie empfindet, wenn man einem Kind ein Bonbon schenkt. Ein geliebtes Kind stopft man nicht mit Süßigkeiten voll, bis ihm schlecht ist. Faith gehörte nicht in die unordentliche Welt körperlicher Leidenschaft. Sie war seine Frau.

Als er merkte, daß Paula ihm Faith wegnehmen wollte, ging er unter Vorwänden nach Hause. Das Personal brauche Geld, er müsse sich um seine Korrespondenz kümmern, und weiß der Himmel, was es wieder für Probleme mit Caroline gab. Die folgenden zwei Tage entwarf er den Brief an Paula, zehn Mal hatte er ihn wohl geschrieben. Die Schuld liege nicht bei ihr, und er wolle ihr nicht weh tun. Geradeheraus hätte er ihr gesagt, daß er in sieben Jahren, die Reisen und die Stunden in London zusammengenommen, ziemlich viel Zeit mit ihr verbracht habe, daß sie gewisse Bedürfnisse befriedigt habe und er mehr als nur Lust für sie empfinde, Zuneigung, eine Art gehetzter, mitfühlender Verantwortung. Die Teilzeitfreuden dieser sieben Jahre seien jedoch nur möglich gewesen, weil er immer wieder zu Faith zurückkehrte, seiner Frau Faith. Ohne Faith wurde Paula zur Bedrohung. Er mied den geraden Weg und schickte die verbrämten Worte mit einem gewaltigen Strauß Rosen an Paula, außerdem zahlte er einen gewaltigen Scheck auf ihr Konto ein. Er warf sich vor, diese Verbindung so lange aufrechterhalten zu haben, daß das Ende unvermeidlich einer Operation gleichkam. Zu seiner Verblüffung war Paula mit Rosen und Scheck abgetan. Hatte er sein Leben für so wenig zerstört?

Vier Uhr und die Karten ordentlich aufgereiht. Vielleicht kam Faith doch nicht, Widerwillen in letzter Minute. Er durfte nicht betrunken oder auch nur beschwipst sein, wenn sie kam, sollte sie kommen, aber er brauchte einen Drink. Und jetzt? Fernsehen, die Massendroge. Er sah die kleinen Figuren nicht, die vor ihm herumtanzten, aber jedenfalls waren Geräusche im Zimmer, Stimmen oder Musik. Er starrte auf den Bildschirm und trank Whisky in kleinen Schlucken, damit er lange vorhielt.

Als Faith endlich ihre Adresse in Frankreich kabelte, war er bereits mit den Nerven am Ende, selbst das Schlimmste wäre besser gewesen als gar nichts. Als er das Château-Hotel anrief, hatte ihn Faiths eiskalte Gleichmut niedergeschmettert. Hätte sie ihn verflucht, er hätte sich sicherer gefühlt. Wollte sie ihn loswerden, ohne ein weiteres Wort, wie ein Stück schmutziger Wäsche? So, sagte ihm eine weit zurückliegende Erinnerung, hatte sie ihren ersten Liebhaber behandelt. Sie war fähig dazu, und sie hatte das Recht, ihre Maßstäbe waren unerträglich hoch, aber sie lebte danach. Er wußte, Faith am Telefon anzuflehen oder ihr zu folgen wäre nutzlos, sie würde ihn nur noch mehr verachten. Vor Clarissa hatte er sich erniedrigt, endlos und immer vergeblich, dieses Muster würde er mit Faith nicht wiederholen. Ein Mann, der seinen Stolz verlor, war ganz und gar verloren. Warum in Gottes Namen mußte Caroline an einem Dienstag anrufen?

Er konnte nur gestohlene Stunden planen, ohne Faiths stramme Präsenz wußte er nicht, wie man den Tagen einen Sinn gab, einen Anfang, eine Mitte und ein Ende. Zu Paula konnte er nicht zurück, sie machte ihm angst, seit er diesen berechnenden Ausdruck in ihrem Gesicht gesehen hatte, und außerdem konnte er schlecht, so kurz darauf, seinen Abschiedsbrief, Scheck und Rosen negieren. Es war möglich, eine neue Paula zu finden, aber der Vorlauf entmutigte ihn: die Mittagessen, die Abendessen, die Schmeicheleien, das Auswendiglernen einer ganzen neuen Palette an Geschmäckern und Gewohnheiten. Und eine neue Paula ohne Faith als Schutz würde mit der Zeit auch wieder zur Falle. Aber er sehnte sich nach dem, was er in all den begierigen Körpern gefunden hatte, anders konnte er der Zeit nicht entfliehen.

Auf dem Nachhauseweg von seinem Club, wo er nun immer mit erschöpfter Liebenswürdigkeit am langen Tisch zu Abend aß, sah Mr. Hapgood ein Mädchen in der Baker Street. Sie achtete genau darauf, den Buchstaben des Gesetzes der Prostitution nicht zu verletzen. Sie sah jung aus, früher waren Prostituierte traurige alte Schachteln gewesen. Sie wurden Jahr um Jahr frischer und fescher, zweifellos ein weiterer Fortschritt des Atomzeitalters. Seit seiner Studentenzeit, als er betrunken gewesen war und angeben wollte, hatte Mr. Hapgood nichts mehr mit einer Hure zu tun gehabt. Beschämt und nervös, aber auch verzweifelt und gleichgültig gegenüber den Folgen, sprach Mr. Hapgood sie an und ging mit auf ihr Zimmer. Der Raum mit seiner fleckigen Überdecke und den schmutzigen Vorhängen deprimierte ihn.

Das Mädchen war eine Überraschung. Sie hatte eine nette Stimme, hohe Wangenknochen in einem hübschen schmalen Gesicht und weiches, auf die Schultern fallendes Haar. Er sah sich als den klassischen alten Lüstling und haderte mit seinem Gewissen. Sie war viel zu jung, es war furchtbar, daß ein Kind auf diese Art sein Geld verdienen mußte. Behutsam fragte er das Mädchen aus. Sie hatte wenig Verständnis für die Schuldgefühle eines Mannes und antwortete, ihres Wissens sei sie die dritte Generation in diesem Geschäftszweig und mache ihre Arbeit gut. Ob er denn nun wolle oder nicht? Wenn nicht, könne sie sich nicht leisten, ihre Zeit zu verplaudern. Mr. Hapgood war beleidigt und hatte beleidigt; er zögerte. Das Mädchen beschloß, die Sache in die Hand zu nehmen, und zog sich aus. Ihr Körper war schlank und weich, jung wie sie selbst, berauschend jung. Mr. Hapgood war gefangen und froh darüber.

Außerdem machte das Mädchen ihre Arbeit wirklich gut, wie sie gesagt hatte. Und sie barg kein Risiko, alles, was sie verlangte, war eine bestimmte Summe Bargeld. Aber ihr Zimmer deprimierte Mr. Hapgood immer noch. Er gab ihr mehr Geld und wies sie an, im Henley House nahe Marble Arch eine Suite zu nehmen, er werde sie aufsuchen. Das tat er, und zwar obsessiv. Sie vermittelte ihm das Gefühl, etwas Besonderes für sie zu sein. Fast eine ganze Woche verbrachte er mit ihr, aber Faiths Stimme, eiskalt aus dem fernen Frankreich, hallte immer lauter in seinem Kopf, bis das Mädchen ihm nichts mehr nützte und er ihr auch nicht. Er notierte sich ihre Telefonnummer. Sollte sein Leben je wieder in Ordnung kommen, wollte er sie vielleicht haben.

Danach wartete er. Monate, wie ihm inzwischen schien. Er wartete und wurde älter; Hoffnungslosigkeit bedeutet Altern. Er erwartete nicht, daß Faith zurückkam, oder wenn, dann nur, um sich scheiden zu lassen. Er konnte sich keine Zukunft vorstellen, denn es gab keine. Er lief durch den Regent's Park, manchmal saß er an dem Schreibtisch in seinem gemieteten Büro, manchmal in seinem Arbeitszimmer. Er ging wahllos in Kinos, sah fern. Die Zeit war endlos und unveränderlich. Und eine ironische Strafe war ihm zuteil geworden: Faith hatte ihn mit Verachtung verstoßen, weil er nicht von Frauen lassen konnte, und jetzt, da Faith weg war und nicht zurückkam, hatte er den Wunsch nach Frauen und das Vermögen eingebüßt.

Gertrude öffnete die Tür und wartete, bis die fremde Dame etwas sagte.

»Hier bin ich, Gertrude.«

»Madam! Sie sind es! Ich hätte Sie nie erkannt, Sie sehen so jung aus!«

»Schön.« Gertrude hievte die Koffer über die Schwelle. »Ich habe eine hübsche Verjüngungs- und Schönheitstour durch Frankreich unternommen. Es war Zeit für eine Veränderung.«

»Wenn Sarah Sie erst sieht, Madam. Sie wird es nicht glauben. Wirklich, Madam, Sie sehen aus wie ein Filmstar.«

Gertrude und Sarah hatten gewiß miteinander gesprochen, aber mit sonst niemandem. »Madam sieht aus wie ein Filmstar.« Bestens. Filmstar war in Ordnung.

Hinter der geschlossenen Tür seines Arbeitszimmers hörte Robert die Stimme seiner Frau, aber er blieb, wo er war, er wollte ihr erst begegnen, wenn Gertrude weg war. Die Tür ging auf, und eine elegante Erscheinung sagte: »Hallo Robert.«

Er hatte seine Frau oft als schön empfunden, obwohl ihr Äußeres war wie der Wetterbericht: wechselhaft. Jetzt war sie umwerfend, *la femme mûre* aus französischen Romanen, die gereifte Frau, die Erfahrung mit Raffinesse vereint. Er kannte Faiths üblichen Ausdruck: besorgte Augen, ziemlich strenger Mund, leicht gerunzelte Stirn, das bemühte, vertrauenswürdige Kind. Er hatte das Kind getötet und vom Körper keine Spur. Bis zu diesem Augenblick hatte er nicht das Gefühl gehabt, ein Verbrechen begangen zu haben, sondern nur eine grauenhafte Dummheit. Er ging zu seiner Frau, mit kummervoller Miene, und wollte sie in den Arm nehmen.

Sie wich ihm so geschickt aus, daß die Geste kaum zu merken war. Sie setzte sich in den Sessel am Kamin und bat um einen Drink.

»Gräßlicher Tag«, sagte Mrs. Hapgood. »Die Franzosen haben es so gut mit ihrem Wetter.«

Robert war zum Glück den Getränken zugewandt und sah nicht, wie erschüttert sie war. Sein Gesicht, normalerweise rot, war jetzt grau und fleckig. Er ging gebückt. Über die Jahre hatte sie bei Robert kaum Veränderungen bemerkt, er wirkte auf sie immer wie am Anfang ihrer Beziehung, wie ein starker, aufrechter, gutaussehender Mann. Konnte er ohne sie nicht mal einen Arzt rufen? Sie wollte mit Robert schimpfen, weil er nicht auf sich aufpaßte. Unbewußt ballte sie die Fäuste, während sie unerklärliche Tränen zurückhielt.

»Hier bist du also, Liebes.« Zu dieser Stimme hatte er auch kein Recht. Wie konnte er es wagen, so müde und demütig zu klingen? Er hatte sich wieder einmal verkleidet, um sie zu täuschen. Aber sie ließ sich nicht täuschen. Faith die Einfältige gab es nicht mehr. Er fand sie jetzt bestimmt kaltblütig. Robert stöhnte leise, als er sich setzte. Nein, das war zuviel, erwartete er, daß sie ihm diese Rolle des armen, verlassenen, vom Leiden gezeichneten Ehemanns abnahm? Was war mit seiner oder vielmehr seinen Geliebten? Von der Gattin befreit, konnte er doch jede Nacht mit ihnen verbringen. Vielleicht erklärte das seinen desolaten Zustand.

»Robert, ich muß mit dir reden. Ich mache es so kurz wie möglich, und wir brauchen nie wieder darüber zu reden. Ich habe einen Liebhaber. Wenn es dir recht ist, wohne ich hier, und wir gehen miteinander um wie immer. Du empfindest es bestimmt als Erleichterung, wenn unsere Situation geklärt ist. Solltest du diesem Arrangement nicht zustimmen, müssen wir uns trennen, aber das möchte ich nicht hoffen. In unserem Alter ist so ein öffentlich eingestandenes Versagen ziemlich kläglich.«

»Ich will nicht ohne dich leben.«

»Dann nimmst du also meine Bedingungen an?«

»Was bleibt mir anderes übrig?«

»Ich packe jetzt aus. Abendessen um acht, wie üblich?«
Wenn sie alleine aßen, saß sie neben ihm. An dem langen Tisch kam sie sich eher vor wie auf einer Vorstandssit-
zung als beim Essen mit ihrem Mann. Gertrude hatte den
Tisch wie üblich gedeckt. Jetzt saß seine Frau zu seiner
Rechten und machte Tischkonversation. Er meinte zu
träumen, er war das Opfer vertauschter Identitäten. Faith
hielt ihn für John Withers oder Tommy Burke oder irgendeinen beliebigen Mann, mit dem sie sonst zu plaudern
pflegte. Sie erzählte von den Höhlenmalereien in Lascaux,
es gebe dort ein Fries mit fünf Rentieren, das die Phantasie
beflügelte. Die Gemäldeserie erinnere sie an Picasso. Sie
war in Rocamadour gewesen, einem alten, in eine Fels-
wand gehauenen Wallfahrtsort. Wie er mit seiner Monographie zurechtkomme? Ob er neue Theaterinszenierun-
gen gesehen habe? Robert hörte ihre angenehme Stimme
wie von fern, er entglitt sich selbst, vielleicht verlor er den
Verstand.

Mrs. Hapgood klingelte nach dem Kaffee und sagte, es
sei netter, Gertrude die Treppe zu ersparen, daran hätte sie
schon viel früher denken sollen. So brauchten sie sich
nicht erst mit ihren Kaffeetassen im Wohnzimmer niederzulassen. Nach dem Kaffee entschuldigte sie sich, sie sei
erschöpft von der Reise. Robert ging in sein Arbeitszimmer, um allein Brandy zu trinken und in die rotglühenden
Kohlen zu starren.

Er war auch müde, doch bei dieser Müdigkeit half kein
Schlaf. Er mußte durchhalten, er wußte, wie man durch-
hielt. War er nicht neununddreißig Jahre lang ins Büro gegangen, ohne je dort sein zu wollen? Wer das schaffte,
konnte sich zu jeder Duldung disziplinieren. Wäre ich ein

guter Mann, dachte Mr. Hapgood, würde ich sie freigeben, dann müßte sie nicht dieses konventionelle Doppelleben führen, das geht gegen ihre Natur. Aber er war kein guter Mann, hatte sich nie dafür gehalten. Er wollte Faith, weil er leben wollte, und er würde durchhalten.

Auf der Treppe ermahnte er sich, einen klaren Kopf zu behalten, nach vorne zu schauen, sein Problem würde sich in Wohlgefallen auflösen: Bald würde Faith ihn morgens durch den Rosengarten schieben, ihm nachmittags ein bißchen was vorlesen, ihn ins Bett bringen und zu ihrem Liebhaber gehen – die perfekte Ehe. Als er an Faiths geschlossener Tür vorbeiging, hörte er ihre Stimme; das klang nicht nach Tischkonversation. Er wollte nicht spionieren, blieb jedoch von den Lauten gebannt stehen.

»Fehle ich dir?« fragte Faith in einem Ton, den er wohl kannte, aber von Faith noch nie gehört hatte.

Es entstand eine Pause.

»Ja, mein Schatz«, sagte Faith. Und noch einmal: »Ja.«

Eifersucht packte ihn wie eine Ohnmacht. Er stolperte den Flur hinunter in sein Zimmer und stieß die Tür zu, um Faiths typisch weibliche Anbiederung an die Eitelkeit eines Mannes nicht mehr hören zu müssen.

Philip Naisby hatte sich eine möblierte Wohnung am Grosvenor Square genommen. Die Eigentümerin, eine amerikanische Lady, war auf Kreuzfahrt, Mrs. Hapgood schätzte sie als geschiedene Frau mittleren Alters ein, die auf Männerfang war. Faith und er würden so lange suchen, bis sie eine geeignete Bleibe für sich gefunden hatten, um dann gemeinsam die Einrichtung zusammenzustellen. Er konnte es gar nicht erwarten, die Antiquitätenläden aufzusuchen und ernsthaft über Farben und Stoffe zu diskutieren. Im Geiste ging er mit Faith einkaufen, als ihr Mann.

Sie sah Philip täglich. Er war so vernarrt wie immer. Mrs. Hapgood beneidete häufig Molly, die so oft und so leicht entflammt war. Warum erfand die Wissenschaft nicht eine Methode, das Verhältnis zwischen den Menschen auszugleichen – was das alles für Ärger ersparen würde. Philip holte sie vom Friseur ab und kaufte mit ihr Kleider, noch immer entzückt von seinem Anteil am Besitz. Sie aßen in kleinen Restaurants von Kensington bis Soho, wo sie nicht unbedingt auf Bekannte stoßen würden. Philip verzehrte sich nicht vor Eifersucht auf Robert. Er vertraute Faith voll und ganz.

Immer öfter mußte sich Mrs. Hapgood Rüffel verkneifen – Philip solle auf der Straße ihren Arm nicht so besitzergreifend nehmen, er solle sich insgesamt diskreter verhalten. Es war eine Frage des Stils, er wußte nicht, wie weit er gehen konnte und wo die Grenzen waren. Diese ungeschriebenen Gesetze kursierten nicht im Hause eines Wirtschaftsprüfers aus Leeds, wo Philip aufgewachsen war. Dann fragte sie sich selbst voller Zerknirschung: Wie konnte sie bloß so eine förmliche Verlogenheit einem liebenden Herzen vorziehen? Allerdings sprach sie, äußerst behutsam, Philips Haarschnitt an, er stehe ihm nicht, sagte sie, und da sie seine Stirn und seinen Hinterkopf so schön finde, hoffe sie, er möge den Friseur wechseln. Hocherfreut über ihre Aufmerksamkeit und Anteilnahme, kam Philip ihrem Wunsch umgehend nach.

Philip sagte, nach Jahren der Vergeblichkeit inspiriere ihn seine Arbeit, weil er mit ihr darüber sprechen könne. Sie bemühte sich, anhand einer Skizze ein großes Gebäude vor sich zu sehen, und mochte diesen Aspekt ihrer Rolle gar nicht. Er war so sehr Ehefrauen vorbehalten. Seine zahlreichen Geschenke beschämten sie, ihr Zimmer sah aus wie ein Blumenladen. Er schwelgte in seiner Liebe zu ihr. Aber wie konnte ihn dieses schizophrene Leben derart zufriedenstellen? Bestand die wahre Strafe fürs Erwachsenwerden in der Erkenntnis, allein zu sein? Zwei Hälften ergeben kein Ganzes. Man ist nur man selbst, ewig unvollständig. Wahrscheinlich gelangten alle Erwachsenen, so oder so, zu dieser geschäftigen Leere. Ihr Leben war immer geschäftig gewesen, sie hatte nicht erkennen müssen, wie leer es war. Eine glückliche Frau, rief Mrs. Hapgood sich selbst in Erinnerung, die zu dem winzigen Teil der Weltbevölkerung gehörte, den man privilegiert nennt. Manchmal war Mrs. Hapgood auf der Fahrt zwischen Hanover Terrace und Grosvenor Square so orientierungslos, daß ihr der eigene Name zu entfallen drohte.

Inzwischen frühstückte sie im Bett und sorgte dafür, zum Lunch außer Haus und zum Abendessen nur dann zu Hause zu sein, wenn sie Gäste empfingen. Mit Robert allein zu sein tat weh, sie hatten sich nichts zu sagen. Mehr Menschen wurden zum Essen oder Trinken eingeladen, und Robert machte gute Miene zum bösen Spiel. Wenn ein alter Freund die Taktlosigkeit besaß, seine heruntergekommene Erscheinung zu kommentieren, erklärte Robert, er habe die Grippe gehabt und sei noch nicht wieder auf dem Damm. Man war sich einig, daß Mrs. Hapgood noch nie besser ausgesehen hatte. Die Frauen, nahm sie an, glaubten, sie sei zur Schönheitsoperation nach Paris gefahren, und die Männer argwöhnten vergnügt einen Liebhaber. Sie fühlte sich in der neuen Atmosphäre von Tücke und Spekulation nicht wohl.

Wann auch immer sie nach Hause kam oder das Haus verließ, Robert war da. Er war höflich, distanziert und ging ihr aus dem Weg. Sie sorgte sich um seine Gesundheit und drängte ihn, sich Bewegung zu verschaffen. Robert antwortete, das solle sie nicht bekümmern. Von unverdienten Schuldgefühlen zermürbt, fragte sie ihn, weshalb er nicht zu seinen Damen gehe, er könne doch zumindest seinen Dienstags- und Donnerstagsgewohnheiten nachgehen. Robert sagte, es gebe keine Damen. Das brachte sie auf, gewiß hatte er nach all den Jahren nicht seine Gepflogenheiten geändert, warum log er sie dann immer noch an? Ungläubig lachte sie ihn aus. Er ließ ihr Gelächter schweigend über sich ergehen. Sie fand diese kleine Szene entsetzlich und gab sich dafür die Schuld. Trotzig wiederholte er: »Keine einzige.«

Mrs. Hapgood ging zum Arzt, was sie vor Robert und Philip gleichermaßen verheimlichte. Sie schlief so schlecht und wachte so erschlagen auf, daß sie Blutarmut vermutete, ob der Arzt ihr etwas verschreiben könne, eine Freundin habe ihr von einem Wundermittel erzählt, das einen wieder munter machte. Nun nahm sie Kapseln für den Schlaf, weitere Kapseln für mehr Energie und noch welche fürs Gemüt.

Keine der Tabletten wirkte Wunder. Mrs. Hapgood war todmüde, als sie um ein Uhr morgens aus Philip Naisbys Bett nach Hause kam. Sie sollten einen Fahrstuhl einbauen, die Treppen waren zu lang für diesen angejahrten Haushalt. Unter der geschlossenen Wohnzimmertür drang Licht durch. Wirklich, diese Nachlässigkeit – sie mußte sich hier wohl um alles kümmern. Sie öffnete die Tür, ging zum Schalter und hielt inne. Robert saß am erloschenen

Kamin mit dem Gesicht in den Händen und weinte. Sie hatte nicht geahnt, daß dieser Mann weinen konnte, ihr war, als sähe sie Robert verbluten.

»Robert!«

Er zuckte zusammen und drehte der Stimme den Rücken zu. Hustend wühlte er in der Tasche seines Morgenmantels. »Geh weg, Faith.«

»Nein.« Sie setzte sich neben ihn aufs Sofa und legte ihm den Arm um die Schultern. Sie waren zu dünn. Sie hatte doch nur versucht, sich selbst zu retten. Wieso hatte sie die Macht, Schmerzen zuzufügen, wenn sie nicht die Macht besaß, Freude zu schenken?

»Robert, sag mir, was ich tun soll.«

Er blieb starr sitzen und benutzte sein Taschentuch mit der linken Hand.

»Wozu? Geh weg, Faith, laß mich in Ruhe.«

»Nein.«

Seine Stimme hatte er jetzt unter Kontrolle, aber er sah sie nicht an.

»Selbstmitleid«, sagte er. »Ich habe mir ein bißchen Selbstmitleid genehmigt, scher dich nicht drum.«

»Bitte, Robert.«

»Es ist zu spät. Wenn ich aus Versehen deine Hand berühre, schreckst du zurück, du magst mich nicht sehen, ich stoße dich ab. Ich hatte gehofft, du würdest dich mit der Zeit ändern, aber das wirst du nicht. Ich werfe es dir nicht vor, Faith. Ich habe nie viel getaugt und tauge jetzt gar nichts mehr. Ich kann so nicht weitermachen. Ich gehe.«

»Wohin?«

»Das weiß ich nicht, und es spielt auch keine Rolle.«

Nein, dachte sie, nicht so. Sie verstand nichts. Vielleicht war sie eine lebenslange Gewohnheit, und Robert war ein Mann der Gewohnheiten. Nicht mehr. Ihre Aufgabe lag auf der Hand: Sie mußte Robert trösten, weil er ihr das Herz gebrochen hatte. Wenn er wegging, würde er ihr die Erinnerung an einen dünnen alten Mann hinterlassen, der einsam weinte, und daran würde sie sterben.

»Ich laß dich nicht gehen.«

»Ich gehe, Faith, morgen früh. Ich möchte vorher nur eins noch sagen, das du mir nicht glauben wirst: Ich liebe dich.«

Was war bloß mit diesem Wort gemeint? Was sie jetzt fühlte, konnte genausogut Liebe sein: diese Resignation. Sie sah vor sich, wie sie Robert nach und nach päppelte, damit er zu Kräften und Selbstachtung kam. Er würde wieder der starke, aufrechte, gutaussehende Mann. Und sobald sein Leben im Lot war und er sich wieder wohl fühlte in seiner Haut, würde er erneut seine Damen aufsuchen, weil er nicht anders konnte. Ich bin zu müde, dachte Mrs. Hapgood. Eigentlich wollte er das Übliche, das Unmögliche: die Uhr zurückdrehen. Er wollte Faith so unwissend wie zuvor, verläßlich, auf ihn fixiert, liebend, aber tatkräftig; er wollte seine bescheidene, dankbare Frau im Ehebett. Und wenn sie das nicht konnte? Wenn die Uhr in ihr stehengeblieben war? Sie wollte das alles aufschieben, jedenfalls, bis sie acht Stunden Schlaf hinter sich hatte. Aber es war keine Zeit mehr. Robert hatte keine Zeit mehr.

»Es ist sehr spät, Robert. Komm ins Bett.«

Arm in Arm gingen sie die Treppe hinauf, vor ihrer Tür küßte sie ihn leicht – ihr altes Ritual für die ungezählten Liebesnächte. Er habe, sagte sich Mr. Hapgood, als er sich in seinem Zimmer auszog, um Barmherzigkeit gefleht und werde nun Barmherzigkeit empfangen. Er hatte kein Fünkchen Stolz mehr. Stolz war nun wirklich die letzte Empfindung, mit der man sich beim Ertrinken abgab. Er hatte durchgehalten wie geplant, er hatte sich eingeredet, er werde gewinnen, weil es einfach so sein mußte. Es war die Wahrheit gewesen, als er gesagt hatte, es gebe keine anderen Frauen, abergläubisch hatte er angenommen, Faith mit einer ungezügelten Geste zu verlieren. Und jetzt, da er schließlich die Hoffnung aufgegeben hatte, wurden Sturheit und Disziplin belohnt. Sie nahm ihn wieder zu sich, sein Leben kam wieder ins Lot.

Er kannte Faith besser als irgend jemand sonst, viel besser als ihr Liebhaber. Faith hatte ihren Liebhaber mit drei Worten verworfen: »Komm ins Bett.« Sie war der Lügen nicht fähig, die einen Liebhaber und einen Ehemann gleichermaßen zufriedenstellen konnten. Hatte er das Recht, Faiths Angebot anzunehmen? Ihr Liebhaber war vielleicht der Mann, der er nicht sein konnte und der sie glücklich machte. Nein, er weigerte sich, das zu glauben. Er hatte ein Recht auf Faith, denn er liebte sie seit vierundzwanzig Jahren. Er würde sich mehr um sie kümmern, viel mehr. Ihr nie wieder weh tun. Ich verspreche es, dachte er und stockte. Hatte er auf einmal einen Grund, sich selbst zu trauen? Nicht, daß er wüßte. Ein unzuverlässiger Mann konnte zumindest ehrlich sein und keine Versprechen abgeben.

Er war so nervös wie ein Junge. Er konnte nicht mehr durch diese Tür gehen und sich der Frau gewiß sein, die auf ihn wartete. Er wußte nicht, wie er sich verhalten sollte, und klopfte zu seinem eigenen Erstaunen zaghaft an. Keine Antwort. Er öffnete die Tür zu einem schummrigen Zimmer. Nachttischlampen beleuchteten einen Spiegel, in dem er das Bild einer Verführerin in einem schwarzen Tüllnegligé und barbarisch beklunkerten Ohrringen sah.

»Wir machen zuviel Aufhebens darum«, sagte Mrs. Hapgood lächelnd. »Das ist doch ziemlich lächerlich. Wir sind ja keine tragischen Helden, und du würdest diesen Akt doch nicht als Sakrament bezeichnen, nicht wahr, Robert? Viel zuviel Aufhebens wird darum gemacht. Mein Fehler. Ich hatte absurd altmodische Vorstellungen. Gefällt dir mein neues Nachthemd?«

Außerstande, diese Stimme, die Worte, den genüßlich vulgären Aufzug mit dem gediegenen Zimmer in Einklang zu bringen, in dem seine Frau seit jeher wohnte, starrte er sie an. Zeigte sie sich so ihrem Liebhaber? Posierte sie vor dem Spiegel und bürstete sich lasziv das Haar? Wahrscheinlich hatte sie es sich für genau diese Lichtverhältnisse färben lassen: Es leuchtete, es strömte und schwappte. Der rechte Arm nahm die Brust mit, verborgen unter dem schwarzen Stoff und auch nicht verborgen – was für ein Mann hatte ihr so etwas beigebracht? Er wollte sie umbringen, und er hatte Angst vor ihr und diesem Lächeln, das als Hohnlächeln nachhallte. Sie sah ihn nicht an im Spiegel, sie schien von ihrem Gesicht eingenommen, das zuviel wußte. Kalter Zorn packte ihn, wie konnte sie es wagen, ihn hierher einzuladen, ihn, ihren Mann, und dann zu behandeln, als stünde er um ihre Dienste an? Er war mit Liebe zu ihr gekommen und mit Hoffnung, und sie gedachte ihm ihre Gunst zu erteilen, wenn sie mit dem Haarebürsten fertig war. Nach dieser ganzen Leidenszeit war er nicht so wichtig wie ihre Schönheit.

Mrs. Hapgood löschte das Licht am Schminktisch und stand auf. »Komm ins Bett«, sagte sie freundlich. Genausogut hätte sie sagen können: »Trink noch was.« Auf ihn wirkte es, als bewegte sie den weißen Körper unter dem rauchschwarzen Fummel mit einstudierter, abstoßender Grazie. Am Bett streifte sie es mit langsamer, routinierter Geste über den Kopf, schlüpfte unter die Decke und sah ihn an. Warum lachte sie nicht? Sie hatte ihren Trumpf perfekt ausgespielt, die Rache ist mein, sprach die betrogene Ehefrau und trieb ihn erst zu Tränen und schließlich in die Impotenz.

»Ich will dich nicht mehr«, sagte Robert.

»Also wirklich, Schatz.«

Eine hochschnellende Augenbraue, eine kleine Schnute, Spott wie eine Ohrfeige. Er stürmte aus dem Zimmer und knallte mit der Tür, daß die Bilder an den Wänden wackelten.

Mrs. Hapgood seufzte, legte sich in die Kissen und sagte laut: »Schocktherapie.«

Sie seufzte noch einmal, stand auf und ging ins Bad. Mit dem Mund voller Zahnpasta murmelte sie plötzlich: »Mir reicht's, mir *reicht's*.« Sie nahm zwei Schlaftabletten und warf sich ins Bett.

Mr. Hapgood ging nach unten, um die Whiskykaraffe und den Siphon zu holen, ging wieder in sein Zimmer, mixte sich ein Getränk, das so dunkel war wie schwarzer Tee, und begann, wie ein Tiger auf und ab zu laufen. Seine inneren Monologe verliefen sonst immer in geordneten Sätzen, jetzt tobten und schrien die Wörter in seinem Kopf.

Mein Leben zerstört, für nichts, für nichts, guter Ehemann, guter Vater, mich beschämt, wie eine Hure, wer ist der Mann, obendrein noch irgendein mieser Typ, der ihr billige Tricks beibringt, hat sich nur zusammengerissen, weil ich die Oberhand hatte, reiche einer Frau nicht den kleinen Finger, hätte sie auf der Stelle rauswerfen sollen, als sie sagte, habe alles geschluckt wie ein kleiner Gentleman, nicht den kleinen Finger, wie sie einen bezahlen, kriechen, betteln lassen, auslachen, gefällt dir mein neues Nachthemd, überredet mich zum Ruhestand und macht sich davon, keinen Federstrich zu tun den ganzen Tag, was schert es sie, o nein, besser ein bedeutender Archäologe, vierzig Jahre zu spät, was weiß sie schon vom amerikanischen Übernahmeangebot und wer es abgewehrt hat, jetzt haben sie Pinner und Strauss verloren, die besten Wissenschaftler der Firma, Tomlinson kann meine Stelle nicht ausfüllen, sie hat meine Arbeit nie gewürdigt, würde Jonathan sich seine Hände mit Geldverdienen schmutzig machen, dafür hat sie gesorgt, blöde Kinder, Mamakinder, sie wollte mich ja nicht auf Exkursionen begleiten, oder, bei den Kleinen bleiben, die Ärzte sagen dies, die Ärzte sagen das, jede andere Frau hätte eingesehen, sie war doch immer befriedigt, oder nicht, habe nie Klagen gehört, wie sie hinterher immer Schatz sagte, Robert, mein Schatz, na gut, vielleicht etwas nachgelassen, Frauen haben nicht dieselben Bedürfnisse, das Gefühl mit dem Alter sowieso verloren, nicht wie Paula, Paula hat ihre Phantasie benutzt, keine Phantasie, das ist es, wunderbare, edle, phantasielose Faith, und dann bricht sie aus, zerstört mein Leben, lacht mich aus, habe nicht mein ganzes Leben gearbeitet, um bloßgestellt zu werden, die Leute reden, natürlich, warum auch nicht, könnte sie würgen, soll ihre Ohrringe fressen, Nachthemd zerreißen, mich ins Bett bitten, verbieten, all das verbieten, anständig benehmen, wie meine Frau benehmen oder verschwinden, habe mir genug bieten lassen, mich unglücklich gemacht, mich impotent gemacht, noch nie passiert, das Schlimmste, was einem Mann passieren kann, mit Absicht getan, nicht zulassen, nein, aufhören, *verflucht noch mal aufhören.*

Mr. Hapgood leerte seinen vierten Drink in großen Schlucken, warf das Glas in den Kamin und marschierte den Flur hinunter. Von wegen klopfen wie ein höflicher kleiner Gentleman, sagte er zu sich und riß die Tür zum Schlafzimmer seiner Frau auf, als stünde ihm das zu. Die Dunkelheit bremste ihn, er mußte sich durchtasten, hatte den Lichtschalter an der Wand vergessen. Dieses Umherirren dämpfte seinen Zorn, es sah so unsicher aus, wie ein blinder alter Mann. *Nicht* blind, *nicht* alt, rief die zornige Stimme in seinem Kopf, wo ist das Bett, das Zimmer so groß wie Victoria, so was Albernes, steck sie in einen Garderobenschrank, bring ihr Manieren bei, zeig ihr, wer Herr im Hause ist, wo ist das verfluchte Bett? Er stolperte dagegen und setzte sich heftiger als geplant; selbst Gegenstände hatten sich gegen ihn verschworen. Er fand die Schulter seiner Frau, verstörend warm und weich, und schüttelte sie. »Faith! Aufwachen! Sofort aufwachen!« Er kam an die Nachttischlampe heran, es war das einzige Licht im Raum, das er noch von früher kannte.

Er hoffte auf einen verängstigten Blick. Sie sollte vor seinem Zorn in Deckung gehen, weinend um Vergebung bitten. Ihre Augen waren unnatürlich dunkel, sediert und unerstaunt.

»Das geht so nicht weiter«, sagte er, »das dulde ich nicht, hörst du? Wir werden wieder so leben wie früher, ich dulde es nicht! Du mußt aufhören, sofort, hörst du mich? Ich lasse es nicht zu!«

Aber wonach roch sie? Ein Geruch, an den er sich nicht erinnern konnte, und große, schläfrige, geschminkte Augen, die ihn noch immer schweigend anstarrten. Als wäre sie es gewohnt, mitten in der Nacht von einem Mann geweckt zu werden und seinen Forderungen nachzukommen. Mr. Hapgood, gequält, angetrunken, hilflos angesichts dieses Schweigens und dieser Augen, griff mit beiden Händen in ihr Haar, diesem Kopf ein wenig Verstand einprügeln oder diese gefärbte Mähne mit den Wurzeln ausreißen. Statt dessen küßte er sie, aber nicht, wie er seine Frau Faith immer geküßt hatte, sondern brutal, mit Wut, die ihm entströmte, im Verlangen, ihr weh zu tun, bis sie um Gnade winselte. Und mehr, mehr, das war noch nicht annähernd genug, sie so behandeln, wie sie aussah, sie so behandeln, wie sie es verdiente. Vergewaltigung, dachte er, solange er überhaupt noch denken konnte.

Der Whisky war aus ihm herausgebrannt. Jetzt hatte Faith für immer die Oberhand. Er hatte ihr gezeigt, was er stets vor ihr verborgen hatte, wobei er sich nicht im Traum imstande geglaubt hatte, eine Frau mit Haß zu nehmen, ihr weh tun zu wollen. Die eigene Frau schlagen, vielleicht, wenn sie einen über das erträgliche Maß provozierte, aber nicht vergewaltigen. Es war so schnell passiert, er hatte es nicht geplant, er war benommen, aber etwas anderes beunruhigte ihn. Opfer schlugen zurück, jede Frau würde sich vor jedem Mann schützen, selbst vor ihrem Ehemann, wenn er sich ihr wie ein Tier näherte. Aber Faith hatte sich nicht gewehrt, sie hatte mitgewirkt, sein Zorn steigerte sich, weil sie willig und erfahren war, bereit zu allem, was ein Mann tat, unanständig wie andere Frauen. Nein, unmöglich. Er mußte mit ihr reden, etwas sagen, sie mußte etwas sagen. Es war alles durcheinander, er mußte wissen, wer sie war, er mußte zur Ordnung zurückfinden. Er wollte, daß sie ihn verunglimpfte, er wollte sich demütig entschuldigen, dann würde er begreifen. Die Welt wäre wieder in Ordnung.

»Faith«, flüsterte er. Es kam keine Antwort, und er merkte, daß sie in einem dunklen Zimmer lagen. Er tastete nach der Lampe, sie war weg. Hatte er sie umgeschmissen und zerbrochen, mein Gott, in Faiths Zimmer, in Faiths Bett? Er mußte wahnsinnig gewesen sein. Auf ihrer Seite des Bettes war noch eine Lampe, er tastete sich um die Ekken des Bettes herum und knipste sie an. »Faith«, begann er. Sie schlief, mit einem leichten Lächeln auf den Lippen. Amüsiert sah sie aus.

Mr. Hapgood rief das Mädchen an, dessen Name peinlicherweise Lili Marlene lautete. Das machte sie als Kriegskind kenntlich, zwanzig Jahre alt, jünger als seine bewundernswerte, anstrengende Tochter. Er nannte das Mädchen Lily, was auch nur geringfügig weniger grotesk war. Gern würde sie ihn im Marble Arch Lyons treffen, ihre Tage seien natürlich recht frei. Mr. Hapgood drängte ihr Cremetorten, Fünfpfundnoten und Pläne auf. Er wußte genau, was er wollte, Ärger war er leid. Er wollte eine talentierte junge Frau, bequem zur Hand und erfreut über eine Verbesserung ihrer bisherigen Lebens- und Arbeitsbedingungen. Ein ordentliches Geschäftsverhältnis war gefragt. Lily sollte sich in der Nähe von Paddington eine bequeme, saubere Wohnung suchen, ihr Zimmer hatte er nicht vergessen, sie sollte ihrem Gewerbe entsagen und sich für ihn bereithalten. Lily, zäh und jung genug, beherzt Entbehrungen zu trotzen, weinte fast vor Dankbarkeit. Der Winter war die schwierigste Zeit für ein Mädchen, und dieser Winter war der schwierigste, an den sie sich erinnern konnte. Mr. Hapgood sagte, sie sehe müde aus, vielleicht brauche sie ein Stärkungsmittel. Ob sie einen Arzt habe? Na, dann geh und laß dich von Kopf bis Fuß untersuchen. Lily verstand den netten alten Jungen, ihren Wohltäter, aber lachte ihn nicht aus. Sie hoffte bloß, das Arrangement möge mindestens bis zum Frühling halten.

Mr. Hapgood ritt an einem fahlen Wintermorgen durch den Park und zog Bilanz. Faith war bemerkenswert. Sie hatte jene Nacht nie erwähnt, ja schien sie vergessen zu haben. Und sie wiederholte sich nicht, er würde kein weiteres Risiko eingehen. Eine rein freundschaftliche Ehe hatte eine Menge für sich. Die meisten Männer seines Alters schliefen wahrscheinlich schon lange nicht mehr mit ihren Frauen, dieses Eheglück war jungen Paaren vorbehalten. Gewohnheit und Sicherheit waren untrennbar verbunden mit schalem Sex. Was blieb, war die Zuneigung, und er mußte zugeben, daß Faith sich hingebungsvoll um ihn kümmerte. Seit sie ihn dazu überredet hatte, wieder richtig Tennis zu spielen und zu reiten, glänzte seine Haut vor Gesundheit, seine Muskeln waren prächtig durchtrainiert, er war der Mann, der er immer gewesen war, so gut wie neu. Es war haltlos und unnötig, sich emotional derart zu verstricken.

Außerdem war er jetzt mehr an seiner Zukunft interessiert als an irgendeiner Frau. Frauen waren wichtig, aber Männer brauchten nun mal ein Ziel im Leben. Er hatte die ein oder andere Bemerkung fallenlassen, nichts Justitiables, nicht einmal etwas besonders Eindeutiges; er wußte, wie Worte sich verbreiten. Wenn sein Plan aufging, und danach sah es aus, gab es bei den Aktien von Hapgood and Ardley, die eigentlich so stabil waren wie die Bank von England, einen kleinen Einbruch, der Vorstand saß in der Klemme, man würde Tomlinson zum Rücktritt drängen und ihn so lange beknien, bis er sich bereit fand, dorthin zurückzukehren, wo er sein wollte, nämlich an seinen Mahagonischreibtisch in seinem getäfelten Büro. Nach zweijähriger Erfahrung mit dem Grauen der Muße konnte er den Tag kaum mehr erwarten. Aber er wartete wie eine Spinne, dachte Mr. Hapgood mit Genugtuung. Er würde Pinner und Strauss wieder ins Boot holen, sie waren bereit. Er hatte sie einige Male unverbindlich gesprochen und ihnen auf den Zahn gefühlt, sie hingen an der alten Firma und waren mit ihren neuen Arbeitgebern nicht glücklich. Pinner beschäftigte sich in letzter Zeit eingehend mit Alopezie – sollte er zufällig ein Mittel gegen Haarausfall finden, wäre das so weltbewegend wie ein Krebsheilmittel und weitaus lukrativer.

Mr. Hapgood sah auf einmal Pinner, einen kleinen, knautschigen, kurzsichtigen Mann, auf eine Billardkugel starren, aus der langsam Stoppel sprossen. Er lachte laut auf. Ein plattnasiges Kindermädchen samt Kinderwagenladung zweier Winzlinge mit weißen Handschuhen starrte sie an. Mr. Hapgood stieß das Pferd sanft in die Flanke und fiel in einen kurzen Galopp.

Weihnachten riefen sie die Kinder an. Jonathan war von Australien nach Texas gezogen und arbeitete jetzt an einer Börse in einer dieser entlegenen Städte, deren Namen keiner kannte. Jonathan sprach über den Broadway, so nah und doch so fern, Caroline über Baby und Mann. Mr. und Mrs. Hapgood klangen ganz wie Daddy und Mummy. Wieviel amüsanter das Gespräch doch wäre, dachte Mr. Hapgood, wenn sie ihre Mutter sehen könnten in ihrer engen grünen Hose und dem weiten Pullover wie die Jugend in Chelsea.

Mr. und Mrs. Hapgood waren übereingekommen, Weihnachten nicht zu feiern, sondern ein schlichtes Mittagessen zu sich zu nehmen wie jeden Tag. Neben seinem Teller fand Mr. Hapgood ein hübsch eingewickeltes Päckchen mit einer Brieftasche aus schwarzem Saffianleder mit kleinen, diskreten Goldinitialen. Mrs. Hapgood wickelte ein Päckchen aus seiner feierlichen Firmenumhüllung und entnahm ihm eine hübsche Handtasche aus Krokoleder. Sie dankten einander mit höflicher Begeisterung. Brieftaschen und Handtaschen hatte es schon so einige gegeben. Er aß mit Lily zu Abend, sie mit Philip. Lily hatte bei Lyons einen Plumpudding gekauft, Philip bei Fortnum & Mason einen Truthahn.

Im Keller kauerten Gertrude und Sarah unter dem Weihnachtsbaum, den Mrs. Hapgood ihnen besorgt hatte, sahen fern und weinten den alten Zeiten nach.

Der Regen prasselte an die Fensterscheiben, aber die Vorhänge waren zugezogen. Mrs. Hapgood saß strickend am Kamin, während köstliche Düfte aus der Küche waberten. Philip kochte furchtbar gern, noch so eine Offenbarung. Seine Vorstellung von einem perfekten Abend sah folgendermaßen aus: fröhliches Experimentieren am Herd, die geliebte Frau sicher am Kamin, Oper auf dem Plattenteller,

Pfeife, Bett. Mein Armer, dachte Mrs. Hapgood, er hätte schon vor Jahren das passende Frauchen heiraten und eine Schar von Kindern zeugen sollen, die über den Boden verstreut ihre Hausaufgaben machen. Er war für bedingungslose Häuslichkeit geschaffen.

Und Robert genoß seinen Alltag in vollen Zügen, nun wieder in dem verhaßten Büro, das er jetzt offensichtlich liebte, wieder in den Armen einer begehrenswerten Dame, denn sonst wäre er nicht so rosig und fidel, des weiteren umhegt von Faith, die sich um sein Haus, seine Kleider und seine Termine kümmerte. Würde sie je diesen absurden Pullover fertigstellen? Philip konnte fünfzig davon kaufen, aber er bekam einen ganz glasigen Blick, wenn er sie strikken sah. Hier saß sie nun, eine Ehebrecherin in häuslicher Wonne, und wachte morgens unter einem kalten grauen Himmel auf, in den immergleichen Straßen, endlos so weiter. Welche Erleichterung, seinen Lebensunterhalt zu verdienen, welche Freiheit, jeden Tag zur Arbeit zu gehen. Wie hatte sie dieses Leben all die Jahre ertragen, wie hatte sie die Langeweile überlebt, die es bedeutete, eine Frau zu sein?

Ich hasse London, dachte Mrs. Hapgood verblüfft. Es war ihr selbstverständlich gewesen, in London zu wohnen, schon immer und auf ewig. Jedenfalls hatte sie vermeiden können, sich mit Philip zusammen einzurichten, indem sie jedem neuen Haus, das er ihr präsentierte, kleinliche Mäkeleien entgegensetzte. Die glücklich Geschiedene hielt sich fern von diesem giftigen Klima. Grosvenor Square blieb ihr gemeinsames Nest, das sich inzwischen anfühlte wie eine winzig kleine Kuschelvilla in East Grinstead. Philip kam aus der Küche und kündigte eine Überraschung an, ein Soufflé, das er sich ausgedacht hatte, während er mit diesem Schwachkopf McGruder über den Entwurf für dessen Fabrik sprach.

»Schatz, ist es nicht ein Spaß?« fragte Philip. »Weißt du noch, als ich meine revolutionäre Idee hatte, vor langer Zeit in Frankreich? Warum nicht ein bißchen Spaß haben? Weißt du noch? Ich hätte mir nie träumen lassen, daß es tatsächlich möglich ist, Nacht für Nacht.«

Mrs. Hapgood lächelte sanft über ihrer blaugrauen Wolle. Bald kam sie zu den Armlöchern, unvorstellbarer Spaß. Sie hatte eine andere Erinnerung an Frankreich: Freude, nicht Spaß. Sie hatte sie kurz ereilt, ein Gemütsrausch, der den ganzen Schamott des eigenen wertlosen Lebens hinwegspülte und einen körperlos machte, Teil der wunderbaren Welt, erfüllt von Dankbarkeit. Diesen Zustand konnte man nicht suchen, aber man konnte ihn finden, er brauchte einen hohen hellen Himmel, weites Land, und er brauchte Einsamkeit. Sie war nicht undankbar gewesen, aber zu gefangen in ihrem belanglosen Leid, um den Zauber so richtig zu würdigen. Sie würde alles dafür geben, ihn zurückzubekommen, für einen Augenblick nur, ein einziges Mal.

»Ich habe dir noch gar nichts zu trinken gemacht«, sagte Philip. »Verzeih, mein Schatz, ich entwickle mich zu einem nachlässigen …« Er wollte »Ehemann« sagen, runzelte die Stirn und sagte: »Klotz.«

Mrs. Hapgood lächelte immer noch sanft und dachte an Einsamkeit und Freude.

»Ist Mr. Hapgood da?«

»Nein, tut mir leid.«

»Wann ist er denn zurück?«

»Das weiß ich leider nicht.«

»Es ist aber dringend.«

Die Lage verschärfte sich für Robert, wenn seine Damenbekanntschaft bei ihm zu Hause anrief und seine Frau wie eine Sekretärin behandelte. Diese hohe, typisch englische Stimme mußte zu seiner Damenbekanntschaft gehören, wer sonst würde sich derart besitzergreifend hervortun?

»Haben Sie es schon im Büro versucht?« fragte Mrs. Hapgood freundlich.

»Ja.«

»Und im Club?«

»Ja.«

Sie hatte vierundzwanzig Jahre gebraucht, um seine Clubruhe zu stören. In Roberts Leben wehte jetzt ein schärferer Wind.

»Er kommt bestimmt demnächst nach Hause«, sagte Mrs. Hapgood. »Kann ich etwas ausrichten?«

»Sagen Sie ihm bitte, er soll auf der Stelle Mrs. Clark anrufen.«

»Natürlich.«

»Vielen Dank«, sagte die Stimme nach kurzer Überlegung.

Mrs. Hapgood amüsierte sich sogar noch mehr über Roberts bestürzte Miene, als sie ihm die Nachricht übermittelte. Er stammelte, ganz untypisch, eilte zum Telefonieren in sein Arbeitszimmer und lief ohne ein Bad wieder aus dem Haus. Mrs. Hapgood freute sich über einen freien Abend. Philip hatte eine Sitzung, die sich zum Glück lange hinziehen würde. Am Wohnzimmerkamin trank sie ihren Wodka, im Hintergrund die Sieben-Uhr-Nachrichten, während Mr. Hapgood sich im Taxi unruhig fragte, was mit Paula los war, und sich ein Alibi zurechtlegte.

Er hatte sich irgendwann doch dazu durchgerungen, wieder mit Paula anzuknüpfen, hatte ihrer Eitelkeit zuliebe ein wenig Staub gefressen und sie wieder in sein Leben integriert. Heimlicher Sex verlor seinen Reiz, wenn es niemanden scherte. Lily war praktisch, fügsam und aufregend jung, aber gestattet. Er hatte zwar mit Faith nicht über sie gesprochen, aber ihr war es egal, wohin er ging und wann, und unter diesen Umständen wurde Lily ein bißchen langweilig. Paula würde toben vor Eifersucht auf eine andere Frau, und konnte man Paulas Konversationskunst auch nicht als ausgereift bezeichnen, so wußte sie sich doch zu unterhalten. Außerdem war er an sie gewöhnt, und er hatte ganz gern eine Basis. Das Problem mit Paula war, daß sie zu unvorhergesehenen Katastrophen der geringfügigen Art neigte, und offensichtlich steckte sie auch jetzt wieder tief in der Klemme, sonst hätte sie nicht bei ihm zu Hause angerufen. Sie waren zum Abendessen verabredet, die paar Stunden hätte sie noch warten können, ohne Alarm zu schlagen. Er hatte unangekündigt bei Lily hereingeschaut, er hatte den plötzlichen Drang verspürt, ein Auge auf sie zu haben und seine Besuche nicht immer im voraus anzumelden.

Mrs. Hapgood aß im Wohnzimmer, froh, Sarah keine Komplimente machen und als Bestätigung mehr essen zu müssen, als sie wollte. Der friedliche Abend erstreckte sich vor ihr. Sie hatte keine Ahnung, was sie damit anfangen würde. Sie spürte die Langeweile, als wäre sie in einen Sack genäht und könnte sich weder regen noch atmen. Wie war es möglich, erstickt und rasend und betäubt zu sein, alles auf einmal? Komm, redete Mrs. Hapgood sich selbst gut zu, bloß keine Hysterie. Der heutige Abend ist auch nicht schlimmer als alle anderen.

Was hatte sie sonst mit sich angefangen, vor allem an den einsamen Dienstagen und Donnerstagen? Gewirtschaftet, dachte Mrs. Hapgood schließlich, genau das habe ich mit meinem Leben angestellt. Taten Frauen überhaupt nichts anderes? Sie wollten unbedingt gebraucht werden, das war ihr Daseinsgrund. Da konnte sie sich nicht beschweren: Sie wurde gleich von zwei Männern gebraucht, nicht nur von einem wie vom Gesetz vorgesehen. Gebraucht als Anrufdienst für Geliebte und als Strickerin. Nein, sie liebten sie, das sagten sie beide, Robert gemütlich, Philip mit Inbrunst. Sie glaubte nicht an Liebe, jedenfalls an keine, mit der sie je zu tun gehabt hatte. Sie schmeckte salzig, wenn man sie nicht erwiderte. In einen Sack genäht Salz essen: ein wahrlich heiterer Ausblick aufs Leben.

Aber ich habe Robert geliebt, begehrte sie auf, das weiß ich, er war der Sinn meines Lebens. Wie kann so etwas so beiläufig abpellen wie tote Haut nach dem Sonnenbrand? Und wenn sie nicht Robert, sondern einen Mann geliebt hatte, den sie sich selbst erschaffen hatte, ein schönes Götzenbild, das sie Robert nannte? Man denke nur an die Wesenszüge und Emotionen, in die sie ihn gewandet hatte, damit er genau richtig aussah für ihren Geschmack. Er konnte nichts dafür, daß sie mit einem rosaroten Vergrößerungsglas herumgelaufen war. Nun war nichts mehr rosarot und nichts mehr groß: Robert war ein gewöhnlicher Mann, gesund und glücklich auf seine durchschnittlich schäbige, durchschnittlich rechtschaffene Art. Sie hatte kein Interesse mehr an ihm. Und Philip hatte sie nie geliebt. Sie hatte die Hingabe geliebt, mit der er sie aus einem Sumpf von Selbsthaß und Geschlechtslosigkeit herausgezogen hatte. Das war vollbracht. Wenn Philip auch nur ansatzweise bei Verstand war, würde er auch bald erkennen, daß sie ihm nichts nützte.

Null, dachte Mrs. Hapgood, und mit Null hänge ich fest in alle Ewigkeit oder jedenfalls so weit das Auge reicht. Das einzige, was sie an einem Tag wirklich mochte, war der Schlaf, raus, weg, ohne die beiden Männer, die sie liebten.

Und was sollte sie nun mit dem heutigen Abend anfangen? Wenn man um neun ins Bett ging, wachte man trotz Schlafmitteln um vier wieder auf, und das war kein guter Plan. Baudelaire, fiel ihr ein, kannte sich aus mit *ennui*, vielleicht sollte sie sich einem Leidensgenossen anschließen. Mrs. Hapgood ging schnurstracks zum entsprechenden Regal, denn alle Regale waren alphabetisch nach Genre und Autor geordnet. Wie hoffnungslos, das eigene Leben so penibel zu führen wie Haus, Ehemann und Liebhaber, so daß jeder alphabetisch zugeordnet war ohne den Hauch der Verwirrung oder die Möglichkeit einer Suche.

Sie überflog die Reihen staubfreier Lederrücken und verspürte nur Überdruß, auch gegenüber ihrem Hab und Gut. Baudelaire, Boccaccio, Coleridge, Cummings. Mrs. Hapgood hielt überrascht inne. Ihr Vater hatte ihr dieses Buch geschenkt, speziell gebunden als Zeichen seiner Bewunderung für diesen Autor, und ihr einziger ungnädiger Kommentar hatte zu seiner großen Enttäuschung darin bestanden, über die eigenwillige Zeichensetzung die Nase zu rümpfen. Sie konnte sich, in Gedenken an ihren Vater, jetzt noch einmal Mühe geben. O ja, zu gern würde sie diesem bezaubernden Mann, der sie nie gelangweilt hatte, einen Kranz in Form besserer Manieren und größeren Verständnisses zu Füßen legen.

Mrs. Hapgood blätterte, noch immer verärgert über zusammengeschriebene Wörter, unsinnige Einschübe, Kommata zwischen Silben, einen Ansturm widersinniger Großbuchstaben. Sie las nicht, sie mißbilligte und schämte sich ihrer Engstirnigkeit, bis sie schließlich mit angehaltenem Atem las, noch mal las, von Licht durchflutet wurde, begriff und glaubte. Sie hörte sich selbst laut auflachen. Hatte ihr Vater sie vor so langer Zeit an diese entspannte Aufforderung zu Mut und Heiterkeit heranführen wollen? Dieser großartige Dichter, dieser wunderbare Mr. Cummings sagte ihr einfach, was sie vergessen oder in Zweifel gezogen hatte: Das Leben ist erst zu Ende, wenn man stirbt.

Mrs. Hapgood las sich die Worte leise vor.

»dann also zum Teufel damit: jenem; diesem,
denn vielleicht geht es ja darum,
Blumen zu essen und keine Angst zu haben.«

»Ja«, sagte Mrs. Hapgood zu dem langgestreckten akkuraten Raum. »Ja. *Ja.*«

Sie brauchte Musik und hätte auch gern Feuerwerk gehabt. Die Schallplatten waren ebenfalls geordnet. Sie nahm Rachmaninoffs »Rhapsodie über ein Thema von Paganini«, von dem sie nur noch die schönen treibenden Töne des Anfangs kannte; eine Rhapsodie paßte ihr jedenfalls bestens. Mit dem Buch im Arm – ihrem glänzenden Schwert, ihrem Geleitbrief – rief sie in der Küche an und schreckte Sarah und Gertrude auf, die nach getanem Abwasch gemütlich vor ihrer Krankenhausserie saßen, um bei ihnen Champagner zu bestellen. Eine Flasche stand immer kalt, weil Robert gelegentlich gern ein Gläschen vor dem Essen trank. Sie drehte den Plattenspieler auf, bis die Musik schmetterte wie eine bannerbewehrte Armee, und prostete sich selbst im Spiegel über dem Kaminsims zu. Und kurz darauf wirbelte Mrs. Hapgood, berauscht nicht von Wein, sondern Freude, über den silbergrauen Wiltonteppich und tanzte zu Hoffnung und Rachmaninoff. Der winzige Teil der Weltbevölkerung, der sich privilegiert nennen konnte, besaß dieses eine große Privileg: sich den eigenen Gefängnissack nähen, sich aber auch selbst herausschneiden zu können. Die Worte spielten und spielten in ihrem Kopf, zur Musik, sie paßten zu jeder Musik und zum befreiten Lachen, das sich selbst anfühlte wie Freiheit: Blumen zu essen und keine Angst zu haben.

Robert kehrte von einem gräßlichen Abend bei Paula zurück. Sie hatte ausführlich und abstoßend von einer Zyste erzählt, die in einem Teil ihres Körpers steckte, von dem er in medizinischer Hinsicht gar nichts wissen wollte. Ihr Arzt hatte abgewiegelt, Paula brauche bloß zwei Tage im Krankenhaus zu bleiben, und sie führte sich auf, als stünde der Tod vor der Tür. Faith sah jedenfalls glücklich aus, kein Wunder, sie hatte es sich ja auch nett gemacht. Er wollte nach einem gebrummten Gutenachtgruß gleich ins Bett gehen, doch Faith sagte: »Setz dich, Robert.« Großer Gott, wenn noch mehr Weiberärger anstand, gab er auf, nahm den Schleier oder besser die Kutte und entsagte dieser ganzen strapaziösen Gattung. Aber Faith schien nicht zum Nörgeln aufgelegt zu sein, sie sah sogar strahlend aus und war so zuvorkommend, ihm einen Drink anzubieten.

»Robert, morgen übergebe ich dieses Haus einem Makler. Um es zu verkaufen.«

»Was?«

»Es gehört mir, du hast es mir zur Hochzeit geschenkt. Ich werde den Erlös behalten, mehr will ich nicht. Und dann verschwinde ich, für immer.«

»Miststück«, sagte Robert im Brustton der Überzeugung und warf zum zweiten Mal in seinem Leben ein Glas in den Kamin.

Mrs. Hapgood war zu dem Schluß gekommen, daß sie Philip nicht gegenübertreten konnte. Sie schrieb ihm einen liebevollen Brief, in dem sie ihm ausführliche Ratschläge erteilte, was für eine Frau er heiraten und wie viele Kinder er kriegen solle, und das so bald wie möglich.

Das Haus war bekannt als La Fidelidad, ein malerischer und zugleich beruhigender Name. Das Personal sprach Mrs. Hapgood mit Señora Fidela an, viel hübscher als Faith, aber derselbe Gedanke. Sie hatte eine alte Ruine aufgetan, hatte sie instand gesetzt, angebaut und sanitäre Anlagen in derartiger Größenordnung und Qualität eingebaut, daß die Einheimischen ganz beeindruckt waren. Es gab vierzehn Zimmer, allesamt wunderschön und üppig ausgestattet mit Badezimmern, die durch Spanische Fliesen ihre je eigene Note bekamen. Mrs. Hapgood ließ den Jasmin und die Bougainvilleen entlang der Mauern stehen, die Rosen, die wie Unkraut wucherten, die Zypressenallee zur Haustür und die umliegenden Felder mit Eukalyptus, Korkeichen, Steineichen und Olivenbäumen. Da das Geschäft so gut lief, plante sie, für den nächsten Winter einen

Swimmingpool einzubauen. Die Menschen waren zu bequem geworden für die unberechenbare See und hatten gern ihr Kaltgetränk in Reichweite. La Fidelidad war das kleinste, teuerste und erfolgreichste Hotel an der spanischen Küste. Für fünfzehn Guineen am Tag nahm man dankbar Señora Fidelas Gastfreundschaft an, stets bemüht, sich keinen Ausrutscher zu leisten. Die Zimmer waren ein Jahr im voraus ausgebucht.

Jonathan und Caroline hatten auf die Nachricht der elterlichen Scheidung reagiert, wie Mrs. Hapgood erwartet hatte. Sie waren betrübt, aber nicht beeinträchtigt, es war, als hätten Mummy und Daddy Arthritis, schmerzhaft, aber nicht tödlich, ein Leiden, das man im Alter eben hat. Sie freuten sich beide darauf, Mummy in Spanien zu besuchen, wann immer sie sich von ihrem geschäftigen Leben freimachen konnten. Und natürlich wollten sie auch Daddy in seinem neuen Haus in Wilton Crescent sehen.

Die Gäste von La Fidelidad spekulierten hinter vorgehaltener Hand über Señora Fidelas Person. Die Amerikaner sagten zu ihren Frauen, sie sei noch immer ein ziemlicher Feger, die Engländer fanden sie überaus apart. Señora Fidela war die Liebenswürdigkeit in Person, aber nicht sehr zugänglich. Man munkelte, sie gehe allein am Strand spazieren, zu ungewöhnlichen Zeiten, kurz nach dem Morgengrauen, kurz vor der Abenddämmerung. Um sich mit einem Liebhaber zu treffen? Sie verstanden nicht, weshalb sie nicht heiratete.

Alle waren hoch erfreut gewesen, Robert wieder bei sich zu haben, und die Freude hielt an. Er konnte zu Recht stolz sein auf seine gute Menschenführung. Und was war er für ein Esel gewesen, sich jahrelang, jahrzehntelang einzureden, er verabscheue die Arbeit und fürchte dieses Büro; dieser Einbildung war er wahrscheinlich aufgesessen, weil er seinen Vater haßte. Er liebte seine Arbeit und fühlte sich pudelwohl in seinem Büro. Jeden Morgen lief er beim Gedanken an die Mühen und Entscheidungen des Tages in Hochstimmung zur Wigmore Street. Sein Vater hätte nie geglaubt, was das nationale Gesundheitssystem mit den Engländern anstellte, sie konsumierten Tabletten wie Bonbons und kein Ende in Sicht. Die moderne Welt brachte täglich neue Heilmittel hervor und mehr Krankheiten, es war eine expandierende Branche voller Risiken, Belohnungen und mörderischer Konkurrenz. Und dort gedachte er zu bleiben bis zu seinem Tod.

Lili Marlene war, erschöpft von Hausarbeit und geregelter Arbeitszeit, mitsamt seinen Geschenken und einer gewissen Menge beweglicher Einrichtungsgegenstände ausgeflogen, aber er hatte die Wohnung für ein geeigneteres Mädchen behalten, für Gloria, die mit zweiundzwanzig älter war, sanftmütig, unbeschwert und eine Wonne, wenn er sich freinehmen konnte. Er hatte Paula geheiratet, weil es sich nach so vielen Jahren gehörte und weil er eine Ehefrau brauchte und einen festen Rahmen. Mit Groll dachte er an Faith, wenn Paula ihren Autoschlüssel verlegte, ihr Konto überzog, ihre Verabredungen durcheinanderbrachte oder wenn Gertrude und Sarah weinend mit Kündigung drohten, weil Madam sie mit ihrem ständigen Wankelmut ganz nervös machte.

Philip Naisby ging, rasend vor Verbitterung, zu seinem alten Friseur und wies ihn an, diesen weibischen Haarschnitt zu kappen. Finster und mit stetig wachsendem Erfolg verschandelte er die Londoner Skyline. Auf einer vom *Observer* organisierten Tagung lernte er eine junge Frau namens Agnes kennen, Geschäftsführerin der Hampstead-Liga für den Erhalt schöner Gebäude. Er hielt einen vielbeklatschten Vortrag über »Unverantwortliche Stadtplanung«, und Agnes kam hinterher zu ihm, um ihm zu danken und ihn zu preisen. Einen Monat später waren sie verheiratet. Agnes war unauffällig hübsch, hingebungsvoll und vernünftig. Sie schenkte ihm in kurzer Zeit drei Söhne. Er hätte lieber Töchter gehabt. Agnes war, wie eine Ehefrau sein sollte, und wenn Philip meinte, es nicht mehr ertagen zu können, dachte er an Molly, die Nymphomanin, und Faith, die Treulose, und dankte dem Schicksal.

A MAN ALONE

Nachwort

Wenn Martha Gellhorn als Kriegreporterin von einer Schlacht zur nächsten eilte, schien ihr das Schreiben ein fernes Ufer. Die Niederlagen schoben sich ineinander, das Öffentliche wie das Persönliche schienen unlösbar schwarz miteinander verfugt: die Armut der Weltwirtschaftskrise, die sie in der amerikanischen Provinz dokumentierte, der Untergang der Spanischen Republik, das Scheitern der Ehe mit Ernest Hemingway, der Siegeszug der Alliierten, der den Weg zu den Schrecken von Dachau öffnete.

Im Rückblick könnte man meinen, das Leben sei damals größer gewesen. Es ist, als hätten die vielen Opfer der Geschichte geradezu gefordert, daß sie als Zeugin zum Faktor einer Wende wird. Als hätte im »Zeitalter der Angst« (W. H. Auden) die Hoffnung unter dem Druck des Schreckens ein anderes spezifisches Gewicht gehabt. Dieses andere Gewicht der Welt wurde ihr zum Puls und bot ihrem Trotz den Widerstand, der sie zum Weiterschreiben antrieb. Ihr Mut wurde zur Schrift: Ihre Reportagen beschreiben den Krieg auf eine beinahe lückenlose Weise, ihre Lektüre läßt einen heute vor Bewunderung ratlos und bedrückt zurück.

Nach dem zweiten Weltkrieg zog sie nach Mexiko, weil ihr die Selbstgefälligkeit der USA wie ein Ausschlag auf der Haut juckte. Der Adoptivsohn Sandy Gellhorn, den sie nach vielen bürokratischen Hürden aus einem italienischen Waisenhaus adoptieren konnte, blieb ihr fremd. 1954 zog sie nach London und heiratete Tom Matthews. Ironischerweise war ihre Ehe am glücklichsten, so sagen ihre Briefe, wenn man gemeinsam mit Marthas Mutter Edna unterwegs war – wie im Sommer 1959, als sie 11 000 Meilen quer durch die USA fuhren. Auf dieser Reise mußte sie erfahren, daß sich im Zusammenleben von Weiß und Schwarz, die noch eben im Krieg Seite an Seite kämpften, nichts geändert hatte. Von der stumpfen Selbstgefälligkeit der Sieger hatte sie sich schon nach Mexiko zurückgezogen, jetzt empfindet sie die »amerikanische Apartheid« als »Schande«. Doch ihre Mutter Edna sorgte für den »Schnapsbeutel«. Gemeinsam kamen ihr Tom und Edna vor wie zwei »ins Leben Verliebte, die das Leben vergrößerten und weiterschenkten«. Die Liebe selbst klopfte jedoch nur selten an ihre Tür.

So schien ihr das Schreiben die einzige Form von Freiheit, die ihr offenstand. Hier konnte sie der Welt die Stirn bieten, ihren glasklaren Verstand spielen lassen, ironisch und entschieden sein, ohne in den bitteren Zynismus zu verfallen, der ihr die Ehe mit Tom und das Partyleben im London der fünfziger und sechziger Jahre abverlangten.

Doch das Zeitalter der Angst war das Jahrhundert der Schlaflosigkeit, der Hunger in den verheerten Lebensläufen machte die Menschen müde – müde, dünnhäutig und empfindlich. Die selbstgefällige Immunität der bürgerlichen Schichten in New York oder London mußte ihr gespenstisch vorkommen, wenn ihr nachts die ungelebte Liebe in die Takelage ihres Selbst fuhr. In solchen ungeschützten Momenten verloren die Gewißheiten ihre

Konturen, alles schien fern und als müsse sie sich das Alphabet der Geschlechter neu zusammenbuchstabieren.

Martha Gellhorn war stark oder ironisch oder auch nur stur genug, solche Momente auch vor ihrem Ziehsohn nicht zu verbergen. Sandy war knapp zwanzig, als sie aus Afrika an ihn schrieb: »Es gab wohl keine Zeit, wo ich nicht mit einem plötzlichen schmerzlosen Ende einverstanden gewesen wäre, falls das der letzte Ausweg sei. Aber hier: Ach nein, hier möchte ich viele Jahre leben; ich kann es kaum erwarten, morgens aufzustehen und zu schauen, was als nächstes geschieht. Ich habe kein Alter, bin weder jung noch alt; ich frage mich, ob ich irgendein Geschlecht habe. Gestern bin ich bei Sonnenaufgang den Bergpfad hinaufgestiegen, alleinallein in einer Welt, in der sich die Aussicht änderte, im Westen war der Himmel rotgestreift, und plötzlich dachte ich: Wie fühlst du dich, du? Die Antwort lautete: Ich fühle mich wie ein Mann, allein; mit dem schamlosen Zusatz: wie ein starker Mann, allein. Glücklicherweise habe ich diese kleinen Perlen in meinem Ohr, die mich daran erinnern, wohin ich gehöre, für den Fall, daß ich so schrullig werde, es zu vergessen.«

Den Zumutungen der Geschlechterrollen antwortete sie in ihren Geschichten mit Satire und Witz, aber auch mit heller Verzweiflung, die die Labilität der gefundenen Balance ironisch umspielt. So sind die Geschichten »munter«, es gibt keinen Trost für die »müden Menschen«, aber vielleicht kann die Lektüre andere Nachtmahre bannen. »Ich grub dies Grab mit meinen Zähnen, und es brach mir das Herz«, schrieb sie einmal nach einem Abschied.

Wenn sie im Schattenduell mit Hemingway für eine Geschichte auf einen Satz, ein Wort wartete, war ihre Arbeit von der Angst überschattet, sie könne versagen. Ihr Buch *Paare* (1958) hätte ein Erfolg werden sollen, doch die Rezeption fiel gemischt aus. Sie zog daraus die Konsequenz, noch einfacher zu schreiben. Nie hatte sie sich diesem Ziel näher gefühlt als mit ihrem Roman *His Own Man* (1961). Für manche schien hier die Folie des Erlebten und Erfahrenen so deutlich durch, daß das Buch nach ermutigenden Besprechungen in den USA nie in England erscheinen sollte – darauf konnte man sich außergerichtlich mit denjenigen einigen, die sich in den dargestellten Figuren wiedererkannten.

Alle diese Enttäuschungen stehen im Hintergrund von *Muntere Geschichten für müde Menschen* (1965), einer Abrechnung mit New York und London. Stellvertretend schickte sie Mrs. Hapgood mit einem kleinen Automobil nach Frankreich – wohl auf der gleichen Route, die sie einige Jahre vorher mit ihrem Morris Minor genommen hatte, als sie aus ihrer Ehe ausbrach und auch sie begonnen hatte zu malen (obwohl sie ihrem Mann Tom Matthews beipflichtete, daß ihre Portraits an mißlungene Schönheitsoperationen erinnerten). 1964 kehrte sie aus Afrika, das ihr nach Hemigways Tod zu einer zweiten Heimat geworden war, nach London zurück, um in ihrem Scheidungsprozeß auszusagen. In ihrem grauen Kostüm mit der weißen Bluse fühlte sie sich wie »eine des Mordes angeklagte Gouvernante« und mußte sich hinterher im Bus übergeben. Die giftige Präzision dieser Selbstcharakterisierungen, der sarkastische Blick auf die Londoner Gesellschaft, die ihr den Erfolg von *His Own Man*

versagte und nie den Mut zu einer schonungslosen
Selbstbefragung besessen hatte, speisen das Buch mit
einer Energie, die selbst in ihrem Werk selten ist.

Hans Jürgen Balmes

Martha Gellhorn
im Dörlemann Verlag

Ausgewählte Briefe
Herausgegegeben von Caroline Moorehead
Deutsch von Miriam Mandelkow
Mit einem Nachwort von Sigrid Löffler
Etwa 420 S. Duo-Leinen. Leseband
ISBN 978-3-908777-50-2
Erscheint Ende September 2009

Das Wetter in Afrika
Novellen
Deutsch von Miriam Mandelkow
2008. 288 S. Duo-Leinen. Leseband
ISBN 978-3-908777-46-5

Muntere Geschichten für müde Menschen
Novellen
Deutsch von Miriam Mandelkow
Mit einem Nachwort von Hans Jürgen Balmes
2008. 256 S. Duo-Leinen. Leseband
ISBN 978-3-908777-44-1

Paare – Ein Reigen in vier Novellen
Deutsch von Miriam Mandelkow
Mit einem Nachwort von Hans Jürgen Balmes
2007. 256 S. Duo-Leinen. Leseband
ISBN 978-3-908777-26-7

www.doerlemann.com

DÖRLEMANN